墓碑镇的中国玛丽像

To my daughter Jane,
for sharing her dream with me and encouraging me to finish this memorable story

To my wife Shirley,
for taking care of my daughter and for so many concerns about my career you sincerely assist me

To my dearest teacher Xu,
who gone but still living in my heart,
for giving me the best education and hoping one day I would contribute to this world the best writings

To my classmate and friend He Yafei,
for writing the preface and extending his encouragement

To Huang Shengying, Feng Lin, Xu XiaoJun
and
colleagues at Jinan University Press,
for working hard to publish this book

China Mary

Tombstone

墓碑镇的中国玛丽

梧桐 著

暨南大学出版社
JINAN UNIVERSITY PRESS

中国·广州

图书在版编目（CIP）数据

墓碑镇的中国玛丽/梧桐著 . —广州：暨南大学出版社，2015.5
ISBN 978 - 7 - 5668 - 1336 - 7

Ⅰ . ①墓…　Ⅱ . ①梧…　Ⅲ . ①长篇小说—中国—当代　Ⅳ . ①I247.5

中国版本图书馆 CIP 数据核字（2015）第 021953 号

出版发行：暨南大学出版社

地　址：中国广州暨南大学
电　话：总编室（8620）85221601
　　　　营销部（8620）85225284　85228291　85228292（邮购）
传　真：（8620）85221583（办公室）　　85223774（营销部）
邮　编：510630
网　址：http：//www. jnupress. com　http：//press. jnu. edu. cn

排　版：广州市天河星辰文化发展部照排中心
印　刷：佛山市浩文彩色印刷有限公司

开　本：787mm×960mm　1/16
印　张：12
字　数：203 千
版　次：2015 年 5 月第 1 版
印　次：2015 年 5 月第 1 次

定　价：28. 00 元

（暨大版图书如有印装质量问题，请与出版社总编室联系调换）

序　言

　　老同学任国平先生（笔名：梧桐）发来他的新作《墓碑镇的中国玛丽》，读后颇受感动。我曾在美国工作十余年，长期从事对美外交、侨务工作，在日常交往中，也曾听侨胞朋友提起在美国华人移民史上有一位泼辣仁义、威名远扬的传奇女性"中国玛丽"。这次经国平先生潜心发掘、整理史料，并用小说的形式生动地再现，使读者对于这位传奇女性以及北美洲早期华人移民的苦难经历有了更加深入的了解。

　　华人大规模移民北美始于 160 多年前的淘金热和美国中央太平洋铁路的修筑工程。大批华人劳工从中国东南沿海被拐骗或以廉价契约的方式运往北美，由于清朝国力孱弱、无力保护国民，这些劳工干着最艰苦、最危险的工作，拿着最微薄的工钱，被贱称为"猪仔"。他们在高强度的劳动中艰难求生，忍受着白人的恣意羞辱，为美国中西部的开发和联邦的巩固作出了重要的贡献。但是，华人的辛劳却没有换来应有的认可和尊重；相反，在铁路完工后，美国国会于 1882 年通过了《排华法案》，禁止华人从事大部分行业，剥夺华人拥有土地和经商、受教育的权利，阻止新的华人劳工入境，阻止离境的华人劳工返回，也给在美华人劳工的亲属赴美团聚设置了难以逾越的障碍。这一法案使华人在美的生存条件更为恶劣，社会地位更为低下。这一法律实行了半个多世纪，直到 1943 年才被废除，而到了 2013 年，美国国会才通过决议，用"regret（遗憾）"的语气向华人社会正式道歉。

　　根据美国的人口普查数据，如今在美国的华侨华人约 400万，他们为美国经济、科技、文化和社会发展作出了卓越的贡

墓碑镇的中国玛丽

献，受到美国社会各界的尊重，已成为美国多元文化社会的重要组成部分。这样的成就和地位是广大华侨华人通过自身的艰苦奋斗和聪明才智一点一滴争取、累积而来的，绝非拜人所赐或天上掉馅饼。希望美国各界人士能够更加深入地了解华人在美的移民历史，更加理解和尊重华人社会的感情和诉求，积极保护华侨华人权益。希望侨社新生代更多地了解祖辈和侨社先驱为争取华人权益所做的不懈努力，饮水思源，尊重侨社老前辈的艰辛付出，为促进侨社繁荣和树立华人文明形象多做有益的工作。希望侨社发扬优良传统，关注自身权益，积极投身社会公益事业，用团结的力量推动侨社的和谐发展。

华侨华人的命运与祖（籍）国——中国的兴衰息息相关。"中国玛丽"所处的时代，中国积贫积弱，华人劳工们只能任人欺凌，抱团取暖。如今的中国已经步履稳健地行进在和平发展的康庄大道上。中美之间巨大的共同利益是两国开展合作的重要基础，两国人民密切而友好的往来是两国加深相互理解、加强互利合作的重要途径。在美国的广大华侨华人比美国的其他族裔人民更加了解中国和中华文化，比中国国内民众更加了解美国和西方文化，具有独特的天然优势，是中美两国加强交流合作的重要桥梁，也是中美两国需要共同保护和开发的宝贵资源。中美两国的友好合作将为在美华侨华人的生存发展创造良好的环境和广阔的空间，也将为世界的和平发展提供保障。

"中国玛丽"的故事属于历史故事，发人深省。以史为鉴，展望未来，实现国家富强、民族振兴、人民幸福的"中国梦"是全体中华儿女的共同愿景和福祉所在。

何亚山

国务院侨务办公室副主任
2013 年 11 月于北京

前　言

　　1882 年对于美国的华人移民是一个什么样的概念？这一年，这个以移民建国、立国的国家，却要将所有华人通通赶出国门，再加上用最苛刻的条件阻止华人移民美国。在美华人岌岌可危，水深火热，只因那一纸法案——臭名昭著的《排华法案》（*The Chinese Exclusion Law*），该法案由那个年代掌控美国国家机器的最高人物第 21 届总统切斯特·阿瑟签署，并于 1882 年 5 月 6 日在国会上通过。

　　1848 年在旧金山发现了金矿，中国人被当成“猪仔”送入美国这一移民国家，受尽了苦难与折磨，但华人素来吃苦耐劳、勤恳忍让，因此，在这一波淘金潮中，这种性格的“苦力”劳工最受欢迎，中国移民源源不断地增加。可是金子总有一天会被挖光。挖光金子后的华人，又被赶到世上最艰苦的劳工工地——贯穿美国大陆的铁路工地去做苦力。到了 1869 年，1 907 英里的铁路刚一建成，加州的反华仇华组织就已尘嚣甚上。华工们或被残暴驱赶，或被无情清扫。他们不得已在金山一带朝南北迁移，从事最底层、报酬最低的行业，如饭店、洗衣房、帮佣等。到了 19 世纪 80 年代，华人大部分已经被驱散，绝望和无依无靠是华人的普遍心理，因为孱弱的大清故国，茫茫万里海外。本书中这一群远游的中华儿女，就这样被枕着无数凄凉与绝望，在美国，以勤勉、热忱、勇敢，谱写一曲悲喜传奇。

那个年代，尽管有了《排华法案》，但还是有美国资本家为了赚钱而无视这个法规雇佣中国人。1877 年，美国人爱德·谢菲尔德在亚利桑那州荒无人烟的圣彼得罗河岸发现了银矿，从此，那些贪婪的矿主们开始打起雇佣苦力的主意，华人被奴役的命运又在墓碑镇开始了。到了 1882 年，才短短几年，只有万把人口的小镇，就有八百多个华人。在美国的中国人最缺乏的一种精神，竟然在这八百多个华人中可以找到，并集中反映在一个女子身上。她就是我们的主人公——在我们的电影中和美国家喻户晓的警长欧普成为朋友的中国玛丽。我们的故事就从这里开始。

在百年移民史上，我们找到一个瑰丽的民族之魂——中国玛丽。

目录

冒险之徒掘得银矿
工匠之属辟出新镇

　　1877 年，在圣塔克鲁斯峡谷的矿上，三个监工被印第安人杀害了。当时军队探险队人心惶惶，他们都害怕印第安人会杀死更多进入他们土地的探险者。当时，爱德·谢菲尔德正受雇于美国政府，是印第安人地区的军队探险队的一员。爱德是一个血气方刚的年轻人，和别的年轻人一样，过了十八岁，不能待在家了，否则会被同伴和邻居朋友取笑。爱德就这样一个人出来闯天下了。爱德和别人不同的是，他更喜欢刺激的工作，因此当政府招募去印第安人区域探险队人员时，他就毅然报了名。现在，三个监工莫明其妙地死了，死亡的恐惧笼罩在大家的心头，大家都十分害怕。

　　正当大家都想放弃这份工作的时候，爱德告诉同伴沃尔·锡伯说："我想在这个地区探寻矿石。"

　　作为好朋友的沃尔吃了一惊，别人都知难而退了，爱德却不顾生命危险，想自个儿行动去干更危险、更不可思议的事。当时，美国百业待兴，只要敢冒险、肯吃苦，就能有前途。爱德深深地明白这个道理。在美国广袤的大地上，不知埋藏着多少宝贵的资源。很多有志向的人都想发财，但是明知山有虎，偏向虎山行的人却为数太少了。

　　沃尔劝爱德说："爱德，我想这里的矿石不多，到头来你只能捡到能做你自己墓碑的几块大石头而已。"

　　另一个朋友也劝他："你如果真的要去探矿，最好还是带着你的棺材去，别的你什么都找不到。"

　　大家没有一个人鼓励爱德去做这么一件事。爱德知道这一去生死未卜，但是，这些耸听的危言并不能阻碍一颗为寻找财富而敢于冒险的心。爱德最终没有听从朋友们的忠告，毅然独自出发去寻宝。那可需要惊人的胆量和冒险的精神！

不久爱德来到印第安人阿帕奇部落领地的华楚卡营地住了下来。爱德以布朗稟小木屋作为基地来探寻矿石。这间小木屋坐落在圣彼得罗河岸的一个高地，是1858年一个叫布朗稟的德国裔探矿工程师搭建的。它离现在的墓碑镇约八英里路程。布朗稟来开发圣彼得罗河岸的银矿时，和他一起来的化学家约翰·摩斯，以及一个厨师、两个矿工都住在这个小木屋里。他们主要依靠墨西哥矿工进行开矿。布朗稟还在驻地开了一家小店，给工人们提供日常用品。后来他还建了几间供工人住宿的木屋。1860年7月23日，工程师威廉去福特·布查那镇买面粉，回来时发现小店被抢被毁，他的表兄詹姆士也被杀害。威廉跑回镇子，将杀人事件报告给军队。军队来到现场，发现更可怕的是更多的人被杀。化学家摩斯的尸体被动物们蚕食，布朗稟本人也被人用石钻杀害。在这个木屋周围，一共有二十多个人被杀。在亚利桑那州的历史上，这是最阴森可怕的一间木屋。

爱德来到这里，看到木屋破烂不堪，便动手将一间木屋稍稍作了修补，作为遮风避雨的地方。附近的小小土包都是坟墓，却没有墓碑，十分吓人。四处好像危机四伏，附近的印第安人和墨西哥人就像秃鹫一样寻找猎物。而周围都是光秃秃的山包和沙地，人在光天化日之下行走，一览无遗。爱德也顾不得那么多了，先在木屋歇息，然后开始沿着圣彼得罗河东岸寻找银矿石。爱德小心翼翼地探寻他的宝藏，每天天没亮就出发，直到晚上月亮顶在头上才回来。爱德庆幸自己没有死，也没有被阿帕奇部落的人发现。可是他已经筋疲力尽了，他的衣服已经变成鹿皮、法兰绒和兔皮做成的碎片，他的帽子也不成形状。二十九岁的他，看上去满脸皱纹，就像四五十岁的人似的。他没钱理发，黑色的头发已经长到了肩上，长长的胡子布满结，看上去就像一个长满毛发的猿人。

他常常下到河谷干沟，几个月来，他都没有发现银矿的蛛丝马迹。然而，对于一个以生命作代价来探寻矿藏的人，一个已经穷途末路的年轻人来说，他没有任何退路。他用双脚，走遍了圣彼得罗河岸边的沟沟壑壑。他走着、探寻着。来到了阿帕奇部落生活的苴拉宫山边，地势越来越险峻，伸到河边的河岸越来越陡峭。功夫不负有心人，这天，爱德来到一个叫作鹅地的高地，他发现一块矿石。他捡起来，这块矿石看上去很像银矿石，像是从一个巨大的矿源里冲下来的。如果是这样的话，向源头追溯几英里，最多几十英里，一定能找到矿脉。

爱德一下子激动起来，情不自禁地从地上跳起来，高喊："我找到了！

我找到了！老天爷，我找到了！"

他落下来的时候，脚扭伤了。他揉了揉自己的脚，缓解了一下痛楚。

接着，他觉得有些饿了，拿出干硬的面包，咬了几口，又吞了几口水，就向上游的源头走去。他惊奇地发现了一道银矿源头的矿脉。

"太奇妙了，多么丰富的银矿石啊。"他情不自禁地喊起来，"我发财了，我发财了！"

他再仔细看这道矿脉，足足有五十英尺长，十二英尺宽。就在圣彼得罗河边的山谷里，就在一个山冈上。他太激动了。终于发现了朝思暮想的银矿石，他晚上一夜没睡着，盘算着自己在宣布登记以后怎样开采。

第二天，也就是1877年9月21日，爱德向政府公所递上自己的登记文件，但是发现自己在地点这一栏里还没有填写。这个地方还没有地名呢。他想起那些朋友在他出发来探矿时嘲笑他的话："爱德，我想这里的矿石不多，到头来你只能捡到能做你自己墓碑的几块大石头而已。"他也想到在他宿营的木屋周围，这么多的人被杀，这是一个人们来这里寻找他们自己墓碑的地方。要是他没有这么幸运，说不定他也已经找了一块墓碑刻上自己的名字。对，就叫这个地方"墓碑镇"吧！于是他就毫不犹豫地在地点一栏里给这块将来要发生惊天动地的大事的地方起了一个令人不寒而栗的名字。

有了开发权，他就急着要找人进行测定。经历了徒步寻找银矿的漫长岁月，他已经一贫如洗，连饭钱都没有了。他怎么能去图松申明他的股权，请人来测定呢？他想来想去，还是去和一个叫威廉·格里菲斯的熟人商量。威廉答应给他出钱申明他的发现矿脉权的记录，但是爱德也要给他一些股权。这样威廉在1877年9月27日为爱德的墓碑镇的矿脉做了股权记录。爱德和威廉都十分高兴，那天晚上他们买了酒和肉庆祝了一番。

然而图松没有鉴定办公室，爱德和威廉只能把矿石给了一个管事的官员看，那位官员说："这些石头样品没有用，能值几个钱？在我看来一文不值。"

爱德十分失望。威廉做梦也想不到爱德的发现一文不值，他白花了这么一些钱，觉得有点冤枉，但是也没有办法。于是他就退出爱德的开矿计划，转而去投资圈养行业，爱德失去了经济支持。但爱德是一个撞到南墙也不回头的人，不管人们怎样否定他的计划，他还是执意走下去。

爱德很清楚银矿就在那里。他现在还是身无分文，他空有矿产，到哪里去寻找投资呢？他想来想去，只有找他的兄弟艾尔。那时，他只知道艾尔在亚利桑那州的格罗布城。不过他的口袋只有三十美分。格罗布城在墓碑镇的北面，有几百英里的路程，只靠这三十美分根本不可能到达目的地，他也不可能步行到那边。怎么办呢？他决定朝北走，四处找工作。一开始他还真的找到了几份工作，赚到了一些钱。于是他乘火车来到格罗布城。可是，屋漏偏遭连夜雨，等他找到格罗布城时，艾尔早不在那里干了。有人告诉他，艾尔已经去西格奈儿城的麦克莱肯的矿投资了。

爱德感到糟糕透了，因为他又只剩下三十美分了。他又急又担心，将三十美分都买了香烟，男人在最烦恼的时候，最好的镇静剂就是香烟。他找了一个僻静的地方，猛抽一阵，缓解着急的心情。他烦躁的心终于平静了下来。他想还好，现在在城里，还能找到工作，大不了再找几份工作，打一个月工，然后再去西格奈儿城找兄弟艾尔。主意已定，他就去找工作。这个城里有好些矿区，他觉得自己既然是搞矿的，还是在矿区干活得心应手。于是他在一个矿上找到夜班吊矿石拖矿石的工作。这个工作实在太辛苦了，每个晚上都要将十几吨的矿石从矿井里拖上来，他简直累断了腰。但是他坚信只要找到他的兄弟艾尔，就一定会成功。这一信念支撑着他。

爱德终于赚够了钱。他离开矿区，到西格奈儿城。他到处打听和询问，终于来到他兄弟艾尔那里。

兄弟相见，分外亲热。爱德对艾尔说："我终于见到你了。我相信我终于能够成功了。"

艾尔说："你来得正好，我的朋友理查德·格特也在这里。他是你现在最需要的人。"

原来艾尔说的理查德就是一个评估师。现在爱德感到苦尽甘来，他心想的事就要成功了。理查德评估了他的矿石，认为每吨价值两千美元。爱德听了，高兴得跳了起来。他的辛苦终于没有白费。

艾尔问爱德："你有什么打算？"

爱德不假思索地说："我们不要说什么了。我们现在就出发去墓碑镇。我们三个人，你、我还有理查德。"

他们三个紧紧地将手握在一起。艾尔说："好，我们整理一下，立刻动身。"

理查德拉出一头驴子、一辆大篷马车，检查了一下他的评估工具。三人上车，急速向墓碑镇飞驰过去。有了爱德的开矿经验、理查德的查评实践经验和艾尔的资金，一个全美国最富的银矿开业了。墓碑镇的盛名远扬，一个冒险式的新兴城镇就这样诞生了。爱德很快变成了百万富翁，墓碑镇从此开始了永恒不息的生命旅程。

勇警察欧普欲建功
俏玛丽直奔墓碑镇

　　爱德后来又发现了"母亲矿脉"，理查德的调查显示这个矿脉走向十分深远，开掘潜力很大。爱德惊喜若狂，他的发现使他对这片土地越来越狂热，他创建了自己的公司。他发财的消息很快传到全国各地。人们纷纷在各大报纸上读到他探矿发财的消息。因此，很多冒险家闻风而动。这就是美国——冒险家的乐园，大家都赶来墓碑镇分一杯羹。

　　很快，人们在鹅地发现了很多银矿。大的有"幸运的诅咒矿"、"坚韧的果核矿"和"满意矿"等。这些矿请了不少评估师，矿价评估得极高。一时间，墓碑镇成了冒险家眼中投资的香饽饽，更多的探矿者接踵而来。简直在一夜之间，墓碑镇长出了很多房子，成了一座小城，而鹅地是这座小城最好的位置。

　　1879 年，M. 艾利斯酒吧在鹅地的出现奠定了这个小城的格局，那就是现在墓碑镇的格局。

　　爱德很快成了百万富翁。当时的百万富翁和现在的百万富翁完全是两个概念，当时的钱值现在的几倍甚至十几倍，用现在的话来说，他成了巨富。他现在完全鸟枪换炮了。他挥金如土，穿戴高贵，到处游山玩水。

　　有一天他去金山（华侨对"旧金山"的称呼）游玩，在一个酒吧里遇到一个叫玛丽·布朗的女人。他一见钟情，立刻追求她，并和她结了婚。

　　爱德在洛杉矶定居下来，和他的兄弟艾尔住在一起。然而好景不长，1885 年艾尔由于酗酒吸烟而死。爱德后来放弃了家庭，他渴望过以前的那种旷野的孤独生活。最后也是那种生活使他离开富人圈，一种内心的希冀和快感使他一个人孤独地投入大自然的怀抱去探寻什么。于是他去了俄勒冈州，在旷野里找到了一个小木屋。他在那里住下，就像当年的布朗橐小木屋一样，继续他的探矿生活。

1897 年 5 月，也就是他发现银矿的二十年后，他被发现孤零零地死在那座布朗桑小木屋里，他平静地伏在办公桌上，手里还捏着他正在检验的金矿矿石。他在日记的最后一行写的字是：上帝保佑我又中富运。

爱德这个富有探索冒险精神、开创了一个城镇的美国人，虽然他的故事就在这里画上了句号，但是一个镇子的生命因他而诞生，磨难中永远不死的镇子活了下来。后来在这个镇子里发生了很多故事，有一个便和我们中国人的祖先息息相关。在我们讲述早期中国移民故事前，我们必须讲一下在这个镇子里的几位在美国尽人皆知的执法者，其中一位就是大名鼎鼎的警察维特·欧普。

1848 年，欧普出生在伊利诺伊州的一个军人家庭中。他的一生可谓十分坎坷。1849 年他父亲举家迁到加州，后在爱荷华州定居务农。1856 年，他们一家又回到伊利诺伊州。欧普的父亲被选为市警察，只是后来犯了事，有官司在身。1861 年，美国内战爆发，他的三个哥哥参加联邦军队。欧普那时才 13 岁，不能当兵。他只好和两个弟弟在家负责种地。

1865 年内战结束，哥哥们回来了，他们举家又迁到了加州。生活的艰辛让欧普兄弟们都早早离家。1866 年，18 岁的欧普成了赶车人，他为人运送货物，也为火车装卸建筑材料。那个时候的欧普学会了赌博和拳击，他常常参与打架。1868 年，欧普回到密苏里州的家里，接替父亲的警察职位，成为一个为人们赞颂的警察。1869 年，欧普与当地一个旅馆老板的女儿结婚。婚后，他们的生活很幸福。但是，老天就是这么无情，眼看要有第一个孩子的时候，欧普的夫人却患猩红热去世了。夫人的去世对欧普是一个很大的打击。欧普十分痛苦，他消沉，甚至堕落，犯了一系列的事。1871 年因为偷马被捕入狱。凭着一身本事，他从屋顶逃跑了。

后来，他去了伊利诺伊州的皮奥里，在那里他仍然十分颓废落魄，沉迷于赌博和妓女。不久后，他又去了堪萨斯州的威奇他城，在那里终于有一次机会能改变欧普的命运，他帮一位退休警察抓了一个偷马车贼。1875 年，欧普重新加入了警察队伍。

1875 年底，欧普的哥哥在道奇城开了一家妓院，欧普就来到了道奇城。两年后，他在道奇城参加了警察队伍，也在那里与挚友道克·霍利岱会合。在一次危机中，道克救了欧普的命，两人更加亲如手足。

欧普颠沛流离的生活培养了他无畏的、疾恶如仇的性格。1879 年他和他的兄弟詹姆士、维吉尔及其家属驾着马车去到新兴的墓碑镇淘金，但是他们已经错过了第一波淘金的机会。虽然他们在墓碑镇像其他的淘金者一样登记矿地，但最终他的那些兄弟们还是回到老行当：为酒吧、赌屋和银行当枪手，做护卫工作，直至当上警察。

当时墓碑镇主要有两大类人：一类是为银矿来的，这些人有投资者、银行家、工人、老板和家属；另一类是养牛贩牛的牛仔。他们凶悍，他们作恶，他们无法无天。

随着人口增多，服务行业也紧接着发展起来，最多的还是酒吧。在这个小小的镇子里，竟有一百多家酒吧、几十家饭店和一个大的红灯区。人们也办起了学校，供矿工和市民的孩子们上学。还有教堂、报社以及一家公共游泳池。最著名的公共娱乐场所有两个，一个是上层社会人们钟爱的谢菲尔德大厅，还有一个是牛仔们喜欢去的鸟笼戏院。

由于去矿上干活的几乎都是男人，到墨西哥养牛贩牛的牛仔也是清一色的男性，因此赌博和嫖妓成了墓碑镇人们最喜爱的娱乐。赌和嫖必然会引起打和抢。墓碑镇的杀人抢劫案司空见惯。更有一百多家酒吧推波助澜，加上鲜有法律的约束，各种案件层出不穷。在这样一个处于资本原始积累阶段的新生边远城镇，极其需要法律和秩序。人们盼望着有一位维持和平、保障生活的英雄出现。俗话说得好，时势造英雄，墓碑镇需要像欧普那样的英雄。天时、地利都需要欧普站出来充当这个英雄。

当时，欧普兄弟的生意做得并不是很成功，因此他们毅然重操旧业，为豪华马车做保镖。欧普以大胆和精准的枪法闻名，那些拦路抢劫的牛仔和罪犯听到他的名字都闻风而逃，不敢造次。欧普因此获得良好的声誉。当小镇政府招募警察时，尽管有很多人报名，他和别人竞争时，却一路绿灯，没有任何悬念就得到了这个职位。尤其是在OK.卡罗尔酒吧前欧普兄弟和道克与牛仔兄弟的面对面枪战中，尽显英雄本色，为美国人津津乐道。

欧普当上警察时，墓碑镇已经有一万人口，在这一万人口中，有近一千的华人。我们小说的主人公中国玛丽也是其中一个。

人们总是奇怪，在这个时候，全美国也没有多少华人，就这么个小镇，怎么会有这么多的华人呢？中国玛丽怎么来到这个墓碑镇的呢？这还得从加州政府迫害驱逐华人说起。那时，在加州的华人铁路劳工们完成横穿美国大陆的铁路大动脉以后，花旗人（美国人）开始排华，没有死的华工都要被遣散。有诗曰：

哀同胞，

哀同胞，

洋人手段狡复狡。

屠我不用枪和炮，

绝我生机盐我脑，

试看美约森森令人魂胆消。

哀同胞，

哀同胞，

航洋渡海程遥遥，

横来苛虐苦无告，

身家性命都难保，

最怜饮泣吞声木屋囚徒老。

哀同胞，

哀同胞，

振起国人四百兆，

始终不被夷人笑，

生死关头争一秒，

哪怕太平洋里风急波浪高。

这就是加州铁路华工的真实写照。

在加州的一个铁路工棚里，一个女子正坐在简陋的窗前给老人喂药。老人的名字叫阿贵，岁数比较大，身体日见瘦弱，哮喘病也渐渐严重起来。这位女子个子不高，稍胖，穿着传统的丝质对襟大褂，衣服上绣着龙凤图案，显得十分大气。那时的华人女子大多裹小脚，可是这个女子却有着一双大脚，走路习习生风。她刚刚从厨房里走到老人跟前，给老人喂药，干净利落，一看就知道她是一个干练的女人。这个女人是阿贵的女儿，名叫玛丽。

阿贵早年响应花旗国人在广东做的招工广告，他相信花旗国遍地是黄金的传说，就毅然留下老婆和女儿来美国淘金。那时候，来自中国东南部尤其是广东的移民远隔重洋漂流到花旗国淘金，他们随时都有生命危险。从踏上花旗国那一刻起，阿贵就意识到自己上当受骗了，但是千里迢迢，远隔重洋，回头无岸，那花旗骗子领着他们来到铁路工地，从那时起，阿贵知道自己的性命便捏在菩萨手里了。幸亏阿贵身边有个贴心的年轻徒弟，别人都叫他阿龙，谁也不知道他的真名是什么。阿龙对阿贵十分敬重，照顾得十分体贴，因此，阿贵的身体一直没有大恙。

可是不久前，阿贵的老伴在家贫病交加，忧忧郁郁，染上肺炎，加上思念丈夫，离开了人世，留下独生女儿一人。阿贵听到老伴病故的消息，想到女儿在家乡孤苦一人，心头悲痛欲绝，没多久，染上风寒病倒在床。那天阿贵把阿龙叫到床边，阿贵道："阿龙，你为我写一封信给我女儿，说我生病了。我想要女儿阿娥过来照顾我。这样，她也不会在那边孤单一人了。"

阿龙答应了，从抽屉里拿出纸笔，阿贵一边说，他一边写，一会儿工夫，就把信写好了。

几个月后，阿娥接到父亲来信，读到父亲在美国受苦时，就头也不回地乘船到美国照顾父亲去了。她在天使岛被扣留几个月后，终于来到父亲身边。但凡来到美国的男男女女，总有千篇一律的名字，男的叫约翰，女的叫玛丽。阿贵的女儿从广东来，人们就习惯叫她中国玛丽。

来淘金的绝大多数人都是男子，青年女子少之又少。阿贵见女儿长成漂亮的姑娘，便有意将自己的女儿许配给阿龙。在铁路工地上，就只有阿龙做事小心，值得让阿龙娶这样一个活脱像天上下凡的仙女。阿贵希望徒弟阿龙也好好待她，并照顾自己。

铁路已经建完，花旗国对华工的排斥越来越大。铁路上不断驱逐华工。眼看着活着的华工一个个地散去，铁路工地村的人渐渐减少，阿贵在心里替阿龙和玛丽着急。

这天，阿贵的朋友旺发来看望老人，带来了一张亚利桑那州墓碑镇的 *Epitaph* 报纸，报上介绍新兴的墓碑镇银矿开发，一日建一条街的消息。

阿贵把女儿和女婿叫到跟前，身边还坐着一个他们熟悉的朋友旺发。阿贵颤抖着将几年来积下的钱都拿了出来。玛丽很奇怪父亲还有这些钱。

阿贵对女儿说："丫头，你们有一个去处了。这点钱是我的全部积蓄。现在横跨美国的大铁路已经修完。美国政府准备驱赶华人回国了。至少，他们要把我们给挤出工作岗位。我们纵然有一千个道理，一万个抗议，到头来，身在异国，还不是被赶尽杀绝？这是旺发带来的有关墓碑镇的消息，你们还是合伙去墓碑镇开一家餐馆吧。天下可能没有中国人做工的地方，可是天下一定有要吃饭的人。这是本钱。这些加上旺发的积蓄，开一家餐馆应该没有大的问题了。你们去吧！"

旺发点点头说："有阿龙这样的后生和我一起去开餐馆，我没有后顾之忧了。好！我和阿龙合伙，去那里闯一闯。"

阿贵说："阿龙、丫头，如果生意失败，一定要留点钱上船回国。"

玛丽听到爹的这番话，不禁心酸，说："不，爹，我不去，我要守住你，我要照顾你。我什么地方也不去。"

阿贵听了，责怪女儿："你这个丫头，平时说话做事挺有主见，今儿个怎么了？爹叫你们去创业，是给你们指出这么一条活路。"他转头对阿龙说："你是我的徒弟，一个徒弟半个儿。你是一家之主，你就领着你的媳妇去吧。"

阿龙说："爹，还是玛丽有主见。我也听说过墓碑镇。那个地方可是鬼才去的地方啊。那里的人都是些带着枪杀人的魔鬼。那里一天要死几个人，我们若去那里，恐怕凶多吉少吧。"

"阿龙，这铁路已经合龙。这个公司现在打算把我们建铁路的华工全部解雇。已经有一部分的华工去别的地方了。我想你们俩既没有种地的经验，也吃不了农场的苦。别的地方也就别去了。墓碑镇这个地方虽说牛仔矿工一大帮，而且无法无天，但是这些人也是从外地去那边求生存的，而且，在那边不仅仅是花旗人，还有墨西哥人和欧洲人。那边人杂，也不会管你是哪里人。再说了，广东菜比面包果酱有味多了。那些牛仔矿工口味重，保管他们爱吃。到了那边，你们惹不起人家，总是躲得起的。兴许还能赚点钱，将来回到广东，也能买田置房。"老人说。

旺发说："阿龙，你丈人说得不错。新地方人人都是生面孔，你到那边久了，你就成了元老。兴许还真是个好去处。玛丽你说呢？"

玛丽说："除非爹和我们一起去。"

阿贵心里想着，这女儿真的太孝顺了，但是自己决不能连累他们，让他们有条活路。他就说："你爹活过今天也活不过几天了，从金山到墓碑镇要走千里山路，我吃得消颠簸吗？况且那边尽是沙漠，黄尘漫天，你爹在路上也许会死去，你打算把我埋到旷野里做游魂吗？"

玛丽说："那边铁路已经通了一段。爹，说什么我也不能让你一个人留在这里。"

阿龙也说："爹，你还是和我们一起去吧！"

旺发也说："阿贵，你还是和我们一起去吧！我们租一辆大一点的马车，边走边休息，也许会好些。"

阿贵安慰阿龙夫妇："我这里也留了一些工钱，这里华人多，如果我死了，我会要这里的殡仪馆把我给葬了，葬到华工墓地，你们以后来寻我，也有个去处。这里的气候好，如果我没死，身子骨恢复了一些，你们将来再来接我。还有，你们在那边如果生活得不好，还有我在这里，你们还可以回来。"

玛丽想了一想，觉得这样做也在理。一则这里有父亲的老朋友，他们也要寻个去处；二则这里找父亲方便。如果这墓碑镇果真是个去处，回头再来接他们去。如果那边待不下去，还可以回来。于是玛丽下定决心，含着泪说："父亲，你说得是，这里的长辈们眼看着全部被遣散，无处可去，我和阿龙先去探路，待我们在那里落下根来，再来接你们。再说，张伯和陆伯都在这里，只是您要先吃苦了。"

阿贵见女儿松口答应，便吩咐阿龙："小子，你快去安排到那里去的事。"

阿龙答应了，就和旺发一起去安排。玛丽也整理了一下衣服，还有一些细软，一并装入箱子，准备出发。

沙漠旷野路遇劫匪
墓碑凶镇夜闻惊枪

　　1880 年，铁路已经从加州的圣地亚哥城修到亚利桑那州，直通到离墓碑镇 25 英里的班森镇。阿龙和旺发租了一辆马车，从铁路工地村来到火车站，乘上火车直奔墓碑镇。

　　火车在沙漠里突然慢了下来。大家听说有一帮劫匪来打劫火车，都十分害怕。果然没有多久，就有一帮墨西哥人模样的劫匪来到火车上。他们挨个儿地翻车上的行李、物件，并对乘客搜身。阿龙身上藏着丈人给他们的开店本钱，看到这些劫匪，吓得索索发抖。玛丽看到阿龙这样窝囊，心里十分不悦。她对阿龙说："阿龙，你坐起来，你怕什么，不就是这些钱吗？他们来了我来对付。"

　　阿龙说："玛丽，你别充英雄好汉了。连车警都对付不了他们，就凭你能行吗？"

　　玛丽说："阿龙，就凭你的这副德行，怎么能做得成事呢？"

　　阿龙被玛丽说得面红耳赤。只听到上节车厢的乘客一阵骚动，大呼小叫。玛丽看到阿龙浑身发抖，索性拉上一条毯子，将阿龙裹起来。旺发坐在旁边一言不发。

　　隔壁车厢静了下来，只听见火车铁轮和铁轨有节奏的撞击声。这时，好几个劫匪气势汹汹地过来了。玛丽见他们没有杀人，只是抢东西，心里略略平静些。她见几个劫匪将旅客的行李大包小包地往车窗外面扔。大家都吓得不敢出声，只能任凭他们抢行李了。

　　两个满脸胡子的劫匪来到玛丽的车座间，他们伸手将玛丽的衣服包裹扔下火车。旺发看到他们的行李全数被抢去，欲要起来和他们说话。一个劫匪抬手就打了旺发一个耳光，打得旺发耳朵嗡嗡作响。

　　玛丽用中式英语说："Sorry, sorry, please take！Please bags take go."

劫匪没有听懂玛丽的话，见座位上一个人裹在被子里索索发抖。他走到这个人前面。

玛丽说："No, no no! He sick! Laporasy！Laporasy！"

这个劫匪没有理睬玛丽，掀开被褥，闻到一股恶臭。劫匪赶紧捏住鼻子走开了，其他的劫匪也不敢动他们的行李了。

旺发也闻到一股恶臭，也赶紧捏住鼻子。玛丽见这些劫匪走到下面几座，她连忙帮阿龙塞住被褥，恶臭稍稍淡了一些。

旺发问："玛丽，这阿龙身上怎么会这般臭呢？"

玛丽说："不这般臭，我们开餐馆的资本还保得住吗？"

旺发听了，脸上浮现出喜色。

旺发高兴得几乎跳起来，说："玛丽，真有你的。你怎么想得出来？"

玛丽说："这火车十分不安全，虽说旅行快了很多，但是这一带劫匪多如牛毛，有老墨劫匪，有牛仔劫匪，还有阿帕奇部落劫匪，你也搞不清是哪帮的劫匪。来的时候我已经打听到这些情况了，所以之前我已经准备了这些捣碎的榴莲。"

旺发不由得叹息："玛丽，你真是聪明绝顶。"

玛丽说："不这样，怎么在这群强盗中生存呢？"

旺发说："玛丽，你说得对。我们是往强盗窝里去讨生活。凡事都要长个心眼。玛丽，往后还得靠你这样的机智。"

玛丽说："别说了，这一去是死是活、是祸是福都不知道。不过有本钱在，再怎么样还是能应付一下的。"

险情过去了，阿龙稍稍平静了些，不再发抖了。他撩开被子，脸色惨白。玛丽的头靠在火车的窗户边，眼睛盯着前方，整整半个时辰都是森林和溪流。出了森林，渐渐地，火车来到一望无际的沙漠，可是玛丽的脑子里却在回忆着一幕幕刚来到修铁路营地时的情景，也回忆着这个阿龙。在整个华工营中，阿龙是一个胆小怕事的人。玛丽刚到美国的时候，刚好山区工地上好几个华工被石头砸死了，但是老板却拒绝支付抚恤金和丧葬费。阿贵和别的华工都去老板那儿抗议，阿龙害怕老板报复，要师傅不要去，但是阿贵还是去了，为此阿贵对阿龙很生气。但是阿龙做事很认真，很少出差错，这一点，阿贵还是很看重他的。

玛丽始终觉得阿龙没有一点男子汉气概，因此，当她的父亲安排她和阿龙结婚的时候，玛丽不是很满意。但是出于对父亲的孝顺，她也随父亲之命，和阿龙结了婚。刚才在火车上听到枪声，阿龙就吓得浑身筛糠，玛丽心里十分鄙视她的丈夫，心想，丈夫这样窝囊，以后的日子怎么过？

玛丽坐在火车上似睡非睡，过了很多个时辰，火车一声长鸣，在班森镇车站停了下来。旺发见大家都站起来下车，便催促着玛丽和阿龙下车去了。（由于阿龙身上的恶臭，他们仨只有一只装着破旧衣服的包裹被扔下火车，还有四五只包裹安然无恙）阿龙和旺发便大包小包地拎着这些包裹下车。

从班森镇到墓碑镇，还有一段很长的路。带着这么多的行李，走路是不行的，玛丽提议租一辆马车。

赶车的是一个长得满脸胡须的人，这个人说话声音很低："你们是去墓碑镇的吗？"

玛丽有些害怕，说："是啊，我们租你的车去，行吗？"

赶车人看看玛丽，又看看阿龙和旺发，说："这么多的行李，又是三个人，你们就付三十美元吧！"

玛丽他们三人你看看我，我看看你。三十美元在当时是个大数字，所以他们一下就都不吭声了。

赶车人说："喂，中国人，你们到底去不去啊？"

"我们去墓碑镇。"玛丽说着，从口袋里掏出钱来。赶车人接过钱，让他们上车。

马车飞驰，玛丽看到车后腾起一股厚厚的尘土，车两边都是黄色的土地，远处的小山包上稀稀疏疏地长着一些树木，看上去没有人烟，十分空旷。

"这就是亚利桑那沙漠了，这里人烟稀少。可是这里有银矿呢，遍地是银子。"旺发说。

阿龙向远处看，茫然地问："这里都是一片死地，也奇怪了，怎么可能有银子呢？"

阿龙接着说："听说已经有很多花旗人发了大财。但是我们是不被允许去围土地的，只有那些花旗国的公民才能围土地。我们中国人为什么不能围土地呢？"

旺发叹了一口气："中国人在这里不是人。什么时候他们把我们当成人了？他们只把我们当成牲口。你还记得吗？修铁路炸山洞的时候，死了多少中国人，他们连棺材也不肯花钱买，就挖个坑把这些人埋了。"

玛丽插嘴道："是啊，我们多少兄弟在那里成了怨魂野鬼，听我爸说，晚上那些无名死人的鬼魂常常出来哭闹。那是他们找不到家啊。阿龙，我听说墓碑镇已经有些中国人居住了。我们在花旗人那里没有入他们的名册。你还是共济会的负责人吗？那里应该也有共济会，我们在那里为中国人造个名册，这样，就是死了也好歹有个名字。"

阿龙答应着："好啊，这件事容易，我们就造个名册吧。"

马车跑了一阵，玛丽慢慢地看到远处有房屋出现。这些都是低矮的木屋，看上去十分简陋。玛丽目不转睛地看着两边的木屋，马车旁边有一片墓地，稀稀落落地有几处墓堆。

"啊，这是花旗人的墓地。唉，墓地也这么简陋，就像家乡的乱坟岗。"旺发说。

玛丽应道："旺发，你看这些墓，花旗人死了就用块木板做墓碑，死了人都这么小气，不立个石碑。"

"是啊，你没看到这些花旗人都很抠门。唉，在这里开饭馆，恐怕赚不了多少。"旺发叹口气。

阿龙责备旺发："你这乌鸦嘴，还没出师你就说这样的丧气话，财运都给你赶跑了。"

旺发说："你这人倒是挺迷信的，是福不是祸，是祸躲不过。我怎么说也不会改变主意的。"

玛丽说："阿旺，你说得对，是福不是祸，是祸躲不过。只要我们的饭菜比别人的好，生意自然就来了。"

旺发说："那就听天由命吧。"

他们说着话，就到了艾伦街和第四大道口。那里有个叫付其的广东老乡在等他们。

付其是一个典型的广东人，他个子不高，肤色黝黑，眯缝着的小眼睛，眼角向下拉，看上去十分和善，花旗白人叫他眯眼。付其在墓碑镇的福莱蒙街和第四街的一角开了一家糖果店。花旗白人牛仔特别喜欢吃甜食，尤其是巧克力。巧克力虽然是外国的东西，但是，付其是一个天生的糖果制作高手，他的巧克力又黏又稠，香味久留。因此他的糖果店生意很好。付其喜欢开玩笑，如果有白人叫他眯眼，他就会大声喊他们圆眼。也许因为付其这样叫墓碑镇的白人，圆眼这个名字就这样叫开了。

旺发一眼看到街角的付其，连忙叫赶车的停下。付其也看到了他们，便迎了上来。

付其和旺发、阿龙很熟，但是没有见过玛丽。他见有一个女人跟着，连忙说："阿龙，她是你的媳妇吧。"

显然旺发和玛丽相比，显得太老了。阿龙不好意思地说："她是我媳妇。"

玛丽一点也不认生，自我介绍说："付长辈，我叫……啊对了，我叫玛丽。你以后叫我玛丽就是了。"

付其见玛丽这样大方，完全不像大家闺秀，便不装斯文了。他哈哈一笑："阿龙，你真是有福啊，这里的男人要找个广东媳妇很难呢。你怎么有这么好的运气？"

旺发说："还不是他有一个好师傅，又教本领又许配媳妇。真是行了桃花运。"

旺发见玛丽有点不好意思，便转移话题："付其，你要把我们领到哪里去啊？"

付其说："我已经为你们安排好了，就先住在我的家里。明天陪你们去看店面，就在鸦片城中央，离我这里不远。"

众人随付其来到他的家。付其的家有两层，下面一层是店铺，摆满了各色糖果，玛丽远远就闻到了巧克力的香味。旁边有个侧室，摆满碗盆锅瓢和炉灶，很显然，那是付其的糖果制作间。付其的家住在二楼。这会儿，旺发住在厅里，里面的一间储藏间整理一下让阿龙夫妇住。阿龙他们收拾停当，玛丽就走出付其的家门，往街上张望。算起来一月还算是冬天，可是亚利桑那州的冬天一点不冷，傍晚天黑得很快。玛丽大吃一惊，白天看着这墓碑镇人烟稀少像座鬼城，可是夜晚大街上的店铺却是灯火通明，街上不时出现很多人和马。尤其是晚上，对面的酒吧、饭店、赌场、戏院，热闹非凡，吆喝声在街上回荡，就像老家办结婚喜酒行令猜拳的夜晚。突然，有一队马队嗒嗒而来，后面扬起了黄色的灰尘。接着，街上传来了一阵枪声，吓得玛丽赶紧往回跑。

付其的女人已经准备好了饭菜。大家围坐在一起，吃着谈着。付其的女人煲的乌鸡蘑菇汤特别的鲜，大家都称赞了一番。玛丽余惊未消，本来想付其会在饭桌上说这枪声到底是怎么回事，见付其和他的女人根本没有把枪声当回事，便问："付大哥，刚才的枪声多可怕啊，他们打枪是为了什么呢？"

本来付其和老婆对听到这样的枪声已经习以为常，没有什么好惊奇的了。可是他猛然想起阿龙和玛丽一定不习惯这样的枪声，便解释道："你们啊，要想成为墓碑镇人，首先要习惯这枪声。如果不习惯，就会把自己的魂都吓出来了。这墓碑镇一天不死人，这一天就成黄道吉日了。矿上会死人，牛仔枪斗会死人，赌徒争斗火并也会死人。"

　　玛丽有点害怕，说："在这里死人就像家常便饭了？这太可怕了。"

　　"可是这里要比我们造铁路那会儿要好多少倍呀。"付其颇有感慨地说，"唉，父母把我们生下来，人命竟然这么不值钱，我们为何远离家乡，来到这个鬼地方呢？就是为了苟且地活着。"

　　旺发也说："对呀，我们这命还不如几千美元呢。"

　　玛丽看到阿龙十分认同，不断点头，便说："付其、旺发，这是你们大男人说的话吗？有句话说，好男人志在四方。就是草籽也要在石缝里生根。我们有手有脚，你们怎么这样想的呢？人家花旗人也不是从石缝里找到银子，发了大财？我们广东人能给他们做美食，我们要在他们的舌尖里扣银子。你做巧克力不也是这样吗？我们开饭馆不也是这样吗？等我们有钱了，就在这里造大房子住，舒舒服服地过后半生。"

　　付其说："玛丽，你还真的把自己看作人啦？"

　　玛丽听了就奇怪："那你把自己看成什么了？狗？猫？蜈蚣？地虫？"

　　付其无奈地说："差不多吧，听说这里政府造册，连华人的人丁都不算。你说我们不是等于空气了吗？"

　　阿龙不断地喝着汤，付其的女人见阿龙这么喜欢喝她煲的汤，要再给阿龙盛一碗，阿龙摇摇头，说："大婶，我不喝了。晚上起来麻烦。吃完洗洗我要睡了。"阿龙说着，打了个哈欠。

　　付其的女人说："你们的床铺都收拾好了。"

　　付其也说："明儿一早，我们就去四街的空店铺看看，价格公道的话，你们就准备上手吧。"众人都说好，便各自回房间睡觉去了。

翡翠初识中国玛丽
餐馆首迎四海宾客

第二天早上，阿龙醒来，发现旁边的玛丽不见了。他喊了几声，听到付其的女人大声回道："你女人一大早就到外面去了。"

阿龙嘟嘟哝哝起来："这死娘们一大早会去哪儿？"

他披上衣服，来到门口，门前的街上还没有很多人。阿龙朝街的东头看，看到一轮淡淡的红色日晕，天蓝得深深的。慢慢地，深蓝渐渐变淡，天好像越来越高，街也显得越来越空旷。

阿龙朝东头走去，没走多远，就听到付其的女人在叫他，便转身回，他进屋，看到付其的女人已经准备了早饭。

玛丽也回来了。阿龙知道他老婆的习惯，每到了一个地方，她总要先认认路，可是一大清早就到处乱走，他还是有点生气，责备玛丽道："你大清早的到哪里去了？"

玛丽笑笑，说："人家都说这墓碑镇很可怕，我说这墓碑镇的早上真好，街上安静极了。"

付其的女人说："玛丽，你说早上安静，等一会儿你就知道这里有多热闹。"

正说着，玛丽就听到声音，这是一大群牛的叫声和牛仔的马蹄声。

"牛仔们天天在街头的旷地里交易牛，一会儿打架，一会儿杀人，这里是不会安静的。这些牛仔要多野蛮有多野蛮。你以后会习惯的。"付其的女人说。

玛丽说："啊，原来是这样。"

吃完早饭后，付其的女人收拾碗筷。付其对阿龙说："阿龙，现在该到那个店铺去看看了。店铺在艾伦街和南四街交界的街角，面积很大。"

19

阿龙他们跟着付其从艾伦街朝东来到南四街，就看到了店面。墓碑镇的房子虽然有些简陋，但是很有特色，沿街的房子几乎都有用一根根木柱支撑的加顶的走廊。

"这里是鸦片城的中心，其实也是墓碑镇的中心，这里的客流量很大，实在是一块风水宝地。"付其说。

旺发点点头，同意付其的说法。

阿龙听到付其在说鸦片城，便问："付叔，你怎么说这里叫鸦片城呢？"

付其答道："鸦片城是花旗人给我们起的'雅号'。他们以为我们华人喜欢抽鸦片，所以我们这里就叫上了这个名字。走吧，我们去看看。"他们一行出门朝店铺走去。

没走多远，他们就来到了艾伦街和南四街的十字街头。这里店铺林立，十分热闹。

付其说："阿龙，这里晚上会很热闹。这些牛仔卖了牛，没事总在这里游荡，走饿了，他们总要吃饭。他们一定会到你这里来的。"说着，他们走进外厅。

"这店面多大呀，能摆放多少桌子呀！"玛丽惊奇地说，"里面的灶台已经垒起。我们一接手就可营业。"

旺发指着靠墙的一排吧台，边上的椅子要比普通的椅子高些，他兴奋地说："还有吧台啊！这生意做得大！"

付其见阿龙和旺发喜欢这个门面，提议说："那今天就和房东签合同吧！"阿龙点点头："好，就这么定了。"

签好合同已经到了中午，阿龙也觉得饿了，付其招呼他们到他家里吃午饭。玛丽留下来开始干活了。这房子就在街边。墓碑镇这个地方很少下雨，晚冬的大风吹起黄沙，扑面而来。街上的泥路，马车经过，靠着风力，在车后腾起一尾烟尘，导致玛丽的房子里面到处积着厚厚的灰。玛丽用围布将头包起来，用扫把将房梁上的灰尘扫干净，然后拿起盆子去井边取水。她一边擦着桌子和椅子，一边哼着家乡的小曲，一点儿也不感到饿。这时，她听到有人敲门，她打开门一看，原来是一个楚楚动人的华人姑娘，只见她鹅蛋脸庞，两只大眼睛在睫毛下明亮发光，嘴唇涂着一层薄薄的唇膏，小巧玲珑的鼻子显得特别可爱。她粗大的发辫扎了根红头绳，身上穿着大红绸缎小夹袄。

玛丽暗想，这么一个脏不拉几的小镇，竟然还有这么一个美若天仙的女子。她刚要开口问，想不到那姑娘很大方地开口了："大姐，你就是龙嫂吧！"

玛丽很奇怪，问："啊，你怎么知道我的名字呢？"

那姑娘说："是付大叔告诉我的，你和龙哥都住在付大叔的家里。我叫翡翠。"

玛丽听到这翡翠是付大叔的熟人，而且很热情，她的语气立刻变得很友好，她说："啊，原来是付大叔的朋友。你好，我叫玛丽。你对这里已经熟悉了，你要多多帮我们啊！"

翡翠热情地说："都是一家人了，还说两家话？好说。来，我帮你一起干活吧！"

玛丽看到这姑娘这么热情，连忙说："翡翠，这里脏，别让你的衣服沾上灰了。"

翡翠说："没事。玛丽姐，我可以这样叫你吗？这里也没有多少中国女人，你来了，我们都很高兴。"

玛丽想，这是真的，就是金山这么大的地方，也是光棍占多数。在华工堆里，女人十分稀罕。眼下这个鸟不拉屎的地方有这么一个美女，也真是少见。

玛丽问："这里除了你我，还有多少女人呢？"

翡翠回答："有十几个。"玛丽听了着实一惊："什么？金山这么大地儿也不多见中国女人踪影，这里……"玛丽说到这里，突然想到一件事，也许……也许……对，一定是这样。她想到这些，便理解了为什么会有这样多的女人。玛丽不想问下去了，翡翠知道玛丽一定因为这里有这么些女人而感到惊奇。她一边帮玛丽扫地，一边捂着嘴巴说："我们这些姐妹们到这里来也是像你一样，讨口饭吃。"

玛丽听出些意思来了，便忍不住脱口问："你是六公司介绍过来的吧？"

翡翠听了一怔，脸上浮现尴尬的神色，语无伦次地说："玛丽姐……是……是六公司介绍过来的。"

玛丽沉默了。这时，阿龙给玛丽送饭来了。阿龙边走进门，边大声嚷嚷："老婆，看你忙的，你这么辛苦做什么，来吃饭了。"

阿龙说着，将饭菜放到桌上。翡翠在里间扫地，从门内看见一个身材伟岸的中年人，只见他发辫乌黑发亮，宽额方脸上浓眉大眼，翡翠暗暗羡慕。

玛丽听到自己男人的声音，便从里面出来。看到桌上的饭菜，才感到有些饿了，拿起筷子夹了一些菜放进嘴里。她一边嚼着菜，一边从牙缝里挤出问题来："阿龙，什么时候来安装炉子？"

阿龙笑笑，说："炉子师傅已经请好了，明天就到。快的话，大后天就能出菜开张。"

玛丽和阿龙说着话，玛丽突然想起里间的翡翠，急忙喊："翡翠，你别打扫了。你出来吧，来，见见我的老公。"

翡翠听到玛丽的喊声，就从里间出来。翡翠低着头，脸上绯红，这小脸蛋越发妖媚。阿龙把视线放在翡翠的脸上，就像被胶水粘住一般。要是在平时，没有倾慕之想的男男女女眼睛相对，不会有生理反应，但是阿龙的英气、翡翠的娇媚在对方的身上都激发了生理反应。两人的眼神一碰就产生火花。

玛丽见老公略显尴尬，便介绍说："这姑娘名叫翡翠，是邻居，过来给我帮忙的。"

阿龙抬头，笨拙地点点头。而翡翠已经恢复了平静，说了一声"你好"，就准备和玛丽说再见。她刚要离开，突然门外一阵枪响，阿龙和玛丽只听到门口凌乱的脚步声。玛丽从窗户缝向街上望去，只见街上一个喝醉酒的牛仔在外面朝天开枪。听到枪声，玛丽的心突突地跳。

翡翠说："这个山姆又发酒疯了。今天不知谁会是倒霉蛋！"

玛丽惊魂未定，说："翡翠，这是怎么回事啊？"

翡翠说："玛丽姐，这个山姆是灵狗手下的牛仔，每次喝醉就想杀人。"

玛丽问："这个地方怎么能这样无法无天呢？难道就没人管他们吗？"

翡翠说："有人管，这里有警察，有个警察叫欧普，还挺主持公道的，是个天不怕地不怕的家伙。"

"那这些牛仔怎么能随意开枪呢？"玛丽问。

"开枪？"翡翠说，"他们还天天杀人呢！在墓碑镇这个地方，每天不死人才是怪事呢。你家门口天天有人不是寻仇就是打架斗殴，死人已经是家常便饭，你以后也会习惯的。听到枪声，你就把门关了，躲起来。还好，这些牛仔矿霸杀了人就走了。不去惹他们，他们也不会来杀你的。"

阿龙听到这里，插嘴说："我们中国人在这里常常被打死吗？"

翡翠说："我们在这里不去惹别人，灵狗他们也不太会来惹我们。可是吃白食的、要保护费的也是很多的。只是人在屋檐下，不得不低头。"

玛丽说："翡翠说得对，这人在屋檐下一说到处都一样，更何况我们在异国他乡，更是如此。"

正说着，街上恢复了平静，翡翠问："玛丽姐的餐厅什么时候开张？我给你请一个大客人。"

"谁？"玛丽问。

翡翠说："那个警察欧普，他的兄弟，还有他们的一个朋友叫道克。他们都是血性男人，在这里主持公道。"

玛丽高兴地说："那太好了。还劳烦翡翠姑娘您给请了。"

翡翠答应着，告辞了。

旺发和炉子师傅将炉子装修完毕后，CANCAN餐馆就开张了。开张那天张灯结彩，讨个好彩头。中国人喜庆主红，房檐下挂着点着蜡烛的大红灯笼，门上贴着两幅财神画像，阿龙去观世音菩萨庙求得一副对联，上面书着楷体对联："祥和宝地八方贵客喜来，大庆福天四海嘉宾如归"，横批为："香色味全"。开业那天，玛丽特别吩咐厨房蒸了小包，玛丽知道这花旗人口味很重，特意叮嘱在肉馅里要加足大蒜和加重咸味，这包子果然香得使人垂涎三尺。在CANCAN餐馆门前摆上桌子，路人便闻香驻足，玛丽要翡翠每人给一个试吃。

不一会儿工夫，店内已经宾客满座，说实在的，花旗国人喜欢新，喜欢色彩，喜欢热闹。这门外中国红已经吸引了一些客人，门口的马桩已经不够客人拴马用了，阿龙只能让杂工阿亮将客人的马拴到屋后马桩。

在厨房里，旺发已经忙得满头大汗，玛丽还是不断催单，阿龙也不得不亲自下厨做油锅。这时来了一个牛仔，翡翠一见，糟了，这不是臭名昭著的帕特里克吗？阿亮将帕特里克带入座，让他点菜。

帕特里克不要阿亮点菜，指名要翡翠去点。翡翠过去，为帕特里克点了菜，帕特里克在翡翠面前说了一些调侃话，翡翠没有理睬他，转身招呼别的客人去了。帕特里克吃完后，大声要翡翠过去。坐在他旁边几桌的客人知道这家伙肯定要闹事，连忙都移到邻座去了。帕特里克十分恼怒，他站起来要走，翡翠拦住了他。翡翠心里很害怕，碰到这样的客人，她今天算倒霉。

她对帕特里克说："先生，这是你的账单，请你付账再走。"

帕特里克粗眉倒竖："该死，我忘带皮夹了。下次再付吧！"

他要走了。翡翠再次拦住他。翡翠说："先生，你不能白吃，还是请你付了钱再走吧！"

帕特里克吼道："别他妈的不识好歹，我说过了下次给，你没有听见吗？"他说着，就往门外走。

这时，警察欧普和他的朋友道克也来吃饭。欧普认识翡翠，他听见翡翠和帕特里克大声说话，知道帕特里克这小子一定又在惹麻烦。他骂了一声，问："翡翠，究竟发生了什么事？"

翡翠知道欧普是正直的人，一定会主持公道，就说："这个帕特里克吃了饭不付钱。"

欧普往外看去，见帕特里克已经在路中央，他便追了出去，帕特里克见欧普出来，站在街中心，警惕地注视着欧普，他的手垂下，就要去拔枪。这阵势，翡翠知道马上又要死人了。

欧普命令道："举起手来！"

这小子僵僵地站着，一动也不动，眼睛死死盯着欧普的手。眼看着欧普就要拔枪，一个声音从后面传来："住手！"

一个女人的身体挡在欧普面前。

翡翠惊叫："玛丽姐，危险！"

玛丽没有理睬翡翠，对帕特里克说："兄弟，不就是一顿饭钱吗？你走吧，我不要你的饭钱。这顿饭我请了！"

帕特里克垂着的手提了起来。他将手叉在胸前，说："你……你是谁？"

玛丽的身子还是挡着警察欧普，说："我是这家店的老板娘，你走吧，就为了一顿饭，动枪动刀的，值得吗？你走吧！"

帕特里克听了玛丽的这番话，不知如何是好。他红着脸，低下头，转身就走了。没走几步，他扭头大声说："Madam，我会回来把钱付给你，谢谢你！"

欧普看到这情景，惊奇了。

翡翠走过去对欧普说："欧普先生，这是我们的老板娘中国玛丽。"

欧普和道克上下打量了一下玛丽，欧普发现这个中国玛丽很有些气场，不知是被玛丽的行动镇住还是被她的英姿所感动，看着玛丽，竟然没说话。玛丽见欧普打量自己，从欧普的眼神里没有看出一丝的邪气，赶紧说："欧普先生，谢谢您。"欧普听玛丽说英语，感到有点窘，说："啊，道克，我们去坐一下。"

直到这时玛丽才松了一口气，进入 CANCAN 餐馆。

阿龙喜赴金山迎翁
老爹悲留他乡埋骨

话说墓碑镇的规模越来越大，周围几百英里的移民不断地涌入。墓碑镇的街道不断扩展，华人自然也越来越多了。渐渐地，从第三街到第五街这一带街区，出现了很多华人的店铺，CANCAN餐馆对面有一家酒吧，酒吧旁边是华人开的洗衣店。这地方沙漠干燥，稍一刮风，尘土蔽日，就是平时没有风，附近的开矿机整日轰鸣，也是满地灰尘。洗衣店倒也很有生意。由于华人数量多，有的华人开了菜铺，还有一家肉店。小镇上几个华人出资，从金山请了一个观音菩萨，安放在王木匠做的莲花瓣神坛里，漆上金粉，看上去真有庙宇的气氛。花旗人也喜欢新鲜，菩萨开坛那天，鞭炮响半天。听惯了枪声的花旗人喜欢爆竹声，周边来了很多看热闹的牛仔，这些牛仔倒是没打扰和放枪滋事。

又忽一日，从金山来了一位叫智能的和尚，说是愿意做住持，后来这观音寺也有了香火。有了香火，这座小庙修得越来越像样子，最后，这观音寺不仅成了慰藉华人心灵的地方，也成了墓碑镇华人社区议事的地方。又过了不多久，这墓碑镇的中心渐渐地形成了一个华埠。那时候，花旗人看到在这样小块地方的华人进进出出，他们抽大烟后，站立不稳，走路踮跳，病病恹恹的，就给华埠起了个名，叫Hoptown（跳跳城）。

十九世纪末，中国广东的一些地方已经有很多人出外谋生，浪迹天涯海角。万幸的是华人老祖宗给华人留下了做美食的本事。民以食为天，这在全世界都一样。因此很多华人都是以开餐馆起家。出门在外，虽然生活艰辛，但是有了这样的手艺，加上华人素来刻苦勤劳，任劳任怨，漂泊到哪里，华人都能落地生根。玛丽和阿龙开在艾伦街和南四街十字街头的CANCAN餐馆生意也越来越兴隆，他们也赚到了不少钱。

玛丽和阿龙在华埠边上买了一套不大的房子。玛丽让人将房子稍稍整理一番。搬入的那天，玛丽对阿龙说："阿龙，我想现在可以把我爹接过

26

来了。他一辈子吃苦，还没有享受过一天福，我们这里虽然乱，那些白人只是自己打打杀杀，只要我们不去招惹那些牛仔白人和墨西哥人，这里倒还是太平。让我爹享点清福吧！还有，陆伯照顾爹这么些年，也把他给接过来。"

阿龙听了点点头："是啊，师傅待我如子，现在我们生活比较稳定了，该把他们都给接过来了。"听阿龙这么说，玛丽很高兴，就去继续收拾房间。

那天，阿龙叫过旺发，说："旺发，我想去接我的师傅，我媳妇毕竟是个女人，我不放心她一个人留在这里，你好生照顾着餐馆。"

旺发说："你走不碍事。我们这里人手不够的话，有翡翠，还有阿亮和阿华帮忙。最重要的是把你的师傅接过来。"

阿龙将餐馆的事都安顿好，就准备出发了。出发的那天，玛丽早早起来，给阿龙收拾行李。阿龙检查了一下媳妇给他准备的行李，一切都准备妥当了。玛丽还是不放心阿龙做事，千叮咛万嘱咐，说路上很乱，要阿龙路上小心。阿龙知道玛丽必要的时候，很能应付危机局面，所以就放心去了。

过了几天，他就到了加州的铁路工地上。阿龙看着伸向远处的铁轨，想着根根铆钉还留着他敲打的痕迹，原先热热闹闹的工地，现在只留下座座坟茔，心里很不是滋味。顾不得感慨那么多了，他来到一个看似荒废了的小村，里面都是一些用废木残料搭建的木房。这里的一切他是多么的熟悉。他从小就生长在这里，长大了也是在这里，娶媳妇还是在这里；自己的好朋友在铁路工地一个个地死去，可是他们还是葬在这里。这些坟岗里的座座坟丘，他都能喊出墓中人的名字。他想他这一代过去以后，这些坟岗里的人都会被遗忘了。他想做一件事的心情越来越迫切，那就是想把这些人记录下来，好让他们的后人常来烧烧香，祭拜祭拜。

他一路想着，来到了师傅的家。就这一年多时间，师傅的家就像师傅的人一样老去。小屋顶上他亲手铺上的毛毡已经变色，那几块新的木板也已经发黑。他一进门，就喊："师傅！师傅！"

阿龙喊了几声，见没人回应，便推门进去。不大的房子黑咕隆咚的，好像很深的洞。以前充满野花香味的玛丽的房间，现在也充满浓浓的腐味。

阿龙继续喊："师傅！师傅！"

里面传来一声有气无力的应声。"谁啊？是谁？"声音听上去如此苍老。

"师傅，是我，我是阿龙。我回来了，我来接您了。"阿龙听得真切，这是师傅阿贵的声音，尽管苍老走调，但是声音还是听得出来的。

阿贵耳背，听不出是徒弟阿龙的声音，摸着敲铆钉的巨大的榔头，准备起来和来者决斗。

阿龙赶紧大声地说："师傅，我是阿龙，我来接您来了。"

耳背的阿贵这下听出阿龙的声音了，说："阿龙，你怎么来了。我还以为我在做梦呢！不过，我不是和你说过，到了一个陌生地方，要警觉。你怎么一点架势都没有？"

阿龙知道师傅指的是什么，那是师傅教的太极拳。师傅一直教导他到陌生的地方要防一手。师傅看到阿龙没有这个架势，自然很不满意。

"师傅，"阿龙答道，"这是我自己的家，我还怕被别人抢了不是？您是我的爹，我害怕您杀了我不成？"

阿贵听阿龙这么说，便放下铆钉榔头，喜出望外中溢出苍老的笑声："啊，阿龙，儿子，是你，是你回来了。我的玛丽呢？我的女儿呢？你的媳妇呢？她在哪儿呢？"

阿龙赶紧上前一步，抓住老人的手："爹，是您女儿玛丽要我来接您过去。我们已经在那里安家了。爹，您就跟我走吧！爹！"

阿贵听得真真切切是阿龙的声音，但是昏暗的房间加上他两眼昏花看不见阿龙。他伸手摸着阿龙的头、鼻子和耳朵。阿龙小时候，师傅时常这样抚摸他。每当这个时候，他都能感受到师傅的温暖。他毕竟是一个孤儿啊。

"师傅，是我，阿龙。"

"我知道你是阿龙。你当我老了吗？"阿贵还在逞能。

阿龙知道这时候师傅最喜欢听的是说他不老："师傅，您还不老。您一点儿也不老。我还要让您抱外孙呢，不，我是您的儿子，我还要让您抱孙子呢！"

阿贵这下开心了："阿龙快去打酒，今天我要和你一醉方休。你去小卖部边上的小屋，你认识的，把你的陆伯叫上，叫他来这里，今晚他也要和我一起喝。买熟食，斩半只鸡，再买些烤乳猪肉。快去！"

阿龙转身就走，阿贵叫住他："慢着，这是钱，来，拿着！"

阿龙说："爹！钱我有！我赚钱了。"

阿贵生气地说："小子，快拿着，我死了，钱也没用了！你们有用，你们还要生下我的外孙呢！"

阿龙拗不过他，只得接过他的钱。

阿龙说："爹，那我走了。"

阿贵又叮咛："别忘了把陆伯接过来。"

"嗯，忘不了。"

阿龙来到小小的街上。那荒弃的小村，竟然有了一些人气。以前的那些老人还有几个他能认出来。那些老人都更老了，他们的孩子们也快来接他们了吧！他这样想着，不知不觉来到小卖部。小卖部的老梁已经不在了，现在的主人他不认识。他买好熟食和酒，便来到陆伯小屋。陆伯和阿贵是一起从广东过来的，在同一条船里漂洋过海来到花旗国。陆伯一直想把老婆接来，可是时日一长，留在广东的老婆失去了音讯。在铁路工地，除了零星的从广东过来的几个女人，连老女人都没有。陆伯从中年到现在，一直续不到弦，光棍半生，在铁路工地上和阿贵结成兄弟。陆伯没有儿女，总是把阿龙和玛丽看成是自己的儿女。陆伯看来比自己老丈人硬朗一些，但是额头上的条条深深的皱纹和银丝般的白发记录着他的年纪。他和阿贵都是天使岛的人。在天使岛上待过的人都管叫自己是天使岛人，一方面，这个名字使他们竭力记住那些受辱的岁月，还有一方面"天使"这个名字似乎能使他们死后上天堂。那些老人的心里永远怀揣着美好的愿望，因此，每个老人的脸上虽然饱经风霜，但是都显得那么慈祥。

"陆伯。"阿龙喊。

陆伯没有听到，还是低头做他的针线活。阿龙心头一阵痛楚。

"陆伯！"他大声喊，"我回来了。我也要接你走。"

陆伯抬起头，看到阿龙，惊喜地扔下针线和破衣。"是你，我的菩萨！是你，我的阿龙。你怎么回来了？你终于回来了！"说罢，用袖子擦了擦老泪。

阿龙扶住了站起来的陆伯："陆伯，我回来了。走吧，我师傅要你去喝酒，走，跟我去！"

"这个阿贵，高兴了倒还想着我。好，孩子，我和你一起去！"

他们沿着阿龙熟悉的道路来到阿贵家。阿贵摆开桌椅，将阿龙买来的酒菜放在桌子上。放齐酒杯，阿龙为两位老人倒酒。满脸病色的阿贵拿起酒杯，说："来，喝！今天我徒弟，不，我女婿出息了。我为他干一杯！"

阿龙和陆伯也拿起酒杯。陆伯说："这些年，还没看到你这样高兴。好吧，我也祝贺你！老伙计。"

阿贵喝了一口酒，说："这不，离乡背井的四五十年，今天才算出了口气。女儿女婿有出息了，我家这会儿兴旺发达喽！只要他们好，我这副老骨头就死在这花旗国也值了。"

阿龙说："爹，玛丽要我来把你接过去，我们在那里买了房子，现在餐馆生意也不错。你就去那里享福吧！"

阿贵说："去，你要把我接过去，可是你看我病得这个样子，我还是在这里终老吧！老兄弟们都葬在这里，我不想成为孤魂野鬼啊！"

阿龙一听，就着急起来了，说："爹，玛丽要我把你带去，她不想让你待在这里。还有陆伯，玛丽说了，我把你也接过去。你们两个不要让我为难，就让我把你们接过去吧！"

陆伯说："我，我何德何能，你把我也接过去啊！"

阿贵想了一下："成，阿陆，我们一起去做个伴。你说好吗？"

陆伯听阿贵和阿龙这么诚恳相劝也就应允了。

阿贵对阿龙说："花旗国政府发出什么《排华法案》，这里的清洗就要开始了，听说过几天白人来测量土地，我们这里的地被一个白人登记圈了。我们这里的人都要散了。这里的中国人的坟也要平了。将来我们再也看不见我们曾经生活过的地方。"

阿龙问："散了，那邝世五和阿三他们到哪儿去了呢？"

"前些日子，他们被一批亚利桑那州来的白人矿主给载走了。"陆伯说，"他们到现在还是下落不明。别的人往南边去了。"

阿龙喝着酒，有些累了，想休息了，就对两位老人说："爹，陆伯，你们收拾一下，把瓶瓶罐罐都扔了。我们明天出发吧！"说完，就收拾碗筷，回房间拾掇一下，睡下无话。

第二天早上，阿龙先到陆伯家，把陆伯的包裹背了过来。阿贵也收拾停当，该出发了。他们来到火车站，和早先一样，这火车从金山通到班森镇，他们上车了。

正值夏秋之交，中午天气炎热，阿贵身体有些不适。阿龙带来了仁丹给师傅和陆伯服用，他希望师傅的不适只是轻度中暑。服用了仁丹后，阿贵稍稍感到好些。

火车开动的时候，阿贵吹到了风，空气清新多了。火车开了一天一夜，阿贵感到身体越来越不适，阿龙不知如何是好。

陆伯说："你师傅在家的时候，身体就很弱，病了好几次。他是受不了这样的颠簸的。"

阿龙不知所措："陆伯，你说那怎么办呢？"

陆伯问："阿龙，还有几天能到呢？"

"陆伯，我估摸着快到了。可是即使到了车站，我们还要坐半天马车呢！那个地方是前不着村，后不着店的，到处是黄沙，找不到一滴水。"

陆伯听了，不觉心寒，拉过阿龙，悄悄地说："阿龙，俗话说听天由命。你师傅也许能撑得过去，也许没有享福的命。"

阿龙听了，也无可奈何，一边喊着："师傅，你好些了吗？"

阿贵半张开眼睛，说："阿龙，我也许不行了。你一定要把我的尸骨运回去，运到老家，把我葬在祖宗的坟地里。这样我也好闭眼了。"阿龙记得师傅以前一直在说死后要葬在华工营，和伙伴们葬在一起，可是今天却说要把自己的遗骨运到老家葬，感到很不妙。师傅不到绝望的时候是不会说出这样的话的。

陆伯安慰他："阿贵，你是富贵命，你女儿女婿现在大发了，在那边有好营生，你该享福了。别想偏了。"

阿贵无力地点点头，有气无力地说："阿陆，你别拿好话安慰我，如果你到了那边，一定要帮阿龙和玛丽。我就拜托你了。"

陆伯继续安慰阿贵，但阿贵已经有些呼吸困难了。

火车长鸣了一声，阿龙估摸着火车到了班森镇。火车渐渐地慢了下来，"哨乞哨乞"地停了。阿龙和陆伯连抬带扛把阿贵拖下车。

在月台上，阿龙对陆伯说："陆伯，您先照看一下我师傅，我去叫一辆马车，我们一起坐到墓碑镇。"

陆伯点点头。阿龙走出车站，来到街上，看到有几辆马车。阿龙走过去："伙计，去墓碑镇吗？"

赶车的："去的，几个人？"

"三个。"

"有行李吗？"

"有。"

"上车吧！"

"还有两个在车站。"

"上车，我把马车赶过去。"

阿龙上车，赶车的把车赶到车站门口。阿龙下车入内。月台上，陆伯正在往阿贵嘴里喂水，口里不断喊着阿贵的名字。

陆伯见阿龙回来，就带着哭腔说："阿龙，你师傅神志不清了。刚才还在喊要喝水，现在却没有声音了。怎么办呢？"

阿龙说："陆伯，马车叫好了。来，我扛他到马车，你拿着行李，我们上车，就是死，也要到家里死。"

阿龙二话没说，背起师傅往门外的马车走去。陆伯跟在后头。

阿龙刚到车边，欲要把师傅往车里放，那个赶车的赶忙过来拦住："你不能把死人往我的车上放！我的车不拉死人的。那边殡仪馆有装尸车！"

阿龙被赶车的一推搡，踉跄了几步。看上去那个赶车的老墨满脸横肉，是不好惹的，就不想和他去理论了。他将师傅放到树荫下，还是陆伯有主意："阿龙，看来你师傅撑不了很久了。我看还是找个郎中医所。一方面也可拖些时日，另一方面阿贵也有一个去处。你我可以陪着阿贵。还有，给玛丽发个电报，要她赶紧来这里见上父亲一面。"

见陆伯说得有理，阿龙便去周围找医所，问了周边的人，找到了一家简陋的医所，付了医资，便背着师傅躺到病床上。

那医生进来，看看阿贵的舌苔，张张他的眼睛，摇了摇头。阿龙问他师傅得了什么病，医生说了一串长长的病名。平时阿龙和花旗人说短话还可以应付，可是这些医学术语，连普通花旗人都不懂，何况是他。他听到医生说，活不过今晚。他只听懂了这句。阿龙苦求医生要医好师傅的病，但是医生摇摇头。医生给阿贵注射了一针，阿龙陪在床边，只见师傅脸色死白，后来惊喜地看到师傅慢慢睁开眼睛。

阿贵终于说了一句听得清的话："儿……子……我们……广东人……把……我……的……骨灰……运回……开平。"

阿龙的眼睛湿润了。他声嘶力竭地说："师傅，您放心，我会的。可是，您不能走啊，玛丽还在家等着您！您不能走啊！"

陆伯见阿贵闭上了眼睛，便走过去，伸出手，在阿贵的鼻子下感了感，知道阿贵已经走了。陆伯对阿龙说："你师傅走了。我们赶快为他准备后事吧！"

这时一个勤杂工模样的人走了过来，指着后面一间房子，示意把阿贵的尸体抬到那里去。阿龙见师傅已死，和陆伯一起扛起阿贵，放到了后面的太平间。

他们收拾停当。陆伯要阿龙去联系殡仪馆和墓地。大热天的，阿贵的尸体在太平间待不了一天就会腐烂。阿龙就给医院多塞点钱，要医院多放些冰块。入土为安，事不宜迟，阿龙问清殡仪馆的地点，立刻就动身去了。

这个地方也和亚利桑那州的其他地方一样，他们的墓地有一小块专门给中国人留着的。阿龙买了一块墓地，付好钱，殡仪馆的车就将阿贵的尸体拉到殡仪馆。没过多久，立刻就下葬了。

师傅过世，阿龙将后事做完，心里总不是滋味。他知道他没有把师傅接回家，对不起玛丽，所以心里闷闷不乐。

陆伯安慰阿龙，说："阿龙，生死有命，也不是你我能控制的。你师傅过世，陆伯知道你心里一定很难受，可是人生百年，总有一死，谁没有死的时候？你师傅还算是幸运，有你这样给他料理后事。你知道在金山有多少像你师傅这样的人，从广东过来，也不知道尸骨到了哪儿！你已经够孝顺的了。你师傅地下有知，也会开心的。只是以后你一定要将他的尸骨运回开平，圆了他的心愿。"

阿龙点点头："陆伯，人生自古谁无死，我会将我师傅的尸骨运回开平的。"说完，将师傅的碑立上，将来好认个道。一切安顿停当，两人便乘马车来到墓碑镇。

护华工玛丽扩生意
共济会阿龙抱不平

　　阿龙和陆伯回到 CANCAN 餐馆，阿龙便将金山和路上的经过跟玛丽诉说了一遍，心里着急地等待着父亲到来的玛丽，像被浇了一盆凉水，从头到脚都凉了下来，泪眼婆娑。吃了这么多苦的父亲，眼看着能到墓碑镇来过两天好日子，可是还没到这里，就这么过世了，父亲怎么就这么命苦呢？可是这也怪不得阿龙，玛丽知道阿龙待自己的父亲胜过自己。父亲从小把阿龙带大多么的不容易，她相信父亲的身体已经到了不可救药的地步，才会发生这样的事，如果有一点儿办法，阿龙是不会不想的。因此她只能默默地流泪。

　　自从上次玛丽处理帕特里克白吃的那件事后，翡翠有些钦佩玛丽的为人了。平时小女人的玛丽，在关键时刻竟然这么侠义，就连那个远近闻名的帕特里克都面红耳赤，而且还回来付了账，她不得不佩服玛丽。

　　今天的玛丽比不了那天的玛丽，今天的玛丽一个人关在小房间里哭泣，泪人一般。她进去，想去劝玛丽。她轻手轻脚地推开门，看见玛丽坐在椅子上。

　　翡翠说："玛丽姐，人死不能复生，改日去伯父的坟头祭拜。还有，我们应该要智能和尚给伯父做头七，做七七四十九天，送伯父上天啊！"

　　翡翠的一句话提醒了玛丽。

　　玛丽停住哭泣，说："翡翠，你说得是，明天我自己去和智能和尚说，叫他准备做头七。"

　　翡翠趁机劝道："玛丽姐，为了伯父，你还有很多事要做，还是节哀为好。"

　　玛丽听了，擦了擦眼泪，安排做头七的事去了。

　　玛丽去到观音寺找智能和尚，希望他为父亲阿贵做头七。玛丽走进观音寺，小小的寺堂，躺着一具用白布裹着的尸体，显然这尸体被送进来时已经不忍触目了。玛丽吓了一跳，她害怕看到那尸体。

她退了出来，心想等明天再来这里。此时却听到旁屋有声音传出来。她一听，这是阿龙的声音。

阿龙说："这具矿工兄弟的尸体，是几个矿工兄弟偷运出来的。你们看到那几位送尸体的矿工兄弟了吗？"

大家回答："没有。等智能和尚告知我们的时候，他已经在这里了。"

阿龙说："这些日子，这里的银矿接连发生我们的矿工被折磨致死的事件，我听说他们的尸体都找不到。这矿工兄弟的尸体一定是他们抢出来的。我们先让他入土为安，然后要六公司把尸骨运回广东。"

阿龙知道，虽说这里的华人各管各的多，但是在这里的这些兄弟，都是能为朋友两肋插刀的汉子。他觉得现在是成立一个组织的时候了。于是他说："矿上天天死人，我们跳跳城的华人时常像鸡一样被杀，这样下去怎么能行？我们今天就成立共济会。你们看，餐馆对面有刚成立的镇政府，我们可以有地方说理了。"

众人说："阿龙说得对，我们人多力量大，就少给人家欺负了。"

阿龙继续说："我在金山铁路工地时就是共济会的人，我先任会长，以后再选就是了。大家看怎么样？从第三街到第五街，我们的房子都不大，最好家家都通地道，这样，就是那些花旗白人想杀我们，也让他们找不到我们。大家看怎么样？"

旺发和付其应和："华人要自保，就按阿龙的提议去办吧！"

玛丽听到这里，心里有点发毛，想不到刚太平了几天，这阿龙又做了什么共济会的首领。她深知这些土匪强盗般的牛仔杀人不眨眼，大白天枪杀无辜的人比杀个鸡宰只鸭还利索，杀人后大摇大摆地走了，根本不用偿命，阿龙哪能是他们的对手。她想到这里，不禁打了个寒噤。回到家，等着阿龙回来。

玛丽等了一个时辰，终于见阿龙回来。玛丽将阿龙唤进房，说："阿龙，你刚才在寺里跟大伙说的话我都听到了。你怎么又要组织什么共济会，这不是自找苦吃吗？"

阿龙没有理会玛丽的话，问："玛丽，爹的头七智能和尚怎么说？"

玛丽说："我看到寺院里躺着一个死人，怕得要死，法师不在，我要明天再去了。"

阿龙听了说："这样吧，我明天和法师说，这件事交给我就行了。"

　　可是玛丽还是不放心阿龙的什么组织，玛丽只想在墓碑镇挣钱过上些好日子。眼看着已经赚到一些钱了，她爹就这样过世了，真是天有不测风云，人有旦夕祸福。她怕阿龙再出意外。因此，凡是出头的事，玛丽总是要担心和阻止。这次，这个死了的华工，玛丽也没少担心。

　　阿龙说："玛丽，我知道你在担心着什么，虽然我们华人在这里一家一户来往不是很密切，但是我看这里也和金山铁路工地一样，在花旗人的眼里，华人就是华人，就是一个团。你说我们的矿工有不少喜欢赌的，去街边的赌场，十有八九输了个精光。我想我们自己开个地下赌场。华人赌自己的，钱输来输去还是在华人手里。地下我还想建个活动中心和会馆，从三街到五街，不出坚果街。我们不是常说'惹不起还躲不起'吗？对那些杀人不眨眼的牛仔，我们躲还不行吗？"

　　玛丽听了阿龙这席话，眼睛一亮，想不到这老实巴交的阿龙，想事情还想得这么长远。女人嫁给男人最需要的是什么？是安全感。一个有钱的男人，钱是安全感，一个没钱的男人，胆量和力气是安全感，一个没钱没胆量的男人，管好小家庭也是女人的安全感。现在的阿龙，有些钱了，聪明，有胆识，也非常看重这个家，她心里踏实起来。眼前的男人好像是一棵能依靠的大树，玛丽心里很有安全感。玛丽并不是一个小鸟依人的裹脚女人。打从来到花旗国开始，阿贵就不给女儿裹脚，阿贵常说裹脚是那些富有人家女人的时髦，像阿贵那样的苦力，女儿还是留着大脚赚饭吃。阿贵不仅让玛丽干活，还教给玛丽一些防身的太极招式。不过女人总归是女人，听到丈夫阿龙的计划，并不那么的热衷。

　　"阿龙，我们有吃有穿，安安稳稳过日子好了。不要做太大的生意。"

　　阿龙点点头："那咱们还是骑驴看唱本——走着瞧。"

　　阿龙安排好做师傅头七的事宜，招呼大家把那个死去的矿工安葬停当，就开始暗中打探送来矿工尸体的隐姓埋名的矿工。鸦片城里家家户户都在加紧地道工程。不多久，墓碑镇的一个庞大的地下系统连起来了。

　　阿龙在 CANCAN 餐馆旁边开了一家礼品店。在旁边的白人区，有赌场和红灯区，那是白人牛仔光顾的地方。那个翡翠能说会道，帮了阿龙和玛丽一大把，阿龙的生意一天比一天好起来。不知不觉这阿龙成为跳跳城的主心骨，华人们有事没事总是到阿龙那里来聚聚，阿龙也常去观音寺。

　　这天，陆伯闲着没事，到周边去转转，他看到旁边一家店里有抽大烟的服务，他眼睛一亮，自从来到墓碑镇，他根本没有机会抽上几口，每天眼泪鼻涕一起流着，也不敢告诉阿龙和玛丽。

馋不住的陆伯走进花旗人开的鸦片馆。可是刚一进门，就被白人老板赶了出来。

"出去！你这黄猪仔，你也配到这里来！"

在花旗国几十年了，陆伯也见过世面，也会一点英语，他想在金山的时候，只要是有钱，那些白人店主就笑逐颜开了。他于是就从口袋里掏出一叠钱来。他用满口广东英语说："先生，我用钱买，只吸上几口。"

想不到这花旗人不买钱的账。一个保安模样络腮胡子的家伙一脚把陆伯踹出门外，陆伯的额头撞在石阶上，顿时鲜血直流。陆伯已经是六十有余的老年人了，禁不住虎背熊腰的保安这么一脚，便昏死过去了。这时付其走了过来，还好那些人都认识付其。

付其点头哈腰地对那个保安说："啊，约翰逊先生，你好！好久没来糖果店了，什么时候再来啊？"

约翰逊没有理会付其的话，他大声地对付其说："你跟这个老猪仔说，叫他以后不要来这鸦片店，这里是他来的吗？"

付其还是弯着腰说："好的好的，我会跟他说，要他以后不要来就是了。"

那个保安还是不依不饶，走过去，又踢了陆伯一脚，吼道："起来，滚！"

付其赶快把陆伯扶起来，说："陆伯，走吧，这里不是金山！"

陆伯吃力地站起来，付其架着满脸是血的陆伯，昏昏沉沉地走回CANCAN 餐馆。

阿龙见陆伯像个血人，忙问付其是怎么回事。付其将刚才看到的一幕给阿龙描述了一番，阿龙和众人都十分气愤，阿华和阿亮要去和鸦片店讲理，付其阻止了他们。

付其说："不能去，他们这批人我们惹不起，躲得起。俗话说得好，吃亏就是占便宜，恶人自有恶人磨！这个约翰逊保安作恶多端，和那个恶魔灵狗是一起的，只是他老婆不让他在灵狗手下干。但是总有一天他会遭报应的。"

想到华人在这个镇上生活就像幽灵一样，甚至走路都不能挺直腰，阿龙就火冒三丈，但是想到这些人杀人不眨眼，在墓碑镇杀人不用坐牢，他只得压下火气。他叫阿华照料好陆伯，自己想再仔细地问一下到底怎么回事。他突然冒出一个主意，把付其拉过去，悄悄地说："付其叔，我们有地洞，我琢磨着我们也开一个地下鸦片馆和春院，你想，我们这镇子有千把号华人，矿上好几百个苦力都是年纪轻轻的汉子，他们都是光棍，这镇子里那些白人的赌场、妓院、烟馆他们不能逛，那我们自己开自己的，一来他们赚钱有地方花，二来也有个去处。"

付其一听，阿龙说得有理，只是担心这春院没有人管理。阿龙笑着说："现成的人选倒有一个，就是她不知道答应不答应了。"

付其问："谁？"

阿龙说："就是翡翠啊！"付其听了，脸一沉。

阿龙见他严肃起来，忙问："怎么啦？付其叔，我难道说错了吗？"

付其说："没有，阿龙，你没有说错，她该是最好的管理者。但是……"

阿龙见付其又把舌尖的话吞了下去，有些不耐烦了，说："付其叔，你怎么有话不说，半句话吞了下去呢？"

付其叹了口气，说："她本来就是六公司骗来为花旗花柳屋做事而逃出来的。在众人帮助下她才逃出虎口，你让她再进去，她能答应吗？你做这个生意，恐怕你老婆也不会答应吧！"

阿龙说："你是说玛丽啊，她的主意可多着呢。我想，人靠自己的劳动吃饭，正大光明，有什么不对呢？比那些杀人越货、拦路抢劫、偷鸡摸狗、坑蒙拐骗的家伙，我们有什么可以自责的？在花旗国，每个人都是笑贫不笑娼的，赚钱就是硬道理，再说了，我们也有自己的一块天地，你说对吗？"

付其说："阿龙，话虽在理，可是办起来有些难吧！你如果要做，我付其助你一臂之力吧！"

阿龙谢过付其，他惦记着陆伯。付其见阿龙忙，也就告辞了。

这一年，挖银矿的人越来越多，鹅地周围的小山已经挖得坑坑洼洼的，有些矿洞的矿脉已经采完被废弃，洞口长出了杂草，偶尔有一两只野兔出没。离墓碑镇几英里远的小山口，一个新开的矿洞里，有很多苦力在挖矿、背矿。这个矿的矿主名叫威尔逊。威尔逊长得魁梧粗壮、满脸横肉、胡子拉碴，一看就知道是个凶狠的主。这个家伙来到墓碑镇的时间不长，但运气倒是很好，他找到了一条很长的银矿脉，开了一个矿洞，一下就富裕起来。和所有的冒险家一样，有了钱他就来 CANCAN 餐馆对面的赌场来赌钱。

威尔逊是从中西部来的，从没见过大的世面，也从来不喜欢啤酒汉堡以外的食物，因此，他不喜欢花旗白人以外的文化，一次也没有光顾过阿龙的餐馆。他的苦力都是从六公司那里雇来的。在他的眼里，这些华人就是猪仔，就是干活的动物。他的矿脉的银矿成色很好，银亮亮的，采出来已经像足银了。因此，他雇了很凶狠的工头，既能管住他们干活不偷懒，又能管住苦力们不偷银子。他立下一条很凶狠的规矩，凡偷银者鞭打，打死不偿命。

现在这威尔逊又喝了酒，晃晃悠悠地回到矿上，刚一走进办公室，他的工头卡洛斯进来报告，他查出了偷矿的猪仔贼阿林。

威尔逊跟卡洛斯说："把这个猪仔给我捆了，把他绑到四街街角去。我要鞭打给所有的猪仔看。"

卡洛斯点点头说："好，老板，我去绑了他。"说着就走了出去。

威尔逊好像记起来什么，问："上次那个叫阿欣的猪仔的尸体是谁偷走的，查到了吗？"

卡洛斯迟疑了一下："老板，有了一些线索，但是还没有完全查到。"

"笨蛋！"威尔逊骂道，"连这么个事都做不了，你还能做什么事？"

卡洛斯被威尔逊骂得只好唯唯诺诺地应着。别看卡洛斯对威尔逊低声下气，他对待华工苦力可凶着呢。卡洛斯在威尔逊那里受的怨气，全撒在苦力身上。他纠集一些监工和牛仔将苦力阿林绑到一根柱子上。亚利桑那沙漠正午太阳很毒，工头卡洛斯和他的人把阿林五花大绑在一根柱子上。热辣辣的太阳烤在瘦弱的苦力阿林的身体上，像是在烈火中烧烤的排骨。

六公司的人来了，这个人叫菲利普，他说："我们可是救不了你，你偷了银子，被人家查出来了，合同上白纸黑字写着：第五条，若有偷盗行为，处以鞭刑，格杀勿论。我们六公司的人无话可说。"

人们从四面八方走来看热闹，人越聚越多，有花旗白人，有牛仔，有墨西哥人，有商人、小贩、路人，围得里三层外三层的。

很多人从付其的糖果店门口跑过去，付其见那么多人跑过去，要老婆管店，自己出门看看。他看到四街上围着这么多人看热闹，就问一个跑向那边的牛仔出什么事了，牛仔告诉他一个矿上的猪仔偷银，被吊起来就要受鞭打了。

付其不止一次听说矿上的苦力遭到暴力残杀，但是还从来没有见过矿上的苦力在这里绑起来被打，而且当着这么多镇上居民的面，一定是那个十恶不赦的恶魔威尔逊干的事。走近一看，果然又是威尔逊，他手里拿着一根蛇一样粗的鞭子，拉了拉，准备开抽。

阿龙在店里，听说那边矿主把一个偷银块的华工绑在柱子上抽，心里实在很愤怒，吩咐旺发和阿华看好店，自己就跑了出来。玛丽正在和翡翠说话，看到阿龙跑了出去，生怕阿龙惹事，也跟着跑了出来。

翡翠问清出了什么事了，她也出了门。

阿龙已经走进人群中去了。玛丽虽然知道阿龙胆小，但是她不想阿龙出事，尤其是前几天在观音寺里听到阿龙组织什么共济会。她有点担心。玛丽感到自己丈夫有点变了，她感到阿龙在金山和在这里好像两个人似的。他现在好像不是胆小怕事的人，玛丽对他产生了一点陌生感。他不能强出头，尤其是在自己的生意有了起色的时候。

这时，玛丽听到威尔逊对众人说："你们听着，这猪仔是个盗银贼。我雇他，有契约：偷我的银块，就用鞭子抽，格杀勿论。今天人赃俱在，我只是践约。"说罢，就狠命地抽。鞭子雨滴般地落在阿林身上，华人们都扭过头去，不忍看到这个情景。

一会儿工夫，已经抽得阿林的脑袋耷拉下来，奄奄一息了。

付其心里十分难受，这是抽我们的同胞啊，怎么会没有一个人上去说说情呢？他忍不住了，拨开人群，欲和威尔逊讲理。这时感到有一只有力的手搭在他的肩膀上，把他给拉了回去。他回头一看，是阿龙。

付其眼睛一亮："阿龙，是你，你也来了。"

阿龙没有工夫和他说话，自己挤了上去。那威尔逊又抬起手，就在鞭子落下去的一瞬间，手臂被阿龙托住。

阿龙："住手，你不能这样残酷地杀人。"

威尔逊正等着有人出来为阿林说话，好找出他的同伙。他住手，凶狠地看了阿龙一眼，说："原来你就是同伙，这个贼没招，倒是你自己跳出来了。"

阿龙说："威尔逊先生，你在说些什么？谁是同伙？我想跟你说你打的这位也是人。就是你的马，你也不会这样打吧！"

威尔逊没想到一个华人居然敢为这个偷银的说话，而且还这么的嘴硬，提起鞭子要打阿龙，却被阿龙托住了手，动弹不得。这时卡洛斯和霍塞过来，冲阿龙的背猛地一拳，阿龙向前一个趔趄，站住脚，摆开架势。想不到威尔逊一鞭抽来，不偏不倚抽在阿龙的脸上，阿龙顿时眼冒金星，倒在地上。

玛丽看得真切，阿龙果然不是火车上那个恶臭的阿龙，阿龙变成一条汉子。不，也许他本来就是一条汉子。在没有任何华人敢说话的情况下，他能上去，为这个偷银块的苦力说话。他是条汉子。

此刻，玛丽见老公被他们仨打得抱住头，便一步跳进圈子，踢开三人，护住阿龙。这三个恶魔见一个女人有这么强大的脚力，竟然有些害怕。

这时，翡翠带着一个人来了。这个人不是别人，正是欧普。欧普命令这三人站在一边，叫人将这个阿林从木桩上解了下来。阿林已经被打得不省人事了。人群渐渐散去。

阿龙从昏迷中醒来，看到玛丽抱着自己，说："玛丽，我，我是看不下去了，才……"

玛丽捂住他的嘴，说："你别说了，我什么都知道了。好样的。"

翡翠羡慕地看着玛丽抱着阿龙。

翡翠转过来对欧普说："长官，谢谢你。"

欧普说："翡翠，过两天我来看你，怎么样？"

翡翠笑笑："好啊，长官，带着你的兄弟和道克一起来吃饭，我请客。"

欧普离开了。翡翠见付其带着一些人将阿林抬到寺院里，便和玛丽一起将阿龙扶了回去。

图报恩阿龙欲生子
保朋友陆伯终丧命

阿龙并无大伤，回到餐馆，陆伯给阿龙做了按摩，消肿之后，也就可以走动了。可是陆伯很担心这些人会来餐馆报复阿龙，因此吩咐阿亮和阿华多加小心。

晚上打烊后，阿龙和玛丽夫妇回家，洗刷完毕，玛丽心疼地问阿龙："你还疼吗？"

阿龙说："不疼了，好了。我只是在想，这些人怎么这么坏啊！"

玛丽一边铺被子，一边唠叨："你啊，就是喜欢多管闲事，我昨天和今天眼皮直跳，果然今天就出事了。阿龙，你好像换了个人似的。"

阿龙说："我没有变化啊！只是在金山，你没有整天和我在一起，你不知道我在做什么罢了。现在我们都在餐馆里，你每天看着我，当然你看到了全部的我。不好吗？"

玛丽想想也对。在金山的时候，她待在家里，做些细活，没有到工地上去过，怎么知道自己的丈夫怎样呢！餐馆干活本来就晚，现在已经到半夜了，街上也没有喧哗声了，玛丽把灯熄了。阿龙一把把玛丽拉到怀里："玛丽，让我亲你！"

玛丽见阿龙这样急切，想，这个时候提个小要求最好了，就说："阿龙，你答应我，以后别再抛头露面了，这个镇子是墓碑镇，搞不好会惹来杀身之祸的。听见没？"

阿龙做事心急，答应着："玛丽，我听你的就是了。"接着他又说："玛丽……我……答应过……师傅，让他……抱上外……孙。"

玛丽问："你去接爹的时候，他还说了些什么呢？"

阿龙眼睛盯着天花板，茫然地说："他真的再没说什么，只是说他想抱外孙了。我就答应他了。再说，我阿龙家也不能断香火啊！"

玛丽听了，佯装生气的样子："都好几回了，我还不见动静，什么时候能有啊？"

　　阿龙翻了个身，打了个哈欠，睡意蒙眬含糊地说："生米要……做成……熟饭……还要添几把柴……柴……呢！"还没说完，就打起了鼾。可是玛丽睁着眼，很久都没有睡着。

　　威尔逊站在矿洞口，看着卡洛斯和霍塞把这批矿工从工棚里赶到矿里。一天的活派完了以后，留几个持枪的牛仔监工，他们就回到办公室。威尔逊从没有被人这样奚落过，昨天还头一次挨了打，这口气可是吞不下去。他脑子里尽想着如何去报复，恨不得立刻拿起枪把子弹射入阿龙的脑袋，让他脑浆迸裂。

　　霍塞可是一个粗中有细的人，他看到老板还是气冲冲的样子，明白是为了昨天的事。他小心翼翼地说："老板，我倒是有个主意，就看你肯不肯花点钱？"

　　威尔逊知道霍塞指的是昨天的事，说："你倒说说看，你有什么好主意？"

　　霍塞说："我们现在雇佣的大多数都是猪仔，那个叫阿龙的小子看上去真的想组织工会了。这小子来镇上还没多久就管这么多闲事，以后肯定是一根刺，我想镇上那些生意人一定也想把他给除掉。晚除不如早除。"

　　威尔逊闷声闷气地说："那照你说，要怎么做才能把这家伙除掉呢？"

　　霍塞说："你花些钱，要灵狗把他给做了。就说他指使苦力偷银子，这样就有理由把他除了，省得以后他惹是生非，要起到杀一儆百的效果。"

　　威尔逊一拍大腿，说："你小子平时像个粗人，没想到倒是挺有头脑的。"

　　霍塞说："老板，平时有你给罩着，没有我表现的机会。惩罚这些猪仔，有的是办法。"

　　威尔逊正愁没有办法，听霍塞一说，很高兴。一来可以报仇，二来还可以扫清障碍，一举两得。可是具体怎么操作他心里没有谱。霍塞察觉到威尔逊有点迟疑，便把威尔逊拉过去，将计划详细的操作过程解释一遍，说得威尔逊连连点头："好，就这么办。"

　　亚利桑那州的初冬，白天还是那么热，可一到晚上，就凉了起来。夜晚天漆黑漆黑的，但是几条街的店铺都灯火通明。隔了 CANCAN 餐馆几条街的 OK. 卡罗尔酒吧热闹非凡，一个美丽的女歌手在唱歌。威尔逊一手拿着酒，一手拿着牌在赌钱。

这时，门口进来一群荷枪实弹的牛仔，为首的头上包着红布，喝酒赌钱的顾客们都纷纷站起来，侧过身子从牛仔们背后潜出去。美丽的女歌手还在唱歌。

这些人在威尔逊的桌子边坐了下来。霍塞对一个清瘦的留着八字须戴着牛仔帽的全副武装的人说："灵狗先生，这就是我们的老板威尔逊。"

灵狗略点点头。发牌，赌了一圈，自然是灵狗赢一圈。

灵狗拿起酒杯，喝了一口，说："威尔逊先生今天请我来，说说吧，有什么事？"

威尔逊将霍塞的话说了一遍，拿出一沓钱，放在灵狗面前。

灵狗说："原来是猪仔的事，小事一桩。"

灵狗收下钱，招呼手下出去了。

由于银矿，墓碑镇成为远近牛仔的交易市场，牛仔们把牛从墨西哥赶来。交易市场旁边酒吧、饭店、妓院、赌场林立，十分热闹。牛仔们把牛卖了，有些喝得烂醉，有些逛窑子，有些去赌博。探矿者也在这个交易市场交易抢围的土地。黑人和墨西哥小工站在路边等雇主。更有毒贩子在兜售毒品。街头混混、地痞流氓在路边游荡。烟花流莺聚集处，妓女们在拉客。不时有小偷在前面跑，后面人追着。这里也有华人小贩，他们摆着各色小摊，有卖蔬菜的、卖马肉和卖糖果的。这是个复杂的世界。这里，每个人正在做他们该做的事，突然，来了一群骑马的牛仔，身上挎着枪，冲向人群，马群后面，尘土飞扬。

人们惊恐地喊："恶魔来了，恶魔来了，快逃，快跑啊！"人们纷纷向四处逃散。

一个头包红布，颈扎红带，身穿牛仔服的全副武装的牛仔在马上疯狂地笑着，朝天不断地开枪。几匹高头大马将一对卖菜的华人夫妇围起来，这个菜贩子名叫林云锦，林云锦夫妇吓得瑟瑟发抖。

马上的牛仔下来，熟练地拔出手枪，对准林云锦。空气紧张得凝固了。

那牛仔对林云锦叫道："CANCAN 餐馆在哪儿？"

林云锦被突如其来的狂暴吓呆了，颤抖着说："就在前面这条街，这、这里能看得见的。"他说着，吓得站不住脚了。

那牛仔拎住他的衣领，吼道："那你带我们去！"

林云锦没办法，只得带着牛仔们向 CANCAN 餐馆走去。街上的人都吓得逃进屋里，把门关得死死的。他们都知道，这批魔鬼来了，这墓碑镇的靴山墓地准要添新坟了。

魔鬼来了的消息传得很快，阿华第一个知道菜贩子林云锦带着这批魔鬼冲着阿龙来了。阿华跑进门，声音颤抖叫道："阿龙，阿龙，快跑，灵狗来了，快逃走。"

阿龙听到灵狗来了，知道大事不好，拿起一把菜刀，向外冲去。玛丽一把把他抓住。玛丽大声说："他们来了。阿龙，他们来了！你快躲一躲吧！你拿着这把刀，哪是他们的对手啊！"

阿龙说："躲？能躲到哪儿去呢？这是墓碑镇，就这么大一块地，能躲到哪儿去？我跟他们拼了。"

玛丽吓得脚软："阿龙，你被他们杀了，我们也全得死。"她转向阿华："阿华，快！快把门堵上。"

餐馆门前的街上，牛仔骑在高大的马上，矮小的林云锦在前面走着，一步一步地逼近。牛仔嫌林云锦走得太慢，用马鞭打着他的头。林云锦抱着头，加快脚步。他们快要来到 CANCAN 餐馆门前了。这些恶魔已经到不远的地方，听得见他们的马蹄声。

在危急关头，还是年长的陆伯沉着，说："阿龙，快，你下地道，从地道里逃出去。快，再不逃来不及了。你还有那么多事要做呢！"

阿龙正在迟疑，陆伯一把把阿龙推进地道。陆伯盖上地板。外面的牛仔们用枪托在敲门。

牛仔们大喊："开门，这臭猪仔！开门！"

敲门声越来越激烈。门在猛烈地摇晃。

陆伯说："玛丽，你看好家，我出去看看。"

玛丽也吓得发抖，可是她不愿意阿龙去死，他死了家里就没有了主心骨，还怎么活啊！可她也同样担心这些恶魔会对陆伯下毒手。

她说："陆伯，你，你也不能去啊，他们会把你打死的。"

陆伯说："我老了。我死了，阿龙不用死，值。把我葬在你爸的坟边，我死了也好和他做个伴。"说完，陆伯走到门边，门被撞开。

陆伯没等他们进来，便来到大街中间。牛仔们的马让开，骑在后面马上的灵狗骑到前面，用马鞭抵住陆伯的下巴。

陆伯抬头，眼睛里充满对死亡的恐惧。

灵狗见出来的是一个走路都不稳的老头，大声地对手下命令道："你们傻看着干什么，还不进去把那个阿龙给我找出来！"

牛仔们进门，去里面搜索了。

灵狗拔枪："谁要你来送死的？那个会打人的什么龙呢？怎么，现在尿裤子了？"

陆伯这个时候倒反而镇定了，用英语说："灵狗，去你娘的。你这个魔鬼！我死了，做鬼让你不得好死！"

灵狗听懂了他在说什么，也没有生气，因为骂他的人、恨他的人太多了，有人骂得比这个老头还厉害万倍。虱多不怕痒，皮厚。但是被猪仔骂倒是第一回听到。他咬牙切齿地说："你这个老家伙是来送死的吧。好吧，我送你上西天。"

灵狗开枪，打在陆伯的脑门上，顿时脑浆迸裂，鲜血四溅，陆伯就这样死了。

正在这时，只听到街头对面有人大喊："灵狗！你给我听着！杀那些猪仔不是本事。你他妈的给我过来！我是为我父亲报仇来的。"

灵狗看过去时，只见对面立着三匹马，马上是三个也穿着牛仔服装的全副武装的青年。与此同时，他手下的牛仔走出餐馆。有人对灵狗说："灵狗先生，我们都翻搜了，那个阿龙早就逃走了。"

灵狗听了，脑子里只顾着对面来报仇的后生了，就对手下说："这阿龙逃得了和尚逃不了庙，他的生意在这里，我们以后再说。送上门来的，先解决了。"

灵狗将枪插到胯上的枪套里，然后下马，迎了上去。在墓碑镇，也许这是不成文的规矩，决斗时双方的枪都在枪套里，等到站稳了，同时拔枪，看谁出手快、枪法准，谁就不会在这块土地上消失。

现在，这三个年轻人见灵狗上去，也不示弱，迎了过来。枪也在他们的胯上枪套里。现在是真正的决斗，他们双方比赛场的运动员还要守规则。枪还在各自的枪套里。灵狗一个人对着他们三个人。这阴阳界，生死就在几秒，灵狗一个人对三个人，他需要多么大的勇气啊！但是魔鬼毕竟是魔鬼，灵狗这种生死场面见多了，以嗜血为乐趣的他十分镇定。他的眼睛像虎一般地盯着前面三个人，空气仿佛凝固了，四双像死鱼的眼睛，一眨也不眨，街边的门缝里、窗缝里藏着一双双惊恐的眼睛。

灵狗见对面三人的手指慢慢地伸向枪托，他的手也向下移动，就这么一刹那，一阵枪声响，然后尘埃烟雾纷飞，灵狗左手的枪落到地上，他的手中弹了，而对面的三个小伙子却是一个接一个倒地。灵狗手下的牛仔很快将灵狗扶上马，扬长而去。

街上寂静了很长时间。好一会儿，有一家店铺打开门，走出个把人来，慢慢地各家店铺的门也开了。殡仪馆的人拉着殡仪车也来了，被枪杀的三个年轻人周围围了好多人。玛丽要阿华开门，大家把陆伯抬到观音寺内。玛丽吩咐给陆伯料理后事，按陆伯说的，把陆伯葬到自己父亲的旁边；按广东乡亲的习惯，等以后有机会再将父亲和陆伯的尸骨运回广东老家。阿龙不能继续管理CANCAN餐馆了。阿龙暂时将餐馆的事托付给旺发，自己和玛丽先回家商量去了。

阿龙回到家，惊魂未定。玛丽给阿龙泡了一杯茶。

玛丽说："也好，我们华人不是有句老话吗？大难不死，必有后福。"

阿龙说："我们已经死了一个人了，怎么说大难不死呢？"

阿龙并没有感到庆幸，因为他知道招惹上灵狗，早晚会大祸临头。要摆脱这灭顶之灾，他心里想着这该怎么办才好呢？

玛丽也害怕，对阿龙说："阿龙，三十六计，走为上计，我们还是离开这里，把我们的餐馆和其他生意都卖给别人吧！我们惹不起，躲得起。"

阿龙说："我们已经招上了，别人吓也被吓死了，会买我们的生意吗？"

玛丽说："那你说怎么办？"

阿龙也想不出一个好办法。谁都知道招上灵狗不是逃跑就是死路一条。可是到这个时候，阿龙和玛丽还不知道到底是招谁惹谁了。在墓碑镇的华人都知道灵狗是一个恶魔，谁也不会去惹上他，只要让这些家伙白吃白拿交保护费就得了。阿龙他们也不例外。阿龙和玛丽绞尽脑汁地想着。

玛丽说："阿龙，是不是那个威尔逊老板和我们过不去啊？"

阿龙突然想起那次街尽头广场上这个老板鞭打阿林，自己出面打抱不平的事。可是这件事和灵狗有什么关系呢？

玛丽说："也许是威尔逊买凶杀人吧！我看一定是这样的。如果是这样的话，那你还得到什么地方多住上一阵子，等到这里把事情弄明白了以后，你再回来，这样的话，你会安全一些，我们还要把我爹和陆伯的尸骨运回广东老家去呢！"

阿龙想了想，觉得玛丽的分析有道理，便说："好吧，看样子，我是要出去躲一躲。可是要把事情弄个水落石出，谁能做这件事呢？"

玛丽说："这件事非得一个人不可。"

阿龙问："这个人是谁啊？"

玛丽说："我会叫翡翠去把事情弄明白，你放心先去躲躲。"

阿龙说："翡翠？就是要她去管……"

玛丽说："是的，那里可是最安全的。自从开张以来，这欧普警察有事没事经常往她那里跑，他们的关系不错。你记得那个欧普吗？就是连灵狗见了他都怕的那个。"

阿龙记起来了。这个欧普倒是一个人物，这些牛仔无法无天，见了他倒还是惧怕几分。"那好吧，就这么定了，我先去外面避一下。到时候再做打算。"阿龙说。

虽说玛丽是个小女子，阿龙知道玛丽心里挺有主见，记起来墓碑镇的路上，玛丽将榴莲捣碎发出奇臭熏走那些劫匪的事。玛丽在危急中能有很多智慧。她做事干脆利落，从不拖泥带水。玛丽说："事不宜迟，我马上给你准备一下，赶在明天天亮之前出发，你去金山。"她说完，就进屋准备去了。

再说威尔逊花了钱，虽然打死了一个老头，但是没有把阿龙弄死，自然心有不甘。他在一家赌场找到灵狗。威尔逊要了一瓶丹尼尔烧酒，给自己和灵狗各倒了半杯，递了过去。

灵狗用右手接过酒，喝了一口。"好酒！"灵狗说。

威尔逊说："灵狗先生，酒是好，可是消息可不好哇！那个家伙还活着，还活得好好的。你说你这堂堂灵狗，什么时候你办事办得这么砸啊！"

灵狗骂道："去你妈！那个猪仔不在，你叫我打他的魂啊！一定是你威尔逊走漏了风声。"

威尔逊急忙否认："我……我怎么能走漏风声呢？你别血口喷人。拿钱消灾，这是亘古不变的道理。你身在江湖，难道连这点道理都不懂？"

灵狗被惹急了，一把抓住威尔逊的衣领，把他提起来。其余的牛仔也纷纷拔枪。

灵狗大声说："你他妈的老子我不屑你！老子的脑袋别在裤腰里，你别惹老子生气，要不，吃一颗老子的枪子。"

威尔逊知道灵狗这种狗脾气说杀就杀，是事后再想事儿的主，你把他给惹急了，说不定什么时候真一枪把你给崩了，也就不吭声了。但这个灵狗也不是威尔逊想的那样，他是个表面糊涂心里清楚的人。拿钱消灾这个道理对于黑道来说比什么都重要。他也像别人一样，挣钱吃饭，况且他还要养活这么多人，信誉对他来说也是第一要紧的。因此他说："我不是不想杀他了事，可是那天真的有比这更重要的营生。不打猪仔我不会死，不打仇家可是要我命的。这样吧，改天我把他抓来，由你来发落就是了。"

威尔逊很忌讳直接参与这件事，他和灵狗不同，他是一个商人、企业家，不能直接出面干黑道勾当。

威尔逊说："我派人去调查这个阿龙究竟在哪儿，打听到了以后，你直接除掉他就行了。"

灵狗说："老兄，那就一言为定了。那找不找得到这个阿龙是你自己的事喽。"他俩碰了一次杯，一饮而尽。威尔逊离去了。

阿龙逃生路遇死神
阿三过路义助好友

阿龙走在小丘陵的泥路上，放眼望去，圣彼得罗河岸的鹅地高地那条小径蜿蜒蛇游地伸向远处，已经被挖得坑坑洼洼的，东一个岩洞，西一道深沟。初冬的烈日一点儿没有收敛它的强光，晒得阿龙满头大汗。阿龙向班森镇方向走去，阿龙觉得迷路了，因为这条路他记得已经走了两次。走到山坡的拐角处，他看到有一个破旧的屋子，就走了过去。这个屋子里有几个矿工模样的人住着。他敲门，开门的是一个墨西哥人。这个人的帽子压得很低，几乎遮住了他的眼睛。阿龙根本没有注意他们是什么人。

阿龙用生硬的英语问："先生，朝班森镇怎么走？"

这个墨西哥人似乎连看都不愿意看他一眼，便用手指指前面的一条路。"从那边走。"他说。阿龙问他们要些水喝，然后又上路了。

沙漠小丘，弯弯扭扭的小路走了不知多久，他终于看到了班森镇。他加快脚步，来到了火车站。前面有一伙人，这伙人里有两个面孔很熟悉。这两个不是那个恶魔威尔逊的工头霍塞和卡洛斯吗？这两个人和他交过手。阿龙想到这里，心里一阵寒噤。难道他们是来抓自己的？阿龙赶紧向街角拐去，没走几步，见前面来了几匹高头大马，阿龙看看周围，没有岔路，何以逃生？阿龙只得向后，后面也看到几个彪形大汉走过来。

阿龙心一凉，完了，自己被他们围了起来，看样子这下必死无疑了。他恨自己过分疏忽大意，没有把这批虎狼魔鬼往恶里想。以前在金山，这种围攻杀戮屡见不鲜。可是在班森镇对华人移民也是这样，是阿龙没有想到的。现在前后两伙人慢慢走近，就连他们凶神恶煞的容貌也看得清清楚楚，阿龙孤单一人，感到绝望，紧张得在颤抖，在心里自己跟自己说："还有逃路吗？"他看到街两旁的店铺都关着，这条街像是一条鬼街，前后的人越来越近。阿龙认出来者就是灵狗他们。

墓碑镇的中国玛丽

阿龙大喊："你们这些人要干什么？你们要杀我吗？你们这伙恶魔、强盗，你们有没有法律？"

灵狗用鞭子托起阿龙的下巴，说："我就是这方圆一百英里的王法。"

灵狗说完，掏出枪，用枪指着阿龙说："还要我亲自杀了你吗？"

他的手下说："不用了，灵狗，余下的事我知道怎么做了。"

灵狗瞄准，对着阿龙的大腿开了一枪，阿龙应声倒地。

灵狗吆喝手下的人："做完买卖，来酒吧，我等着你们。"

灵狗的人将阿龙押到一个小山包。这个地方在镇子背后，是一个荒芜的坟场，他们把他押到那里，打算将他处死后就葬在乱坟岗里。

阿龙一边走，一边大喊："灵狗，你究竟要干什么啊？你这恶魔、强盗！我既不认识你，也没有触犯过你，你为什么要害我？"

鲜血一路流到了小山包。小山包上有几棵稀稀疏疏的树。他们把阿龙绑在一棵大树上。阿龙的声音已经嘶哑了，人也昏迷过去。小头目示意手下朝阿龙泼一桶水，阿龙醒了过来。

阿龙看着小头目，大叫："你们放了我！你们放了我吧！"

小头目从鼻子里说："哼，放了你？你要我们吃灵狗的枪嘴啊？"

一个手下说："我们给他几枪，快处理了，我们也好早点回去喝酒。"

阿龙听了，吓出一身冷汗。他颤抖着说："兄弟们，我家里有钱，你们放了我，我把家里的钱都给你们，行不？"

匪徒们哈哈大笑："兄弟，我们要了你的钱，那我们还能活命不？"

一个匪徒从后面给阿龙一棒，阿龙头上顿时鲜血直流，立刻晕死了过去。小头目见阿龙已经晕了，就往阿龙身上补了两枪，走了。

那天也该是阿龙的运气好，很少下雨的亚利桑那州突然乌云密布，看样子要下一场大雨。风吹起满眼的尘沙，打在阿龙的脸上，风越吹越大，下起了雨。虽然阿龙身中两枪，而且头被棍子击中几乎死去，但是他并没有死，只是昏迷了很长时间。大颗的雨滴打在他的脸上。

这时，有两个衣衫褴褛的华人后生到坟地的小亭子来避雨。他们刚进这个亭子，大滴大滴的雨点就砸下来。绑在树上的阿龙慢慢地醒过来，他挣扎着尝试脱去身上的绳子，移动着身体，被一个躲雨的叫倪伟的人察觉到了。

"阿三，你看，那边的一棵树上绑着一个人，那个人没有死。"倪伟叫了起来。

那个叫阿三的说：“啊！还是个华人。这怎么回事啊？走，我们去看看。”

雨下得越来越凶，他俩也顾不得大雨，飞奔到阿龙身边，阿龙看见了他们，声音微弱地说：“救……救救我……救救我。”

阿三和倪伟赶紧将阿龙从树上解下来。阿龙两眼紧闭，脸色煞白。

阿三走近，惊叫起来：“倪伟，这不是金山阿龙吗？我们找不到他已经两年了。他怎么了？”

倪伟凑过来一看，果然是阿龙，他叫道：“阿龙，阿龙，你醒醒，你醒醒。”

阿三摸了摸他的脉搏，发现他的脉搏很微弱，

阿三说：“他还在流血，头上被人敲了一棍，大腿中了枪。我们得赶快给他找个医生。”

倪伟说：“阿三，来，把他放在我的背上，小心，慢慢来，我背他下去。”

他俩下了坡，来到一个私人诊所。阿三把一只小小的包裹从阿龙身上解下来。他发现包裹里面有不少美金。他对倪伟说：“看样子阿龙不是被土匪打劫的。你看，他包里面的钱还留着，没有被抢。”

倪伟困惑地说：“在这片蛮荒之地，难道他还有仇家？简直不可理喻。”

这时医生走了出来，对他们说：“小伙子，你们的朋友运气好极了，他活了过来，三处枪伤也没有伤到要害。”

阿三问：“医生，你估计什么时候他能清醒？”

医生说：“过几个小时他就能醒来，那时候你们就可以带他走了。”

阿三谢了一声，拉着倪伟就出来了。

阿三说：“我的肚子饿得咕咕叫，这会儿趁阿龙还没醒来，我们去吃点东西。”

倪伟点点头，说：“好吧。”

他俩拔腿就跑到一家面包店，买了几个面包，狼吞虎咽吃起来。吃完了，准备去看阿龙。

倪伟说：“阿龙一定饿了。走，给他买几个面包。”

他们给阿龙也买了几个面包，来到诊所。

阿龙已经醒来。阿三看见阿龙醒来，格外兴奋地说：“阿龙，你终于

醒来了。"

阿龙看看阿三，再看看阿三后面的倪伟，没有很大的反应。

倪伟也轻声地说："阿龙，你不认识我们了？在工地的时候，你是打钉工，我是铺石工。我们不是经常一起吃饭的吗？"

阿龙轻轻地说："啊，你们，能送我回家吗？"

阿三见阿龙有了一些知觉，问："阿龙，你家在哪里呢？玛丽在哪里呢？"阿龙似乎听出话意来了，说："我家在……墓碑镇。"

阿三一听，转身对倪伟说："这墓碑镇不是我们要去的地方吗？兴许邝世五就在墓碑镇。阿龙是什么时候去墓碑镇的？"

倪伟说："阿三，现在阿龙神志还没有恢复过来，我们现在最重要的事是把阿龙送回墓碑镇。依我看，阿龙既然从墓碑镇逃出来，他家在那里一定遇到什么事了，我们把他送回去的时候一定要小心一点。"

阿三点点头："好的。"

他们付了钱给医生，就出来了。在大路上，有一辆空马车过来。这马车的车厢有篷，给阿龙坐很合适。阿三看看小袋里的钱，足够了，就租下了这辆马车。他们三个朝墓碑镇而去。

墓碑镇的观音寺前围着很多人。六公司的菲利普被围在中间，菲利普显然被愤怒的众人抓得衣冠不整了，显得狼狈不堪。

王木匠大声地说："他们这些人来的时候都签了合同，合同中写明包工生死有命，但是死后六公司负责将遗骨送回广东老家。现在为什么你们不兑现呢？在靴山墓地上葬着这些矿上死者，你们无一运回，还有很多无名的冤死矿工，你们为什么不把他们运回去？"

众人义愤填膺，纷纷上前责问。

菲利普拼命狡辩："乡亲们，你们先消消气，我会把你们的意见带到公司，我们再做商议。至于无名矿工，我们也不知道把他们送到哪儿，这不好办。你们还是让我先回去好吗？"

"不行，"王木匠说，"你菲利普口说无凭，白纸黑字写下来才算数。"

菲利普说："乡亲们，公司不是我的，我也是跑腿的。即使我写下来也不会算数的。"

王木匠说："走，我们找阿龙去，让他主持一下公道。"

众人说："走吧。"

大家都往 CANCAN 餐馆而来。他们来到 CANCAN 餐馆，玛丽在前台收账，旺发亲自下厨炒菜。

阿华进门，喊道："玛丽，外面乡亲们和六公司的菲利普来了，要见阿龙。"

玛丽答道："你告诉他们阿龙不在，请他们改日再来。"

阿华听了，来到门外，说："现在阿龙不在，众位乡亲请回吧！"

人群里有人喊："现在阿龙越来越窝囊了，是共济会会长却不敢为大家办事。"

玛丽对这样的评论不予置评，她也不知道阿龙什么时候回来。正在这时，一辆马车驶了过来，在CANCAN餐馆前面停下来。阿三和倪伟将阿龙扶了下来。众人看到阿龙头包着纱布，满身血迹，都大吃一惊。阿三和倪伟将阿龙扶进餐馆，玛丽让阿龙躺下，看到阿龙伤成这个样子，不由得流下眼泪："阿龙，我要你去躲躲，可是你几乎遭到杀身之祸。阿龙，我几乎害了你。"

玛丽唠唠叨叨地说着伤心话。

翡翠见玛丽伤心成这个样子，就对众人说："乡亲们，龙哥被打成这个样子，一定是那些恶牛仔干的。你们先回去，让龙哥养养伤，以后再和菲利普理论。"

乡亲们见翡翠说得有道理，便纷纷离去。

餐馆内，玛丽哭着向阿三和倪伟问情况。阿三将他们发现阿龙的经过描述了一遍。玛丽断定这事是威尔逊一伙买凶干的，气得肺都要炸了。

玛丽气愤地说："灵狗，我和你势不两立，我会报仇的。"

翡翠见状，安慰玛丽说："玛丽姐，龙哥现在伤势不轻，我们为他治伤要紧，别的事咱们先放一放。"

玛丽见翡翠说得有道理，便对阿华说："先把这两位兄弟安顿下来。"

阿三和倪伟谢过玛丽，跟阿华走了。

玛丽俯下身来，轻轻地呼唤阿龙："阿龙，阿龙，你醒醒。"

阿龙睁开眼睛，目光迟钝。只见阿龙张开干裂的嘴唇，声音几乎听不见，玛丽凑上去，贴近阿龙，只听阿龙说："……玛丽，这些人……可怕……我们斗不过他们。我们就……别惹……他们了。"

玛丽听了阿龙的话，感到有些生气。玛丽在他的耳边说："怎么是我们惹他们呢？阿龙，分明是他们惹我们，是他们杀我们，我们现在连还手的力量都没有。阿龙，你几乎被他们杀了，还说这种窝囊话！"

玛丽说了这些话，指望阿龙会附和他，可是阿龙却紧闭着眼睛，不说话了。这时翡翠端了一碗粥过来，对玛丽说："玛丽姐，龙哥受了这么重的伤，需要静养一段时间，让他喝点粥，回回神，别打扰他了，让他好好养伤吧！"

　　玛丽端过碗，用汤匙细心喂着阿龙。阿龙看着玛丽这么耐心地侍候自己，两滴眼泪从眼角里淌了下来。

　　玛丽知道阿龙此刻在想什么，便说："阿龙，餐馆的事我先管着，你好好养伤，你回来的事我会要他们保密的，你就在家好好养伤吧。俗话说，大难不死必有后福。我们这次遭过大难，逃过这一劫，也许是件好事。我明天去观音寺求求菩萨，让你很快恢复过来。"

　　阿龙听了，吃力地点点头，脸上微微一笑。

　　玛丽说："现在你先休息一会，我去去就来。"

　　玛丽叫了付其的女人来照料一下阿龙，自己来到厅里。玛丽要翡翠把阿三和倪伟叫到跟前。

　　玛丽对他们说："阿三、倪伟，感谢你们救了阿龙，这个恩我是会报的。你们如果不嫌我这店小，就留在这里干活吧。你们觉得怎么样？"

　　阿三说："玛丽大姐，我们正在找邝世五，听说他就在这一带的矿上，我们想跟他一起上矿上干。"

　　倪伟说："玛丽大姐，阿三想找到一条矿脉，发点财，挖点银子就回广东老家。我们不想一辈子都待在这个寸草不生的鬼地方。"

　　玛丽思索了一下："也好，我也听说世五在矿上，可是阿龙还没有见到过他。上次一个兄弟的尸体半夜被放在观音寺里，我猜就是世五干的。"

　　阿三听到有世五的消息，急着打探："玛丽姐，那世五是在哪个矿上？"

　　玛丽说："我猜测会是在威尔逊的矿上。"

　　倪伟问："那我们要去做工怎么个去法啊？"

　　玛丽说："你们就要经过六公司介绍去那里。六公司和你们签约，然后再去矿上。"

　　阿三："玛丽，刚才我们听这么一大群人说六公司根本不践约。唉，明知山有虎，偏向虎山行。"

　　聪明的翡翠插嘴："玛丽姐，他们能不能向你雇呢？你可以代表阿三和倪伟。他们之所以折磨人不就是因为诬告劳工偷他们的银子吗？你可以让他们拿出证据来啊！这样我们的人就少吃点冤枉苦啊！"

玛丽说："翡翠，你也真是个强女人。不过你龙哥现在这个样子，我还能做这些吗？你看我们的摊子太大了。小赌场、烟馆，还有你的那一摊子和我的送货公司。"

翡翠鼓励玛丽："玛丽姐，我观察过了，你不是一个小女人，你是一个有胆有识的大女人。阿龙哥现在这个样子，他可能一时半会还缓不过来。你一定能做男人的事，而且比他们做得更好。"

玛丽语塞，翡翠见玛丽没有反驳，便进一步说："玛丽姐，这里的事很多只有你才能办成。龙哥被人折磨成这个样子，你难道还不想报个仇什么的？现在只有你干了。"

玛丽本来就是个有胆有识的巾帼英雄，她父亲阿贵自小教她练拳脚，也颇有几手，但是家里有阿龙这么一个徒弟，就像半个儿子，什么事都用不着玛丽操心。因此，玛丽的侠胆都给了阿龙，玛丽倒成了小女人了。现在，阿龙几乎被人打死，刚从死神那里夺了一条命回来。这主心骨折了，那种捡起倒下的旗杆重新竖起来的勇气，在这个小女人心头燃起，在困境中的女人，内心积聚的野性火焰般地迸发出来。

玛丽说："好吧，翡翠，这起草合同的事你去办。记住，写明从我这儿出去的人都是诚实人，我来担保他们，偷一我赔十。你把它写上去。"

翡翠说："记住了，玛丽姐。"

阿三和倪伟也说："玛丽姐，你做这个，就从我们开始吧！"

玛丽说："阿三、倪伟，你玛丽姐一定不会使你们失望的。"

墓碑镇 CANCAN 餐馆，张灯结彩。中国玛丽打扮得丰满华贵，在正堂坐着，旁边站着一排将要被雇佣的男男女女，阿三和倪伟也在其中。

这个墓碑镇的雇佣生意真的被翡翠说中了。在别的地方，这些做小工的很多都是墨西哥人，华人习惯称他们为老墨。可是这里的墨西哥人大部分是贩牛的，也就是墨西哥的牛仔，因此做杂活和矿上的劳工很多都是华人。墓碑镇的杂活有圈养牛的，有做清洁的，有扫街的，有做保姆的，有为各家做饭的，还有赌场、酒吧、洗衣店等也需要小工。有的是临时工，有的是月工或年工。年轻力壮的人都往矿上走。矿上虽然苦，但是收入要比打零工的多。而且，这墓碑镇有的是去处。自从阿龙开发了名副其实的地下商业，这些赚了钱的矿工抽鸦片的抽鸦片，逛妓院的逛妓院，赌的赌，吃的吃，反正钱有的是。附近的矿点老板们也需要这些能干活的中国人，因此开业的第一天就签订了不少雇佣合同。

消息传到菲利普那里，菲利普十分吃惊："怎么了？有人这样抢我们的生意，不出一个月，所有的雇工都会到玛丽那里去了。"

菲利普手下进来："先生，这是一份玛丽的合同。你看看我们是否有空子可钻。"

菲利普接过合同，仔细地读着每一句话。看到"偷一赔十"这一条，心里顿时有了鬼主意："有了，这个玛丽想搞垮我们的生意，没那么容易，咱们走着瞧吧。"

手下不知菲利普在说什么，问："先生，你说什么啊？"

菲利普说："我说咱们走着瞧，他们班门弄斧没那么容易。我叫他们吃不了兜着走。"

玛丽豪气立生死状
世五废洞偶见尸骨

菲利普约了威尔逊来 OK. 卡罗尔酒吧，酒吧里坐满了客人，菲利普先到了酒吧，他要了一杯酒，在歌女面前拉把椅子坐下来，架起二郎腿，脚随着歌女的声音起伏在晃动。不知道是今天他有把握要威尔逊去实行他想好的计划，还是被这个歌女的歌声和妖媚逗得高兴，他塞了一些小费给那个歌女，还和歌女眉来眼去了几下。

这时，威尔逊来了，也拉了一张椅子在他的对面坐下。

威尔逊问："你小子是不是又给我找了一些猪仔啊？这么高兴。"

菲利普看了看威尔逊，心想，这家伙今天穿得还不错，还戴了领带，说："你也高兴啊！看你穿得像娶媳妇似的。"

威尔逊说："你小子别给我兜圈子，有话就说，有屁就放，我听着。"

菲利普说："先生，你这么急干什么？没人抢你的饭碗。"

威尔逊蔑视地说："就是有人抢了我的饭碗我也不怕。"

菲利普看看威尔逊说话有点带劲了，便说："老大你听着，我给你带来的人都被那个阿龙的媳妇给抢走了。"

威尔逊一听阿龙这两个字就有想吐的感觉。他问："怎么，这个猪仔还在吗？不是已经被我们杀了？"

菲利普说："很难说他死了没死。可是这个玛丽已经开了人力公司，这明摆着和我们公司作对，把我的公司打压下去。"菲利普向威尔逊招了招手，威尔逊伸过头去。菲利普在威尔逊的耳边将自己的计划叙述了一番，威尔逊听得连连点头。说完，菲利普递过一沓钱。

菲利普说："好了，我们成交吧！"

"成交，我们就这么定了。"威尔逊说着，站起身来，转了个台，来到赌博台前去赌了。

矿主威尔逊带着几个牛仔在 CANCAN 餐馆前面下马，将马拴在餐馆前的马桩上。他们几个人横冲直撞地闯入餐馆。玛丽正在和别的雇主谈话，看见他们一大群人气势汹汹地进来，觉得这五大三粗的矿老板好像为搅局而来，就迎了上去。

玛丽平心静气地问："先生，你是来雇人的吗？"

威尔逊觉得这女子并没有被他的蛮横样子惊吓，只能老实地回答："是的，女士，我是来雇一些银矿工。"

玛丽听他的语气似乎不是来挑事，略略放下心来，说："那你就挑吧！哟，这些华工都想到矿上干活。你看，这里几位华工还是身强力壮的，你在他们里面挑一个吧！"

威尔逊狡黠地眨了眨眼睛，说："不，我这次来不是来找强壮的苦力，而是来找聪明一些的技术员。"他看到阿三，便指着阿三说："你，我要雇的人就是你了。"

阿三想不到那个矿老板没有多少挑剔就选中了他，便不由自主地扬起嘴角一笑。玛丽觉得有些奇怪。之前的两个矿主把最强壮的两个工人给挑走了，想不到这威尔逊却要了瘦骨嶙峋的阿三。玛丽开始还担心阿三雇不出去，现在看威尔逊选中了他，笑了笑，想探一下这威尔逊为什么不雇强壮工人而雇阿三这样瘦弱的人，害怕他有阴谋。

玛丽问："先生，矿工工作需要体格健壮，你怎么会要这样一条生病的黄鱼？"

威尔逊看到玛丽质疑，早就准备好了回答："矿上有的是体格强壮的矿工，我现在只要一个脑子机灵的懂得探寻矿脉的人。这个小伙子看上去挺机灵，也许是个探寻矿脉的好手。"

玛丽一听威尔逊的解释很在理，就放下心来，说："先生，您算是眼光独到的人了。看这小伙子的眼神，挺灵活，准是块好料。您知道这里的规矩，您要按月将他的工资付到这里。如果他有什么问题，您到我这里来解决。这是合同，您签一下吧！"

玛丽将合同递给威尔逊。威尔逊接过合同，给一个手下。手下读了一下说："这个合同没有猪仔偷银子的惩罚条款。"

玛丽也没有在意，只是解释说："从我这里雇去的人怎么会偷东西呢？我早就口头承诺，如果有人偷东西，他偷一，我还十。这样难道不行吗？"

一般的情况下，玛丽解释到这里，雇主就不会有什么异议了，可是这样的解释在威尔逊那里就不行了。

威尔逊固执地说："猪仔们都习惯偷东西，他们中偷东西的太多了，你这偷一还十只是口惠而言。我们不相信！"

威尔逊说到这里，玛丽也应该知道这威尔逊分明是在找茬，但是玛丽没有意识到这一点，她还在争辩她担保的清白，她说："威尔逊先生，我这里雇出去的保姆、苦力、马车夫、厨工、泥瓦工、脚夫、看门人，从来没有一个人偷过东西。你还不相信我吗？"

威尔逊听了，心里不是不相信，而是故意不相信，否则就没有故事了，他也没有理由来骚扰华人了。

他故意说："我们不相信任何人，怎么能相信你一个女人呢？"

玛丽听到他对女人这么的不尊重，十分生气地说："那你说你需要怎样的保证呢？"

威尔逊手下帮腔说："你说你的人从来不偷，你敢不敢拿你的命保证呢？如果敢，我们就信你。"

这正是当局者迷，旁观者清。在旁边的那些来雇人的雇主跟着哗然起来："对啊！既然这么肯定，你怎么不敢保证？害怕了吧！动真格了就不敢了！骗人！"

看到人们一阵骚动，玛丽的助手翡翠嚷了起来："威尔逊，你怎么这么说话，不是存心要闹事吗？我家老板娘还没有失过信。你要就雇，不要就走人！"

威尔逊知道这个小姑娘思维敏捷，谈吐伶俐，他不想被这个姑娘坏了大事，想威胁威胁她。威尔逊拔枪："你这猪仔小丫头，你敢这样对我说话，也不怕我一枪崩了你！"

玛丽看到威尔逊原形毕露，闹事的架势都摆出来了，她愤愤地说："好，威尔逊先生，我答应你，但是咱们丑话说在前面，我玛丽做生意一是一，二是二。如果这阿三偷了东西，我拿命抵，但是，要是你无中生有，诬告阿三偷东西，你也要拿命抵上。你敢不敢？"

威尔逊听到玛丽这么说，知道玛丽离受骗不远了。菲利普那里的钱很快就会给他了。威尔逊把枪放在桌子上，玛丽觉得威尔逊把枪放在桌上是对她的挑衅，她捡起枪，吹了吹枪头，熟练地在手上转了转枪。威尔逊和手下看着玛丽玩枪，都露出惊奇的神色。

威尔逊见玛丽爽快答应，就大声说："好吧，一言为定！"

他立刻吩咐手下："去，修改文件。"

墓碑镇的中国玛丽

片刻，文件修改完毕，玛丽和威尔逊分别按上手印，合同算是签署成功，生意做成。玛丽走过去，对阿三说："阿三啊！我拿命押在你身上了。你千万为我们华工争口气。"

阿三眼里含着泪花，点点头："龙嫂，你放心，我不会辜负您的，不会糟蹋华工的名声的。"

不一会，阿三随威尔逊他们走了。刚出门，就见街上的路人一下逃散，玛丽的餐馆一下涌进一批人来，大家都很惊吓的模样。翡翠根据以往的经验，说："玛丽姐，那个恶魔灵狗抢了牛仔的牛，人家报仇来了。"

玛丽叹口气说："又是那个灵狗。快关门，我们惹不起还是躲得起。"

翡翠惊慌地说："那些人已经在我们门口了，吓死我了。"玛丽走出CANCAN 餐馆大门，见门口的泥土街上，又有一场决斗。对面的店铺C. H. & T. Co. 也关了门，外面有些胆大的人在看热闹，玛丽赶紧关上门，从窗户向外看。一会儿，来了几匹马，上面骑着一些牛仔模样的全副武装的人，在玛丽的餐馆前拴好了马，几个人并排在餐馆前等着，玛丽知道这些人是来寻仇的。外面的空气紧绷着，一下子，街上除了这些牛仔，空无一人了。

玛丽要店里的阿华去叫警察欧普，阿华从后门离开，去警察局报警去了。玛丽转向另一个街角，从那边走来几个挎着枪的人，两拨人走近，没有多说什么废话，在 CANCAN 餐馆前决斗，他们在 CANCAN 门前的街上站着，空气凝固了。双方的手都在往腰间的枪套里拔枪。不知是哪一拨人速度更快，玛丽根本没有看出来。枪声响了，他们各自向对方开枪，地上死了好几个人，血流满地，这批人打完，就上马扬长而去了。霎时，街上静得吓人，好久都没有一个人出来。

一会儿，有个满身是血的年轻人跌跌撞撞地爬到 CANCAN 餐馆门前，轻轻地敲门。血人轻轻地在门口喊："喂，玛丽，您能救救我吗？我负伤了。"

玛丽听到这个血人在门外喊，心里颤抖了一下，迟疑地对阿亮说："阿亮，你去开门！"

没等阿亮开门，门就被血人用身体撞开了。玛丽看到是一个浑身是血的年轻人，由于失血过多，已经十分虚弱了。

玛丽问："你……你是谁?"

那个年轻人说："我是马修，是刚才和灵狗他们决斗的人。被他们击中，您救救我好吗？"

玛丽的直觉告诉她，这个年轻人不是坏人，她决定救他。她对阿亮说："把他带到地道里去。"

阿亮扶着这个叫马修的人下了地道。不一会儿，灵狗带着一批人来了。灵狗手下的牛仔敲开门，气势汹汹地对玛丽说："还有一个牛仔，往你这里逃跑了，你把他交出来！他一定藏在你这里。"玛丽认出此人是魔头灵狗的人，便对领头的灵狗说："灵狗先生，我这里没有见过这样的人。我哪里敢藏你们要杀的人。"

灵狗命令手下搜寻，他们搜了一阵，没有发现那个年轻人的踪影，便出去了。这时，门口来了殡仪馆的运尸车，收完尸体后，将尸体搬上运尸车，就离开了。街上恢复了平静。

说话间，警察欧普来到餐馆门口，将马拴在马桩上，然后走进餐馆。他草草地在四周走了一下，说："玛丽，你们这里有没有看到活口？"

玛丽说："没有。"欧普没有发现什么，便也离开了。

阿龙也知道了玛丽收留马修，还要请郎中为马修治疗，经过这么多生死经历，阿龙怕了，他看到在那些牛仔的枪口下，生命是多么的脆弱，人就像牲口一样，说没了就没了，只是一颗子弹的光景。他害怕这些寻仇的牛仔再来找麻烦。他害怕玛丽救治这个年轻人会招来杀身之祸，便和玛丽吵了起来。

阿龙以前从不大声训斥玛丽的，但是今天也禁不住喊道："玛丽啊玛丽，你知道你救的这个人是警察局通缉的人吗？"

玛丽平静地说："我知道，但是我也知道他是无辜的。这灵狗杀人不眨眼，你也领教过了，你别忘了你被他打得几乎死去，如果不是你命大，你早就不在这个世上了。如果我们不救他，他肯定会死的。佛说'救人一命，胜造七级浮屠'。难道你不想积点德吗？"

尽管玛丽的话句句在理，阿龙却并没有被她说服，阿龙提高了声音，说："积德？哼，你命都不要了还积德，有什么用啊？"

玛丽虽然知道阿龙经过这次生死的事件，对灵狗和枪战产生了本能的害怕，因此完全失去了以往的血气方刚，可是她实在忍受不了眼前畏畏缩缩的阿龙。

她责怪说："阿龙，你是一个男人，这个镇是个无法无天的镇子，这个灵狗常常杀无辜的人。难道我救人一命错了？"

阿龙继续反驳玛丽："你既然知道这里的人无法无天，那你为什么还要自找麻烦？我可不想他们砸了我的餐馆！"

玛丽真的来气了，就说："你是个孬种，你有种就去告发我藏了罪犯！你要去告发你就去告发。"

阿龙听老婆这么说，被她激怒了，拔腿往外跑。自从阿三把阿龙从死神那里拽回来，阿龙遇到这种情况就变得神经质。他歇斯底里地向外跑去，如果不阻挡他，他真的会跑去报警的。

玛丽跑上去，一把将他抓住。玛丽喊道："阿龙，难道你真的想去告发？那些寻仇的人就在门口。你不用去警察局，出门告诉他们就行了。"

玛丽说着，抓起一把枪。这时，一阵急促的马蹄声从门口呼啸而过，阿龙和玛丽面面相觑，不敢去报警。

威尔逊走出公司门口，六公司的菲利普笑嘻嘻地迎了上来。看来菲利普今天心情大好，步履轻盈，菲利普走近威尔逊，他掏出一沓美元，对威尔逊说："我老板说了，你干得很好，这是酬金。以后的酬金就看你的了。你今天完成了一件大事。"

威尔逊说："你给的钱够数吧。"

威尔逊接过钱，开始数钱。数毕，抬起头说："应该不止这个数吧！"

菲利普料到威尔逊会说这句话，回答说："今天只能给你这些。等到那个玛丽自行了断，你就能拿到余下的一大笔钱。"

威尔逊很不满，抱怨说："菲利普，你如果跟老子开玩笑，老子就打死你。"

菲利普说："这怎么可能呢？再说了，现在的生意全被这个女人给抢了，我们从中国广东运来的苦力猪仔，以前监工矿主要打要杀这些苦力随你们的意，我们也不会介意；可是现在，这个女人把我们的生意抢去，你们在用人方面也受到了限制。比如偷东西，这些斜眼鬼华工就是小偷小摸，以前你们能用体罚做规矩，但是现在你们什么都做不来了，只能眼睁睁地让他们眯眼偷啊！"

威尔逊听了，气呼呼地说："好啊，这下我会把生意再给你抢回来。"

菲利普觉得威尔逊在逞能，他想提醒这个莽夫，笑着说："别看这个女人说话和气，可是心眼多着呢！这个女人和别的猪仔不同，她是一个说话算话的人，你可要小心呢！"

威尔逊不屑一顾，说："你连个猪仔的娘们都对付不了，怪不得你没有生意做，活该！给你灭了这个娘们，你要做个真正的牛仔了。"

银矿的工棚外，牛仔们荷枪实弹在巡逻。他们十分警惕地注视着工棚，生怕有任何的意外发生。在这个矿区，华工暴乱也不是一两次的事了，杀人的事件更是时有发生。就在银矿边上的工棚里，阿三和邝世五躺在破草席上。自从阿三来到银矿，就一直和邝世五在一起了。

　　说起阿三和邝世五，还有一段友谊在中间。早年阿三和邝世五就在金山铁路工地上。他的父亲习武弄拳，教得邝世五一身好功夫，加上邝世五身板伟岸，好打抱不平，因此广结朋友。但是那个时候，他意识到自己的武功都只是些自卫性质的，他就感到很忧伤，也很失望，随六公司招募来到金山。那一年，阿三也在金山铁路工地上。

　　有一次，阿三被工头打得死去活来，是邝世五救了阿三，从此他俩结成兄弟。这两天，阿三又病得厉害，世五感到很担心，他一直守在阿三身边。阿三醒来，世五摸了摸阿三的额头说："阿三，你的烧退一点了吗？"

　　阿三咳嗽着，说："世五，我喘不过气来。"

　　邝世五忧郁地说："已经几个人病了，威尔逊将他们带走，不知下落。也许……"

　　阿三听了，毛骨悚然，连连摇头，不由地说："不会吧，不会。"

　　邝世五没有听清，问："阿三，你在说什么？"

　　阿三忧心忡忡地说："他们是不是把病人给杀了？"

　　邝世五没有讲出来，阿三倒直言不讳地讲出来了。

　　阿三悄悄地说："世五，听说威尔逊矿主要把我们全赶出矿区。"

　　邝世五说："最近沙地党要将中国人赶尽杀绝，不许美国公司招中国人，威尔逊这小子趁机将我们给屠了，就不用付我们的工钱了。不管怎么样，我们还是要拿到钱再走。"

　　阿三同意，说："对，否则不是便宜了威尔逊这小子？世五，我查到了一个矿脉，找到了两块大银块。纯度大约百分之八十甚至九十，我想让你陪我去看看。现在我是拿不回来，但是很快，等我们散伙的时候可以去取，到那时候，我们可以用它换钱回香山县。"

　　邝世五说："好啊，等你身体好了再说。阿三，你说奇怪不奇怪，这两天，我们的劳工好像少了许多。"

　　阿三说："也许这些人拿到钱都回去了。老钟头就是这样对我说的，但是老顾却有点奇怪，我看他老是摆弄一段绳子。"

　　邝世五心存疑义地说："不对，他们失踪了。除了带走的病人，也有一些人失踪了。我这两天在观察，他们一定把人弄到什么地方去了。我们要去探个究竟。有人告诉我，威尔逊要将我们都赶走，就要付我们的工资。他如果杀了我们，这样他不就用不着付我们工资了？"

其实，邝世五的直觉是来自这个威尔逊的凶横和贪婪，这个猜测一直在他的脑子打转。阿三被邝世五一说，感到好像真的要发生了那样，担心地说："那你说他们可能也杀了我们俩？"

邝世五语气有点肯定，说："是的，我估摸着他们一定会这样做。我们现在要做的是要找到被他们杀害的华工的尸体，将他们的尸骨运回家乡去，也好让他们安心。阿三，等你好一些了，我们去周围看看怎么样？我梦见这个威尔逊把我们华工的尸体都扔进废矿洞了。"

阿三感到好些了，便说："走。"

他们来到旷野里，银矿周围的山上，夜漆黑漆黑的，周围不断有恐怖的叫声，有些像是怨妇在哭。阿三不禁打了个寒噤。邝世五感觉阿三有点害怕，就不禁吹起口哨来。他们摸黑到几个废弃银矿洞的四周看。现在这一口矿井，已经废弃有些时日了。邝世五闻到一股恶臭，阿三也闻到了这种气味。

邝世五再仔细看时，害怕地说："这恶臭是从这口废矿井下溢出来的。我下去看看，你给我点上矿油灯。"邝世五手提矿油灯，下矿洞，尖叫起来："阿三，这些人都在这里，这些人都死在这里了。"

阿三不敢下去，邝世五上来，气得直咬牙。

邝世五愤恨地说："这该死的威尔逊！要把我们赶尽杀绝。"

阿三彻底地害怕了，颤抖着说："世五，那我们该怎么办呢？"

邝世五咬牙切齿地说："我们先回去，不要声张。看来我们向他们要工资一定会搭上性命的。杀他娘的几个，为弟兄们报了仇，然后逃走。"

阿三说："逃走，逃到哪里去呢？"

邝世五说："听说萨克拉门托那边的农场还能找到活干，我们就逃到那里去。"

阿三听邝世五这么自信，心里略略安心了一点，但是对冒险杀人报仇，他还是忧心忡忡。可是现在，除了和世五一起，阿三还有什么办法呢？他说："好吧。世五，我听你的。"

邝世五坚定地说："走，回去。明天去看你的银矿脉！看看我们是不是走运。"

他俩消失在黑暗中。

疑盗银夏方才被打
恋世五小翡翠害羞

　　今天矿上像是炸开了锅，有人说一个叫夏方才的矿工偷了银块，被督工发现，被绑在银矿洞口。偷银矿的银子是银矿矿工最忌讳做的事。矿工被雇来的时候，在契约上有致命的几条规定，其中包括生死有命，矿上砸死人不偿命；矿工偷银块遭鞭打，打死也不偿命。可是说到偷，这是一种很难以界定的事，矿洞边上有银矿脉，有经验的矿工能循着矿脉找到银矿，有时发现质地好的银亮亮的银矿，会跟真银区别不大，若是矿工捡来了，被督工或老板发现了，一定会说你是偷的。因此，一般矿工在做工时，就是发现大银块也不会动心的，因为他们知道动心了，一旦运气不佳被哪个混蛋看见，就会招祸上身。也不知道夏方才的银块是从什么地方弄来的，被督工看到，督工就把他抓起来，绑到洞口了。

　　银矿洞口围着很多人，督工牛仔马丁正拿着鞭子抽劳工夏方才。夏方才被抽得奄奄一息，眼看不行了，阿三见此情景，急得像热锅上的蚂蚁。他知道他自己是无能为力的，他得赶紧找世五，让他出来想想办法。阿三在矿上面没有找到世五，问了别的矿工，才知道他下矿井加班去了。阿三只得下矿，在昏暗的地洞里，阿三看到邝世五在凿石打眼放炸药。

　　阿三喊："世五，你停一下，我有话要和你说。"

　　世五抬头，脸上的五官几乎分辨不出来了。世五说："阿三，你病还没有好，下矿干什么来了？"

　　阿三："世五，夏方才在上面就要被打死，他们就要把他拉走了。我估计又要把他扔到那个死矿里。"

　　邝世五听了，心里十分着急，说："走，咱们上去看看！"

　　邝世五跟着阿三上去，出了矿井。

　　邝世五看到夏方才被绑在那里，头已经奄拉下来，看样子已经昏死过去了。可是那个牛仔马丁还是不住手继续打，一边打，一边骂。

邝世五实在看不下去了，走过去大声喊："住手！人都要被你打死了还要打。"邝世五一手抓住马丁抬起的手里将要落下的鞭子。

马丁一看，见是邝世五，立刻丢下鞭子，一拳冲着邝世五的脑门而来。邝世五一闪，让过拳头，一个扫堂腿，将马丁扫倒在地。马丁爬起来，凶狠地扑上来。邝世五轻轻一让，用肘狠狠地扣在马丁的背上，马丁站不住，摔了一个嘴啃泥，他的头撞在一块石头上，满脸是血。众华工平日里最恨凶残的马丁，都冲过来要踩死他。马丁拔出手枪，朝天鸣枪。大伙吓得急忙后退。阿三扑到夏方才边上，发现夏方才已经断气。马丁见势不妙，便和随从牛仔逃走了。

邝世五对众华工说："按常理，这威尔逊就要把我们全解雇了，把我们赶出这里。但是，他却没有这样做，你们说正常吗？他们要把我们一个个都杀了，扔到死井里，那口死井就在山那边，就省了他们的工资。你们说我们怎么办？"

矿工们齐声说："我们抬上尸体，找威尔逊算账去！"

邝世五说："走，我们现在就去！我们到墓碑镇找他去！"大伙跟着邝世五朝威尔逊银矿公司走去。

矿工造反的事很快就传到墓碑镇。

在集市买菜的翡翠是第一个听说银矿上闹事的，她立刻赶回餐馆。翡翠这个人虽然掌管着玛丽的妓院，但是她自己却一尘不染，而且由于她与欧普的关系特殊，在镇上很少有花旗人会欺负她。因此，也有很多华人遇到麻烦总是来找她或玛丽，他们知道这两个女人可不一般。翡翠和玛丽一样也有一颗侠胆，只是没有像玛丽那样有主见，能挺身而出。翡翠听到众人说矿上闹事，便料定是威尔逊的矿。因为其他的矿由于州政府和联邦政府《排华法案》的颁布，谁也不想惹事，已经将华工驱散得差不多了。唯独这个胆大的威尔逊还保留着大量华工，并且还继续要他们干活。翡翠担心矿工闹事的另一个原因是矿上有一个矿工使她动心，虽然她只见过他一两次，从来没有和这个矿工说过话，但是这个人的影子老是附在她的脑子里。有一次她还问过玛丽什么是恋爱，玛丽说如果一个男人的影子在一个女人眼前晃来晃去的，这就是恋爱了。今天她听说矿上闹事，特别担心。她急急忙忙回来，进门就看见玛丽在餐馆忙里忙外的，翡翠急忙走过去。

翡翠说："玛丽姐，听说一个工人被威尔逊打死，工人们就立刻要去银矿公司闹事。"

玛丽一听，也警觉起来，因为她知道只要矿上闹事，就会死个把人，她因此问："翡翠，这是什么时候的事？"

翡翠急切地说："现在，就现在，矿工们正在向银矿公司赶过来。"

玛丽看到翡翠这么着急的样子，知道她在担心一个人了，便说："翡翠，你知道怎么办的。"

翡翠说："我要知道怎么办，我早就办了，不用大老远回来告诉你要你出主意，我现在担心极了。说不定这个威尔逊会枪杀很多人呢！"

玛丽觉得这件事一刻也不能迟误，她对翡翠说："翡翠，走，我们去看看！"她们来到门口，被阿龙拦住。

其实阿龙也听说了这件事，只是他不说罢了，他怕玛丽又仗义出去惹事。现在见翡翠告诉了玛丽，而且玛丽拔脚就走，也没有经过什么思考，心里就着了急，拦住了她们。

阿龙对玛丽说："玛丽，你管的闲事还嫌少吗？他们这样闹事，迟早是要出人命的。那些工人还真的是的！不好好干活，还闹事！吃饱了撑的。你不能去！"

玛丽听见阿龙说出这样的话，早就憋了一肚子气的她，把火全发了出来："阿龙，你在说人话还是说鬼话。说人话你闭嘴，说鬼话你给我滚！中国人在这墓碑镇都快死绝了。你看看这里有多少无名死人坑？你我还能活多久？"

阿龙见玛丽现在敢跟他顶撞了，也生起气来："我说你不能去，你就是不能去，你去了我们的店怎么办？没有人做事了，店就关门了！"

玛丽不示弱："那你就关门吧！翡翠，你去警察局把那个叫欧普的警察叫上！我们和他一起去！"说完，她俩就出门了。玛丽连头也没回。

威尔逊和他的一些朋友们正在 OK. 卡罗尔酒吧喝酒，马丁跌跌撞撞地到了酒吧。他上气不接下气地说："不好了，那些猪仔反了。他们追到这里来了。"

威尔逊还没有明白过来是怎么回事："怎么了？出什么事了？"

马丁说："那些猪仔要杀我，他们追到这里来了。"

威尔逊一听，第一个念头就是去拔枪。威尔逊拔出枪，众牛仔保镖从枪架上取下枪。

威尔逊命令道："走！我就不信这些猪仔吃豹子胆了。"

他们凶横地走出酒吧大门，骑上马，朝矿工来镇上的路跑去。没跑多远就来到第五大街和艾伦街口，见邝世五等一大群华工过来。威尔逊和他的荷枪实弹的人马在街上一字排开，就像这里司空见惯的决斗阵势。邝世五和手无寸铁的矿工也在对面的街上排开。马丁在威尔逊面前用手直指邝世五。

马丁大喊："就是他，就是他打了我，还骂了你。"

威尔逊给了马丁一把枪，恶狠狠地对马丁说："现在你可以报仇了，你不是有枪了吗，把子弹嵌入他的猪脑里！"

马丁提着枪，走了过去。众人十分害怕，只有邝世五站在那里，并不害怕。马丁走到邝世五旁边，用枪柄猛敲了一下邝世五的头，邝世五应声倒地。众人后退几步。邝世五突然一个鲤鱼打挺，踢飞马丁手上的枪，再和马丁搏斗起来。邝世五抡起拳头，正要将马丁击倒，突然听到一声枪响。邝世五吃了一惊，原来威尔逊的一个牛仔暗地里拔枪，要向邝世五射击，被警察欧普看到，他向这个牛仔开了一枪，这个牛仔的枪从手里被打落。欧普吹了吹枪头，将枪插回枪套。

这时，玛丽也赶到了，她立刻阻止了邝世五和马丁的扭打。

威尔逊骑马上前："啊，这不是 CANCAN 餐馆的老板娘吗？你也来凑热闹啊！"

玛丽抬头，说："威尔逊先生，你把人打死了，这算什么王法啊！现在你还在这里继续杀人。"

威尔逊有点不耐烦了，喝道："你这个臭娘们，我让你在这里做生意已经是在抬举你了，你还到这里来搅和，你不要命了？"

玛丽也不示弱："威尔逊先生，每个人的命只有一条，命大家都要。可是你不把华工放在眼里，甚至残暴打死。你难道不怕报应吗？"

威尔逊无法无天地说："你们这些猪仔又臭又脏，手脚还不干净，连畜生都不如。合同上写着，偷东西要被处死。躺在地上的那个，偷了银块，死了也是白死。"

玛丽："你说华工偷你的银子，你把证据拿出来吧！"

威尔逊指着地上的银块："这种人死了就好像死了一只狗。你看看你前面，这就是赃物。有了这些赃物，这个烂人死有余辜。"

玛丽气愤至极："威尔逊先生，你住口！我们华人也是人，你打死中国劳工是要受到惩罚的。你要解雇这些工人，必须按合同办事。"

威尔逊扯着嗓子说："好吧，按合同办事，我会按合同办事的。你那个阿三也偷了我的银块，你等着自行了断吧！"

玛丽现在终于知道自己和他签合同是上他的当了，但是她不怕，认为有理走遍天下，无理寸步难行。玛丽说："你说话要有证据！如果你诬告，我也饶不了你。"

威尔逊对自己的手下说："走吧，我们走着瞧！"

这时，只见一辆马车驮着一口棺材来了，玛丽要工人们将夏方才入殓，把他葬在靴山墓地里。

玛丽走到邝世五前面，对他说："兄弟，好样的，以后有难，到大姐这里来，兴许我还能帮你。"

邝世五看看玛丽，说："谢谢大姐。"

翡翠想和这位大汉搭上话，可是邝世五领着大家回去了。

邝世五和阿三回到矿上，虽然威尔逊暂时没有来找他们，但是每个工人都知道这威尔逊总有一天会来找他们的。他们都想散去，但是他们等着他们的工钱，就连从玛丽那里雇来的人的工钱都还没有给玛丽。

平时阿三就是个聪明人，这威尔逊看人还是有点眼力的，他说得没错，这阿三做体力活不行，但是，他识别矿脉的眼力十分敏锐，他能在沙土中的露石中识别矿脉。本来阿三可以为威尔逊探到不少矿脉，帮他赚大把的钱，可是阿三看到威尔逊对待华工这么凶残，他情愿下井干活，也不愿意为威尔逊提供找到任何矿脉的线索。但是阿三好像生来就是找矿脉的主，矿脉对他的吸引力，就像鸦片对那些瘾君子的吸引力。他常常上了矿井没事在附近的山坡上转悠，记下哪里有矿，哪里没有矿。他在鹅地的一段无矿区有了新的发现。那天他居然找到了两块大银块，那成色竟然跟已经提炼过一样。他喜出望外，动手将它们挖出来。可是他无论如何也不敢往工棚里带。因为他知道那些工头会趁工人下井的时候去搜查他们的床铺，生怕矿工们偷了银子藏在他们床上。他将两块银块埋了起来，小心翼翼地做上记号，以防以后找不到。阿三始终盼望有一天，他们自由了，他可以将银块挖出来拿着回家娶媳妇，买田地，成家立业。

今天的反抗让阿三觉得他们回家的时候快到了，因为全花旗国都在驱逐华人，这威尔逊也会很快地把他们驱逐。虽然他拿到了玛丽预支的工资，但是他知道其他不是从玛丽那里雇来的劳工，他们的工资还没有着落。不管怎样，威尔逊一旦支付了劳工们工资，劳工们就得人走鸟散，这个日子也许就在眼前了。世五来看阿三，阿三的病已经痊愈了。

邝世五说："阿三，依我看，你还是先回吧！"

阿三说："世五，你不觉得我们欠玛丽还不清的人情吗？"

世五点点头："是啊，你说得对。"

阿三说："那么，我难道让玛丽损失钱吗？她已经把我雇了出去，这威尔逊没把我的工资给玛丽，我要逼着威尔逊把我的工资付给玛丽。要不我真的对不起玛丽的。"

世五听阿三这么一说，觉得也在理，就说："好吧，我们都准备到北边的农场干活了，兴许那里有活可干。我们也得准备准备了。"

阿三说："既然我们准备远走高飞，现在你跟我一起去看看之前找到的两块大银块吧！看我把它们藏在哪儿。"

邝世五应允，现在也是他的休息时间。

阿三挖银做回乡梦
世五救人斗蛮尼克

　　阿三带着邝世五来到墓碑镇以南的无名群山中，他和邝世五沿着小道在一个峡谷中停了下来，阿三仔细辨认着大块岩石，突然他在一块开凿过的银矿石边停下来。

　　阿三指着大银矿脉说："我的这两块大银块就从这块银矿石上凿下来的。我的银块藏在那边，我辛苦这么多日子，就找到这么两块银块。我想将它卖了，回老家去。我们在这里受尽艰辛，我真的已经不想再在这里了。"阿三边走边说："世五，你看，对了，就在这里。这个地方有很多银矿。"

　　邝世五没有看出这个地方有任何银矿脉的走向。他说："阿三，这个鬼不到的地方你能巴望出银子？"

　　阿三指着不远处的矿头说："你看，那翘起的石块就是矿头，沿着矿头挖下去，一定能找到一个成色很高的银矿。"

　　有时候，邝世五的确佩服阿三这小子，眼睛比探矿仪还要毒，一看就准。要是那个威尔逊识才就好了。

　　阿三说："世五，我们能不能自己干他妈的一番，这里是发大财的矿石，赚到很多钱再回广东？"

　　邝世五看了看周围，说："这还是一座无主的山，看下去是一个小湖，这棵树长得这么高。这里是四岔路口，怎么没有人认得矿脉呢？"

　　阿三解释说："这旁边都是风沙土，一般人不会知道这下面有矿脉。"

　　邝世五："你看矿脉成仙了。那个什么爱德如果有你和他在一起，他可以发更大的财了。"

　　阿三感慨地说："是啊，要是我们华人自己能有这座山地就好了。"

　　邝世五向阿三泼凉水，唤醒阿三的美梦："你别做梦了，我们华工连做工的资格都没有，还有资格拥有土地吗？"

阿三将自己藏银中的一大块挖起来，他俩都很高兴。

邝世五和阿三离开那座山，来到一片树林前。邝世五看到不远处，有人在后面跟着他们，他拉了阿三一把，两人在灌木丛后面蹲下。

邝世五悄悄地说："快离开，后面有人跟踪我们。"

阿三立刻明白了这些人是冲着他来的。阿三说："世五，我先跑了，他们一定是冲着我来的。他们来追我，你趁机逃走。"

邝世五小声地说："不行，阿三兄弟，我邝世五是什么人，我能落下兄弟自己一人逃走吗？你太小看我了。"

阿三着急了，说："我不是小看你，我不能连累你啊！我知道他们一定看见我挖了银块。他们一定会嫁祸于我，而我一定会连累你的。世五，留得青山在不怕没柴烧，如果我有三长两短，你一定为我料理后事啊！"阿三说着，就大喊着跑了出去。邝世五见左边的山道到了绝壁，现在跑也跑不了了，赶紧起来跟着阿三跑出了一段路，想摆脱后面的牛仔，突然，前面出现了马丁一伙人。只见马丁站在路中央，阿三和世五停了下来，警觉地看着马丁，马丁脸上露出一丝狰狞可怕的笑容。

马丁对三个高大的牛仔命令道："把他们给我抓起来。"

三个马仔向邝世五扑了过来，邝世五拉开架势，准备反抗。

阿三见这些人冲着邝世五气势汹汹地扑过去，高声地说："你们不要冲着他，有本事冲着我来。"他说着，扔掉了大银块。

另一边，邝世五和那三个大汉早就打开了。马丁指示另外两个牛仔把阿三绑了起来。

邝世五用拳脚将三个大汉全踢翻，阿三见邝世五完全可以跑掉了，便大声地对邝世五叫道："世五，你快逃走吧！你就别管我了！"

邝世五刚转身想救出阿三，却看见马丁用枪对准了他。

邝世五反身向马丁扑过去，一拳打在马丁的脑门上。马丁措手不及，被邝世五打到飞出几丈远。马丁站起来，扣响了扳机，子弹穿透了邝世五的肩膀，鲜血直流。邝世五倒在地上，上来几个牛仔，将邝世五也绑了。

他俩被押到矿上。

听说阿三和邝世五全被抓了，全矿的华工都过来看他们了。

马丁命令手下把世五和阿三绑在一棵古树上，古树上黑老鸦在嘎嘎地叫着。几只秃鹰在头上盘旋，随时准备飞下来吃尸体的肉。

威尔逊从工棚办公室出来，他斜眼看看阿三和邝世五。五花大绑的绳子将瘦小的阿三绑成小小的一团，威尔逊根本不把阿三放在眼里。可是这个邝世五，人高马大，怒目横视，四目相对，威尔逊不由得收回视线。他平时就不敢看这个大汉，因为他知道邝世五拳脚的厉害。不过，今天和往日显然不同了，现在邝世五就像一只被囚的猛虎，再厉害也是阶下囚了。

威尔逊狞笑了一下，恶狠狠地说："现在你们两个该招了吧！你扔的银块是从我仓库里偷的，你们这些吊眼猪仔。你们现在可承认了吧。"

阿三被他们绑得喘不过气来，说："不是，这银块是我在山上捡来的，根本不是从你那里偷的！"

威尔逊听到阿三的强辩，气不打一处来："哼，你还犟嘴！给我打。"

粗大如毒蛇般的皮鞭像雨点一样落在阿三的身上，阿三瘦小的身躯已经被打得满身是血、皮开肉绽，露出了骨头。他昏死过去了。

一个牛仔在阿三身上泼了一桶水，他又醒来。

阿三还是不承认，用微弱的声音说："威尔逊，你这个恶魔，我没有偷你的银块，我是在山上捡的。你不信，我带你去看看矿脉！"

邝世五被绑在树的另一边，十几个荷枪实弹的牛仔将中国和墨西哥的劳工们围在一块平坦的山地上。

一个墨西哥劳工实在看不下去了，说："先生，这个阿三不是贼，他不会偷你的银子。你放了他吧！"威尔逊恶狠狠地盯了他一眼，那个劳工缩了回去。

华工老顾也求情说："老板，阿三平时胆小如鼠，就是他吃了豹子胆，也不敢偷你的银子呢！他难道不要命了？"其他劳工也附和着。

威尔逊根本没有把这些劳工们放在眼里，他吩咐牛仔用马鞭继续抽阿三，阿三被抽得奄奄一息。威尔逊见阿三快要断气了，就吩咐说："你们拉出去将他埋了。"几个牛仔抬过一辆简易的牛车，将阿三放在车上，他们推着车走下小坡。这时邝世五实在忍不住了，这个威尔逊简直是太野蛮了，阿三还有一口气，他不想阿三遭活埋。邝世五大叫："住手！是我偷的银块。你要处罚就处罚我吧。我还知道一条矿脉，你把阿三放了，我就把它告诉你！你们放了他！"

这时，马丁上来，在威尔逊的耳边悄悄地说了："老板，那个菲利普不是说过，要是阿三真偷了东西，那个猪仔女人就要上断头台了吗？"

威尔逊觉得有一定道理，就说："你跟他们说，先把这阿三拉回来，然后再做处理。"威尔逊回头，见邝世五站出来，知道他不是一块好啃的骨头，现在正是制服他的好机会。

威尔逊："好啊，你这个刺头。我给你一次机会。"

威尔逊转而对手下说："我看他有多大的本事，你们将这个小的放了。"

手下把阿三松绑，众人上前，将阿三架了过去，有人给阿三喝水。阿三醒了过来。阿三大叫："世五，关你什么事？威尔逊，偷银块的是我，不是他！"

威尔逊："好啊，你俩是哥俩好了，既然你都承认了，我也不为难你们两个中的任何一个了。"他对牛仔们说："你们把他俩都关起来！"

两个牛仔过来，将阿三架走。

威尔逊示意牛仔将邝世五杀了，邝世五见这些人握着枪过来，就故意说："你们带枪，我空着手，这不公平，你们如果要和我决斗，敢不敢也空着手？"

一个练过拳击的叫尼克的牛仔同意了："威尔逊先生，他既然要空手决斗，让我送他上西天吧！"

威尔逊点点头："好吧，你上吧！"

尼克走过去，把拳头握得紧紧的，关节骨头咯咯作响。

尼克摆好架势，一拳向邝世五扫来。邝世五没有还击，只是轻轻一让，躲过重拳，说："朋友，我们还是先签好生死状再打吧！"

尼克看了看威尔逊，威尔逊说："尼克，你怕这个猪仔吗？"

尼克轻蔑地看了看邝世五，不屑地说："我打死他就像敲死一头猪，签就签。"

他们写好生死状，摆开架势，开始决斗。尼克到底是一个拳击格斗师，攻击十分凶猛。邝世五躲过好几个回合，想再不出击只会令他的士气更高涨。想着，就使了个连环飞腿。尼克也不孬，竟然躲过他的连环腿，一记劲拳直捣邝世五的眉心。邝世五头一偏，肩膀中了尼克一拳。旁边的牛仔们大声嚷着，手舞足蹈。邝世五一个白鹤亮翅，给尼克一脚。他们你一拳我一脚，打得难解难分。这时，一个牛仔扔把刀给拳击手，但是邝世五眼明手快，抢先接了过去。邝世五刚要举刀杀了这个牛仔尼克，却转而一想，他有更好的办法将阿三救下来，于是，就对威尔逊说："我知道阿三的银块放在哪里，我可以陪你们去取。我也知道银矿脉在哪儿，只要你觉得这个交易好，我就不杀你的尼克。"

威尔逊立刻叫手下退下，他把邝世五的话当了真，自己走了过去。可是想不到邝世五见抓住威尔逊的机会来临，以迅雷不及掩耳之势、鹰爪捕小鸡之速一下抓住威尔逊，夺过他的手枪，插在自己的腰上，用刀抵住他的脖子。

邝世五放低声音，严厉地说："放了阿三，否则我把你的脑袋拧下来。"

威尔逊在邝世五铁钳一般的手上，动弹不得，喘不过气来，连忙说："你……你们……把阿三给放……放了。"众牛仔生怕主子的头真的被邝世五拧下来，慌忙按他的话，把阿三抬了过来。邝世五要威尔逊命令手下牵一辆马车过来，用枪逼着威尔逊和一个牛仔将阿三扛上车，安顿好，让这个牛仔赶车，他和威尔逊跳上马车，马车朝小道向远处奔跑而去。威尔逊不敢说一句话，马车跑了一段路，邝世五觉得这马车好像瘸了一个轮子，咯吱咯吱地颠簸着，颠得阿三和威尔逊直吐。

过了一会儿，邝世五看到前面有房舍，房舍前头停着一辆结实的马车，便要赶车的牛仔朝那里奔去。他们来到马车边，威尔逊认出来，这辆马车是灵狗他们的。可是他没有作声，他知道如果邝世五偷了这辆马车，他一定会被灵狗追捕，最后不得好死。

他们来到马车前，邝世五用枪威逼着要威尔逊和牛仔把阿三放到灵狗的马车上。威尔逊心想这邝世五简直是在找死，便按邝世五的吩咐将阿三移到灵狗的车上，将旧车遗弃在这房舍门口。他们驾着灵狗的马车奔了一会儿，邝世五估计即使马车主人找上来，也需要一两个时辰。他要牛仔将马车驾到一个僻静的山冈上，将他们捆在树上，用枪对准威尔逊的脑袋："你这恶魔，我今天不杀你。你若再杀华工，我会回来找你算账的！"邝世五在威尔逊和牛仔兜里掏了些钱，邝世五说："这些就算在我的工资里，以后再跟你算账。"

邝世五驾着车，向前飞奔而去。

阿三逃亡命丧黄泉
世五遇险纵身跳崖

　　威尔逊和他手下的牛仔被绑在树上，口里都被塞了一捆烂布条。威尔逊慢慢地使劲用舌头将烂布条推了出来，拼命地摇着头，烂布条从他的口里松了出来。他开始大喊："有人吗？有人吗？救救我们哪！"

　　那小房舍里的人隐隐约约地听到有人在喊救命，里面一个在大喝啤酒的人，醉醺醺地拿着酒瓶出来。看到自己的马车不见了，他的酒醒了一半，折回来大声地喊："兄弟们，有人偷了我们的马车。约翰，你立刻通知方圆几十里的人，要他们注意。看见有人驾着我们的马车，立刻就围追。"

　　几个牛仔顺着声音向树林子走去，他们看到那个胖矮的威尔逊。为首的认识威尔逊，一看他这么狼狈，大笑起来："啊，你这个矿主，什么时候你也会被人绑票啊！"

　　威尔逊认出这人是灵狗的手下。"杰姆，你他妈的别取笑我了，你的马车都被他们偷走了，你有本事把马车给追回来好了。"

　　杰姆说："原来你这个狗东西知道我们的马车被偷，你还不拦着他们，也不来报告一声。你不是人。我把你的脑袋打开花算了，我也好报账。"

　　威尔逊知道杰姆这个家伙凶暴无比，他的话一定不是戏言，便说："兄弟，你还不把我解开，我告诉你是谁偷了你家的马车。他们一定还没逃远，你们一定追得上。你们若把这两个小偷给追回来，我一定会把他们挂在绞刑架上的。"

　　杰姆冷笑："就凭你的胆量？"

　　威尔逊说："少废话。你们就快点去追吧，再不去就晚了。"

　　杰姆不想和这个无能的威尔逊磨嘴皮子了，他叫手下把威尔逊和他的牛仔解了下来。他招呼了一下，几个牛仔呼啸一下骑上马，沿着小路追邝世五和阿三的马车去了。

威尔逊看到马队卷起的黄尘，骂了一声："奶奶的，看来你们能追上那个强盗，把他给杀了，为老子解恨。"

威尔逊在附近的矿上借了两匹马，回到自己的宅院。一天的折腾弄得他十分疲倦，他想躺下，他的老婆就走了进来。他刚想骂老婆几句，想不到老婆大声说："那个菲利普来了，要想见你。"

威尔逊皱了皱眉，说句实话，威尔逊从心里不喜欢这个菲利普，从前他要雇人只能到六公司去雇，因为这六公司是垄断的猪仔职业介绍所。他不喜欢这个菲利普是因为这个人肚子里的文章太多，威尔逊的好多麻烦事都是菲利普惹的。现在六公司的生意被墓碑镇的女人玛丽抢走了一半，这菲利普才变着法子想弄死这个玛丽，威尔逊对他的这个恶毒的计划很明白。威尔逊自己为了一些钱，钻进了菲利普的圈套。威尔逊不耐烦地应了一句："就叫他进来吧。"

菲利普进来，坐在客厅的沙发上，等着威尔逊出来。威尔逊穿上衣服，走了出来。威尔逊将眼睛鼻子紧了紧，嘴角勉强挤出一丝笑意，他说："菲利普，我遭难的时候，你怎么不来啊！"

菲利普知道威尔逊被绑的遭遇，心里在想，好啊，这下你可更恨这些猪仔了吧！你要好好地为我们干活了。他心里虽是这样想的，嘴上却说："啊！威尔逊先生，我听说了你的遭遇，那些猪仔太可恶了。尤其是那个姓邝的，他把你给打了吧！"

威尔逊见他这么说，分明要激起他对华人的仇恨。他说："中国人说，君子报仇十年不晚，我不会等到十年，就三天，灵狗他们就会把他剁为肉泥。"

菲利普冷笑了一下："威尔逊先生，不会那么简单吧！这个家伙知道怎么打架，你看，你们的人也不是被他给征服了吗？"

威尔逊不示弱："征服？谁征服谁现在还不知道呢！"

菲利普跑入正题，道："威尔逊先生，你不是说已经找到了证据，证明阿三偷了你的银块吗？现在他们都跑了，你是竹篮打水一场空啊。你要赚的钱恐怕就要泡汤了。"

原来是菲利普付钱给威尔逊，要威尔逊证明阿三是偷了他的银块，这样，他便可以名正言顺地除掉他的对手了。

威尔逊丧气地说："谁想得到那猪仔小子这么有心计，刀搁在我的脖子上逼我放人。你说我的命要紧还是那猪仔要紧呢？"

菲利普想不到这个貌似穷凶极恶的家伙也那么怕死，他说："你不是已经答应了我的老板要这个玛丽自行了断吗？现在你的诺言可不能完成了。你知道我的老板一向杀人不眨眼的啊。"

威尔逊见菲利普出言不逊，带着威胁的口气，他不示弱："你老板杀什么不眨眼啊？那你的老板怎么不把他们搞定呢？还要我这个胆小鬼去把他们搞定。"

菲利普自知刚才的话太过了，于是缓和了一下说："我不是说你胆小怕死，这不是你刚经历过生死时刻吗？我说的是你要利用机会啊！"

威尔逊说："那你要我怎么办呢？难道你要我抓住他们？我往什么地方去抓啊？"

菲利普见威尔逊收回了刚才的狠劲，说："既然你在玛丽那里雇了这个阿三，现在这个阿三已经奄奄一息了，活不了多久，还有那个邝世五，肩上负了重伤，他们一定会到这个女人那里去的。你可以报警，要警察去查你的雇工。还有，你的银块失窃，为什么还迟迟不去报警？让欧普这小子去查好了。"

威尔逊见菲利普为他出了个好主意，语气更加缓和了下来，说："好吧，我明天就去报警，让欧普这个小子为我报仇吧！"说罢，他哈哈大笑起来。

邝世五和阿三驾着马车逃了几个时辰，计算着他们已经到很远的地方了。前面有一个小镇，邝世五说："我们到这个小镇先去歇一歇。"虚弱的阿三已经坚持不住了，最想休息，喝一碗热水："好啊，世五，我恐怕要不行了。"

邝世五安慰阿三："我们到一个旅店里去歇一会儿，好好休息一下，你就会恢复过来的。我去弄点药，把你的病治一治，明天你就恢复了。"

阿三吃力地点了点头，他们在小镇上歇了下来。邝世五把阿三安顿了下来，自己去外面弄点吃的。邝世五回来的时候，阿三已经很虚弱了。

邝世五伺候阿三吃药，然后弄点三明治喂阿三吃。

阿三摇摇头说："世五，我不饿，你自己吃吧！"

邝世五见阿三虚弱，说："阿三，人是铁，饭是钢呢！你怎么可以不吃饭呢？快吃一点儿吧！"

阿三说："世五，还是等一下再吃吧，你给我倒点水来。"

邝世五给阿三倒了一点水，让阿三喝下，阿三看上去稍稍有了些起色。

阿三担忧地说："世五，你知道这马车是谁的吗？"

邝世五摸摸脑袋："不知道。"

阿三说："这马车一定是混世魔王灵狗的。这方圆百十里，只有他有这么漂亮的马车。这里到处是他的人，他们很快会来人的，我们也会没命的。"

邝世五毫不惧怕："那我就跟他们拼了。"

阿三摇了摇头，说："世五，你不是他们的对手，你只有两只拳头。就算现在你也有了一支枪，他们可是有几十支枪，你拼得过他们吗？"

邝世五淡定地说："那怎么办呢？我们华人在这里本来就被人家当牲口使，不值钱，和他们拼了，杀一个够本，杀两个赚一个。"

阿三惋惜地说："世五，你年轻，你不能这样死去。趁现在我们还有力气，快，我们回去，杀个回马枪，把银块取来。也许能摆脱他们的追击。"

邝世五担心地说："阿三，我们这不是自投罗网吗？"

阿三说："这你就不懂了，威尔逊一定以为我们远走高飞，他不会想到我们回到老地方去的。我们如果杀个回马枪，我们一定能拿到银块。有钱了好逃走，你说是吗？"

邝世五点点头，觉得阿三说得有道理，就退了旅店的房间，驾着车往回走。这时，早有两个灵狗的眼线看到了灵狗的马车，向灵狗报告了。灵狗早就得知了丢失马车的事，现在马车有了线索，而且偷马车的是两个猪仔，他十分恼怒，就令手下火速去追赶邝世五他们。

邝世五赶着马车，拼命地往回走，他们回到了阿三扔掉银块的地方。阿三仔细回忆扔银块的地点，终于在一块大岩石旁边找到暗白的银块。阿三已经气喘吁吁了。

阿三："世五，这里是圆眼花旗人的天下，我们从广东来的时候受骗了。他们说我们很快就能发财，这里满地是金子，可是到了这里，我们变成了猪仔，他们花旗国的人可以随意把我们装进麻布袋，买我们的都要过磅论钱。那些圆眼花旗人对我们拳脚交加，鞭挞横施，我们都是九死一生的人，没有好日子过。现在有了银块，便有了盼头。现在我们已经摆脱了矿主，我们卖了这块银块，分钱回家娶房媳妇吧！"

邝世五心里难受极了，他说："阿三，玛丽救了我们，我们在这里做工，都由她担保着，听说她用性命担保了你。我不能这么自私，一走了之。我不走，我要看到玛丽没事了，我才会离开。"

阿三说："我本来以为我远走高飞了，玛丽和矿主的合同也就作废了。如果你不走，我也走不了。再说，你讲的话也在理，人家玛丽一个妇道人家能拿性命担保我们，我们大男人就这么不辞而别，不是太寒碜了吗？"

邝世五说："阿三，你我是好兄弟，我看还是这样吧，我先把你送走，你先带着银块回去，我在这里帮一下玛丽。为了不让玛丽受委屈，我死也值得。"

阿三说："世五兄弟，你不走我也不走，大不了一条性命，十八年以后又是一条好汉。如果我死了你就把我葬在这里，也算有个见证，将来也能找到我的尸骨。世五，我还托你为我做一件事。我如果真的死了，你带着银块，好好地去娶一房媳妇。"

邝世五安慰说："阿三，你不会死的，我要带你走。"

阿三脸上突然露出红光："世五，我有你和玛丽这样的朋友，也就知足了。六公司把我骗出来时，他们有一个承诺，我们死后，他们会将我们的尸骨带回广东家乡入土。你要找老顾，运送我尸骨回家，我的合同在他那里。那是六公司骗我来的时候和我订好的合同。我在地下也会感谢你的。"

阿三说着说着，突然闭上了眼睛。他断断续续地说："世五，把我的骨头带到香山老家埋了。这样我就可以升天了。"

玛丽眼皮一直在跳，玛丽这人很信菩萨，她想，不知有什么悲剧要发生了。她和翡翠进入观音寺。和尚出来道："玛丽施主，你请进。"

玛丽和翡翠来到菩萨前，翡翠从旁边的桌上取一把香烧着，香烟缭绕，玛丽上前，跪在跪凳上磕头。

玛丽在菩萨面前虔诚地磕着头，口里说着："菩萨保佑阿三，菩萨保佑所有华工，让他们平安。保佑 CANCAN 餐馆。阿弥陀佛。"

翡翠眯起眼睛，口中也念念有词："我要保佑那位大哥，他的名字好像是世五什么的。我还要祈求菩萨保佑我家主人玛丽早生贵子。"

玛丽听出这个小丫头为自己祈祷，故作生气："你这丫头，怎么说到我的头上来了。"

翡翠说："你不是在求菩萨保佑他们吗？"

玛丽悄悄地说："我刚才没有为那位大汉求菩萨，你急了吧。瞧你，脸红了？我知道你喜欢上那个小子了。那个欧普呢？他不是老来找你的吗？"翡翠红着脸说："欧普好像最近要当警长了。他是和他老婆离了，到这里找人陪酒的。"

玛丽："你怎么知道他和老婆离了？你怎么知道这个欧普要当警长了？"

翡翠脸更红了："他来我们的怡红院不是你特许的吗？他找我，和我说的。"

玛丽："他可是赫赫有名的警察啊。你嫁给他吗？"

翡翠："你，他能要我这样的女人吗？他若要我，我还不要他呢！看他浑身是毛，像猴子似的，还没有长成人样呢！"

玛丽笑着说："啊，我懂了。你要的是已经进化了的，没有毛茸茸的男人。那是那个……好，什么时候我成全你。"

她俩说说笑笑地回家来了。

邝世五赶着马车朝镇子的相反方向奔去，邝世五心里也没有底，他们到底要去哪儿。只是朝远处去，想远远离开恶魔灵狗。这时，他听到车上的阿三在小声地喊他："世五，世五，停下，停下。我要吐。"

邝世五吆喝着将马车停下，他朝四周看看，他看到周围一片荒地。路边有几间被遗弃的木屋。几只浑身漆黑的乌鸦呀呀地叫着，围着一堆血红的肉拼命地在抢食。他想，这里是多么荒凉的地方啊，莫非就是那个叫布朗槀小木屋的地方？他听说过布朗槀的故事，这是多么可怕的地方啊！

阿三呻吟着，邝世五将阿三从车上抱下来，从旁边的田野里捧了一大捧干草，铺在树下，让阿三躺在上面。阿三的脸色越来越苍白，呼吸越来越困难。

邝世五拿出面包和水，送到阿三的嘴边，阿三吃力地抬起手，推开邝世五的面包和水。阿三说："世五，我已经不行了，你还是将水和面包留给你自己吃吧！你在这里把我埋了，留下记号，这样，你可以找到我的尸骨。记住，你叫六公司把我的尸骨运回广东老家去，记……住……"

阿三说到这里，突然语塞，抬着的手垂了下去。

邝世五大声叫着："阿三……阿三……你醒醒，你醒醒！"

阿三紧闭着眼睛，脸上紧张的肌肉突然放松了，他在邝世五的怀里一动也不动了。邝世五用手摸了摸阿三的脉搏，已经摸不到了。阿三死了，邝世五很害怕。他把阿三的半开的眼睛抹了一下，让他闭上眼睛。他在破败的布朗藁小木屋里找到了个洋镐，找了一块大巨石旁边的空地，挖了一个大坑，含泪将阿三埋在那里。突然他听到有人说话，令他毛骨悚然，他听到过关于布朗藁小木屋的故事：这木屋里面住着鬼魂，不时地到外面来索命。他躲在这块大石头后面，仔细地辨认着声音的来源。声音是从下面传上来的。他走出大石块，见远远的地方，威尔逊带着灵狗和牛仔们上来了。世五也顾不上马车，不管三七二十一，带着伤拔腿就跑。那个威尔逊的眼睛十分尖，一眼就看到邝世五，大叫："灵狗，你看，那个偷马车贼就在那里。他跑了，他跑了！"

灵狗从随从手里拿过枪，瞄准。邝世五还是不断地向前跑，发现自己已经来到悬崖边，邝世五往下看，只看到笔直的岩石深不见底。他必须寻找到能攀下去的地方，可是找不到。灵狗和他的人越来越近了，能看到他们的人影了。他来到一个山坡，假装从这里跳下去，下面有一片林子，兴许还不会死。他正准备往下跳，就听到枪声，他的肩膀上像被蛇咬了一口似的生痛，原来他的肩膀被子弹击中了。他已经来不及想别的了，纵身一跳，掉了下去。后来发生的事情他什么都不知道了。

翡翠救人胜造浮屠
玛丽藏图为留证据

　　玛丽和翡翠拜完菩萨，就从庙里出来，她俩在街上有说有笑地走着，忽然看到店里的伙计阿亮跑来，气喘吁吁地大喊："老板娘，矿那边的山上传来枪声，好几声枪响。恐怕那个威尔逊又在杀我们的矿工了。"

　　玛丽吃了一惊，说："我们怎么没有听到呢？"

　　翡翠说："玛丽姐，也许那时我们在开玩笑。再说哩，我们在寺院里面，寺院的墙高，声音传不进来。"

　　玛丽看了她一眼，说："你这小丫头嘴倒是乖巧。"玛丽转向阿亮："阿亮，你带几个人去那边找找，不管死活，都给我拉回来。"

　　阿亮知道玛丽对矿上的动静很注意，一是因为几个矿工是从她那里雇出去的，她要负责的；二是因为一旦矿上杀了华工，常常尸体被抛在野外被野兽吃掉，她不忍心看到这样的惨景。华工太惨了，玛丽信佛，坚信救人一命胜造七级浮屠。阿亮听玛丽这样吩咐，应了一声就出去了。他吆喝了几个伙计一起，朝矿上枪响的山上走去。

　　阿亮来到山脚边，抬头看到很高的悬崖，云朵环绕着这座险峻悬崖。前面的伙计大喊："阿亮，没有路了。"

　　阿亮说："我们绕过去，我听到枪声是从这里传来的，没错。"

　　他们看到穿进林子的一条小路，走了进去。没多久，就走到林子另一头。只听到一个伙计大喊："阿亮，你看，这里有一个人！这不是我们的华工吗？"

　　阿亮见邝世五满头是血，他把手放到邝世五的鼻子下，感到还有一丝呼吸。

　　阿亮说："还活着，他还活着，我们赶快把他抬走。他还活着！"

　　他们七手八脚地把邝世五抬起来，几个人轮流架起邝世五往回走。阿亮对一个伙计喊："阿沙，你快先去，告诉老板娘我们发现受伤的华工。"

阿沙应声飞跑而去。

阿沙回到 CANCAN 餐馆的时候，天已经黑了下来，餐馆里稀稀拉拉地有几个客人。玛丽看到阿沙慌慌张张的样子，心里想一定又出事了。

玛丽镇定地问："阿沙，看你慌张的样子，出什么事了？"

阿沙气喘未定，结结巴巴地说："老……老板娘，我们发现一个受了枪伤的华工。他……他……"

玛丽看到阿沙害怕成这个样子，便给他递了一杯凉茶，说："你别紧张，慢慢说，你们发现什么人了？死了吗？"

阿沙喝了一口凉茶，说："没……没死。他还活……着。"

玛丽问："你看清是谁了吗？"

阿沙说："老板娘，这个人好像有点面熟，但不知道叫什么名字。"

玛丽又问："阿亮他们现在在哪儿呢？"

阿沙说："阿亮他们扛着他正在回来的路上，他们很快就会到这里了。"

玛丽转身喊道："翡翠，翡翠。翡翠丫头去哪儿呢？"

那边正在洗碗的工人看见过她："老板娘，她在后面的院子照料呢！我去叫她。"

玛丽吩咐道："你别叫她来了，你要她在地洞里收拾一个小房，有个矿工受伤了，我们要安顿一下。"

这洗碗的应了一声："好吧，我去跟她说。"

翡翠听到这洗碗的告诉她玛丽的吩咐，她就明白又有一个受伤垂死的矿工要来了。她跟往常一样，将大烟房的一个房间腾出来，床上铺上新的床单。同时，她要这个洗碗工去医生那里，招呼医生来等着这个受伤的矿工。这是玛丽一定要做的，她这会儿可能是店里有事，没时间顾及医生的事，翡翠替她叫了。翡翠一切打理停当，等着这个矿工的到来。

没等多久，外面传来喧叫声，翡翠估计是阿亮他们抬着这个矿工回来了，急忙到洞外去看，果然阿亮他们抬着一个身材高大的汉子进来。只见这个汉子脸上身上全是血，翡翠迎上去，想仔细看看这个汉子的长相，虽然看不到他的脸，可是翡翠觉得这个人好面熟，会不会就是那个人？此刻她也顾不到这些了，她挪了挪椅子，腾出一些地方让这几个人将汉子扶上床躺下。这时，医生来了，大家就出去了。只留下阿亮一个人帮医生。医

墓碑镇的中国玛丽

生叫阿亮将邝世五的衣服脱去，邝世五被阿亮触到了枪伤，疼得一下子醒了过来。

邝世五喊了起来："龟孙子，我和你们拼了，你们这些乌龟王八蛋。"

阿亮连忙按住邝世五，医生仔细察看了邝世五的枪伤，说："唉，这些混账牛仔恶魔。他中了两枪，都在一个地方，还好没有打中心脏。要不然，这个矿工早就没命了。"

阿亮说："大夫，现在怎么办呢？"

医生叫阿亮帮忙搭把手，把麻药涂在邝世五的伤口上，一会儿，他拿出一把明晃晃的手术刀，说："我要把子弹取出来，要不然，他就没命了。"

阿亮看到医生将手术刀插进邝世五的肩膀里，用钳子将子弹取出来，一颗，又是一颗。取出后，医生用布擦了擦他的手术刀，放到药箱里，顺手拿出一些药给阿亮，要阿亮按时敷在邝世五的伤口上。阿亮接过药，对医生说了声谢谢。医生背起药箱来到门口，翡翠早就等在那里，她手里拿着一叠钱给医生，口里说着："谢谢医生。"医生忙不迭地说："玛丽呢，真是好人，她真是好人。翡翠，你也是好人，你们都是好人，好人可以长命百岁。好了再见了。"

翡翠听医生这样夸她们，心里很高兴，又给了医生一张大票。

翡翠走进小房，阿亮已经把邝世五的伤口和脸擦洗干净。翡翠看到邝世五轮廓分明的四方脸，浓眉大眼，挺鼻大嘴，浓浓的胡子，她睁大了眼睛。真的是他吗？真的是他吗？她想着，凑近他，想看个仔细。那个大汉动了一下，痛得哎呀地叫了一声。翡翠赶紧将他的手从伤口上拿开。

邝世五看到一个仙女般的姑娘站在他的旁边，穿着五花旗袍，身材曼妙，他吓了一跳，欲从床上坐起来。翡翠连忙用手按住他，翡翠的手摸到邝世五宽大有力的肩膀，心怦怦地跳着，一股说不出感觉的热气从心里向外冒。她见邝世五躺了下去，赶紧缩回双手。

邝世五赶紧将视线从这位姑娘身上移开，他朝四周看看，见自己已经躺在一个灰暗的屋子里。

邝世五惊奇地问："我这是在什么地方？你是谁？"

翡翠见邝世五说话了，高兴地拍起手来。她细声细气地说："啊，你醒过来了。你醒过来了！"翡翠高兴得没有回答邝世五的问题，而是问邝世五："喂，你叫什么名字？"

邝世五一惊，这个姑娘怎么这样，我的问题她没回答，倒问起我问题来了。他说："我叫邝世五，是威尔逊矿的华工。"

翡翠："啊，对了，就是你，你就是上次……"

邝世五："小姐，你在说什么呢？我不认识你，也不认识这个地方。你是谁，噢，你们是谁？为什么把我关起来？"

翡翠笑道："先生，谁也没有把你给关起来。我叫翡翠，是这里的经理。我们的老板娘是玛丽。"

邝世五一听玛丽两个字，略一思索，道："是金山的大脚玛丽吗？他的老公是金山华工共济会的阿龙吗？"

翡翠听不懂什么是金山华工共济会，但听到这个邝世五认识老板和老板娘，而且这邝世五报出老板和老板娘的名字就像自家兄弟姐妹一样熟悉，她惊呆了。天下竟然这么小。翡翠心里高兴极了，心想，将来他肯定会经常在这里了。她禁不住问："先生，你怎么会认识我们家老板和老板娘的呢？"

邝世五听到她发问，不再有戒备心了，坦然地笑道："小姑娘，这说来话长了。这阿龙，我们在金山铁路工地相识已久，他的太太玛丽倒是只看到过一回。他们在哪儿呢？"

翡翠兴奋地说："我想老板娘等下会来看你的。"

邝世五问："那阿龙呢？"

翡翠沉下脸来，刚才那种兴奋一扫而光。她说："老板啊，他现在身体不好了，他很少管闲事，里里外外都是老板娘在打理的。"

邝世五听了很奇怪，在金山的时候他可是共济会的头啊！铁路苦工的生死病伤都免不了由他处理。现在怎么由着老婆来打理生意了。邝世五想问，但是忍住了。他只问："那么，我现在在哪儿呢？"

翡翠说："对了，我忘了对你说你现在在哪儿了。你是在地洞的大烟房里。这是玛丽开的地下生意城。这里很安全，玛丽只对中国人开放。"

邝世五点点头，自言自语地说："那么说来，是玛丽救了我的命了。"

这时，在 CANCAN 餐馆干活的伙计进来，给邝世五端上饭。

邝世五也很久没吃东西了，见有饭菜，挣扎着起来。翡翠见他坐起来很痛苦，就拿个大靠垫，扶邝世五坐了起来。伙计将饭菜在他前面放好。

邝世五实在饿了，不管翡翠在旁边，就大口地吃起饭来。翡翠见她没有事了，吩咐伙计等着，等邝世五吃完饭，将碗筷收拾好。说完，自己就离开了。

翡翠走出地洞，来到 CANCAN 餐馆，玛丽正忙着招呼客人。玛丽见翡翠来了，就问："你怎么来了。我不是要你照看那个大个子矿工吗？"

翡翠说："玛丽姐，你猜猜这人是谁？"

玛丽说："是谁啊，这么絮絮叨叨的。快说啊！"

翡翠想看看这玛丽和阿龙到底认不认识这个邝世五，她说："这人的名字叫邝世五，他是老板的朋友。他还说在金山的时候，老板是什么什么会的，专帮受伤死去矿工的。"

玛丽听到这个名字，睁大了眼睛，说："啊，是邝世五，我们来墓碑镇的时候，我父亲提起过他，要我们到这里来找他。他来亚利桑那州比我们还早呢！"

翡翠说："他好像跟老板很熟。"

玛丽点点头："那时候，我常常听阿龙说起这个名字，我只见到过他一次，所以印象不深。但是他跟阿龙同在铁路上干的。"

翡翠说："那你和老板还不去看看人家。"

玛丽说："阿龙不在，我去看方便吗？"

翡翠奇怪玛丽今天想得这么多，她说："你把人家的命都救回来了，让人家谢你一声总是应该的吧！"

玛丽听了翡翠的话，觉得有道理，说："那好吧，你来招呼客人，我去看看他。"

玛丽下了地道，来到邝世五的小房门口，敲了敲门，餐馆的伙计刚收拾完碗筷。伙计开门，一看是老板娘，便不言语，匆匆离开了。

玛丽进门，邝世五见了玛丽欲要起身，玛丽连忙叫他不要起来。

玛丽说："邝老弟，你受苦了。"

邝世五由衷地说："玛丽大姐，谢谢你的救命之恩。世五这辈子忘不了。"

玛丽问："阿三兄弟不是和你在一起吗？他现在怎么样了？"

邝世五听到玛丽提到阿三，脸上一阵痛苦的抽搐。玛丽看到邝世五的表情，料定阿三出事了。

玛丽又问："世五兄弟，难道阿三出了什么事吗？"

邝世五悲伤地说："玛丽大姐啊，恕我邝世五无能，没有把阿三照顾好。他是我的好兄弟。他是被威尔逊的牛仔活活地打死的。我冒死把他救出来，我们偷了灵狗的马车，被灵狗追踪，身受重伤的阿三受不了马车的颠簸，死在布朗稾不木屋附近。我把他葬在那里，后来被灵狗的牛仔发现了，跑了好久，可是跑不出他们的包围圈，最后，我在崖壁上中弹落下，被你们救起。灵狗肯定以为我死了。从这么高的悬崖摔了下来，谁能活啊。你们救了我，就算我命大，我谢谢你们。"

玛丽说："世五，这是我们应该做的，我们的华工在矿上、在铁路工地上死的死、逃的逃，被折磨的无数，死的人还少吗？现在，美国政府又做了一个《排华法案》，他们的国会把中国人当成低等动物。最可恶的是招华工的公司要被罚款，他们要把我们中国人逼向绝路。亚利桑那州在移民方面特别苛刻，最近他们还修订了一个法律，以后还有更多的悲剧会发生。"

邝世五说："可是我也不能连累你啊！"

玛丽听了邝世五这么说，脸一沉，说："亏你还是一个大男人，这话是一个大男人说的吗？我一个女人都觉得这种事情自己还做得不够，你一个男人老是谢啊、连累啊，不好听。"

邝世五在金山常常听人说阿贵的女儿行事像个男人，现在看来，果真名不虚传。邝世五感到有点难为情："好吧，我不说了。"

玛丽舒了一口气："嗳，这才是一家人说的话。我们广东人，四海一家。再说了，你帮了我的华工阿三，现在你伤成这个样子，要说感谢，也是我要谢你的。先在我这里安心养伤吧！其他事情先由我担待着。"

邝世五见玛丽这样豪气，心里感到十分宽慰："大姐你能帮我两件事吗？"

玛丽说："兄弟你说，大姐做得到的，一定帮你。大姐知道你也用命来帮我们的老乡。"

邝世五说："大姐过奖了，我做得没这么好。可是，有些事我不得不做。这威尔逊现在要解雇我们所有的华工，他已经杀了我们好多人，都扔到一个废弃矿洞里。这是废矿洞的地图。还有，这张图显示的是阿三采到银块的地方。你收好了，也许以后有用。他们不知道只有我知道这个地方，一定会追杀我。万一我死了，你要把这个杀人的罪证给法庭。我知道花旗法庭不会对他们怎么样，但至少要揭露他们的罪恶，让这个该死的威尔逊矿主去地狱。"

玛丽听了，吃了一惊："他们这样邪恶呀！"

邝世五说："对，第二件事是阿三临死时的嘱托，就是把他的遗骨送回广东。我是没有这个能力了，我也只好委托您了。"

玛丽说："人死了，骨需还乡。这是规矩。你先安心养伤，等你伤好了，我们一起来办这件事吧！"

邝世五心存感激，他接着说："大姐，还有一件事，您要小心。这个威尔逊不知受了什么人的指示，设了圈套让你跳进去。你把你的命抵在阿三的合同里，这些人想证明阿三的银块是偷的，然后想要除掉你。你可要小心呢！"

玛丽听了，倒抽了一口凉气。

玛丽冷静地说："我知道这些人鲁莽无知，我原来以为这些牛仔就是我们中国的水浒人物，想不到他们这么邪恶。好吧，祸来如沙尘暴，你要挡也挡不住。谢谢你的提醒，你在这里安心养伤，养好了伤再说。阿龙今天在家里，我告诉他你在这里，他一定会来看你。"玛丽说完，就离开了。

亚利桑那州的夜晚，天空总是那么的空旷，深色的天上，巨大的月亮就像挂在上面的一个金黄色的大灯笼。玛丽一路走回家，一路在想，她把邝世五他们那里的事告诉阿龙，阿龙一定会喜出望外，甚至会立刻就要去看他了。玛丽一边想着，一边跨进了门。玛丽一进门就看见丈夫阿龙端坐在屋中央神情严肃。一路兴致勃勃的玛丽，一下子心沉了下来。玛丽正在纳闷今天阿龙吃了哪门子火药，哪里来的腾腾杀气。她想她还是不告诉阿龙关于邝世五的事为好。

玛丽没有去理睬阿龙，自己打盆水洗脸洗脚，阿龙说："玛丽，你为什么老是要把祸往自己家里揽。你把那个邝世五藏了起来，将来说不定哪天会有天大的祸从天而降。这个威尔逊不是一个省油的灯！"

显然，阿龙不用自己说给他听，他已经知道了邝世五的事。不知什么人已经来过，把整个事情说给阿龙听了。

玛丽只得说："唉，兵来将挡，水来土掩。我们走着瞧吧！"

阿龙显得很认真，大声说："玛丽，你要害自己，那是你自己的事，可是你也不要害了别人呢！你不要命，我可是还要命的呀。天天有人在餐馆前面开枪，我可不想做枪下鬼。"

玛丽憋不住了，大声说："谁叫你把我骗到这个鬼不到的地方来？我可是受够了。你知道吗？"

玛丽脱去衣服，生气地坐在床沿边。

阿龙并没有怎么生气，他将玛丽拉入被窝。阿龙在被子底下含含糊糊地说："你这只母鸡怎么搞也不下蛋。我老龙家可是要绝后了，报应。"

　　玛丽试图挣脱他："好了，白天够累的了，晚上少折腾。"

　　阿龙在被窝里动了一阵，便翻身睡去了。玛丽躺在床上，却好久都睡不着。

菲利普贿赂银矿主
威尔逊大闹华赌城

　　威尔逊正跷着二郎腿，手里弹着一支吉他，在办公室里哼哼小调。今天他的心情似乎特别的好。

　　菲利普来了，他东张西望了一阵，推门进来。

　　从前，威尔逊从六公司那里雇猪仔的时候，看到菲利普特别的亲切。可是现在，情况变了。他想自己虽然坏，但是自己的坏是明坏，可是菲利普的坏那是暗坏，也就是在暗地里使坏，他对菲利普反感起来了。

　　玛丽的事也是一样，明明是他的六公司和玛丽的人力公司的竞争，菲利普不来明的竞争，而是来阴的。这样的手段，不是牛仔的风格。可眼下拿了别人的手短，吃了别人的嘴短。他威尔逊贪财，收下了菲利普上千块美元，菲利普想借着他的手把玛丽和阿龙他们赶尽杀绝。这怎么办呢！

　　正想着，菲利普就进来了。

　　菲利普进来就开门见山地说："威尔逊先生，你说的要玛丽自行了断，看来是你要自行了断了。"

　　威尔逊听到菲利普这样不客气的话，勃然大怒，随手拔出枪来，吼道："你这是威胁我还是要挟我？这个小偷阿三已经死了，另一个猪仔已经掉下悬崖摔死喂狼了。你还不高兴吗？"

　　菲利普没有被枪给吓着，这里用枪说话太常见了。他继续说："我不像你这样的牛脑袋，如果你不除掉这个小子，你很危险。"

　　威尔逊不以为然："我怎么很危险？这些华工能把我怎么样。州法已经差不多把他们赶到了悬崖边。他们这些猪仔连生存都有困难，难道他还能杀我不成？"

　　菲利普想这个威尔逊简直笨得像头猪，连忙说："这个猪仔知道你杀那些猪仔的事，要是他张扬出去，这人命可不是玩的。你的那条小命兴许也要搭进去了。"

威尔逊从鼻孔里哼了一声："这个猪仔不是已经从悬崖摔下去了吗？这个悬崖连猴子摔下去都要死的，何况这么大的一个猪仔，难道他是耶稣不成？"

菲利普看了威尔逊一眼，说："情况没有你想象的那么简单，据我们的线人报告可不是这么一回事。这个阿三虽然死了，可他偷的银块落到另一个猪仔手里，这个猪仔可是在这个该死的中国玛丽那里养伤。他才是这个猪仔小偷的同谋。"

威尔逊完全不相信菲利普的话，他的眼睛瞪得像杏子那么大，惊奇地说："这小子吃了我几颗子弹还没死？这小子的命可真大。那么告诉我，这小子现在在哪里？"

菲利普慢慢地说："你小子没长耳朵啊！我不是告诉过你，现在他在那个该死的中国玛丽那里养伤。这小子现在在他们地下赌场逍遥自在或在大烟馆里吐着烟圈呢。这个该死的玛丽平时是不让美国人进到赌场和烟馆去的。听说只有那个龟孙子欧普可以进去，欧普在里面还有个妓女相好。"

威尔逊一脸困惑："进不去我怎么去抓人？"

菲利普冷笑一声："这是哪儿跟哪儿呢？这是在我们的国家。你要灵狗去一趟他们的地下赌场，捣毁他们的地下鸦片房，抓住这个偷银贼，搜到那块大银块。顺便将这个女人治了，不就得了？"

威尔逊听到菲利普已经为他想到了办法，高兴起来："好，就这么定了。"可是一转眼，他的脸又拉了下来。他眼珠一转，说："不，灵狗不是那么好叫的，他要的是这个！"威尔逊伸出手，三个指头捏在一起搓了搓。菲利普明白他的意思：钱！菲利普掏出一沓钱。"数数，你这个臭小子，我为这事已经花费了多少了？"他吼道，"你到现在为止，什么事都没有办成！"

威尔逊自己也感到不好意思起来，他说："好，争取这次马到成功！"

菲利普见自己的计划又能让威尔逊实施了，满意地点了点头，嘴上说了句"祝你好运，你这个臭小子"，就哼哼小调离开了。

玛丽的赌场在 CANCAN 餐馆的后面，连着餐馆，下面的地洞就是大烟房。

邝世五经过几天的治疗和休息，感到好多了，来到赌场玩。赌场人声嘈杂，有打麻将的，有玩牌的，也有摸彩的，好不热闹。翡翠有空，也来赌场玩。今天见邝世五恢复了精神，她凑了过来。邝世五在玩麻将，翡翠站在邝世五旁边，看着他们玩，时不时地压上些钱。阿旺和了麻将，阿旺将自己前面的麻将摊牌，然后将桌上的钱拨向自己的兜里。新的一轮又开始了，翡翠站在邝世五背后，伸手押了。

阿旺见翡翠还是往邝世五桌前押，禁不住玩笑说："翡翠怎么不押我的，今天哥我手气好，哥赢了钱好娶你。"

翡翠没好气地回应："看你这短了一截的，谁稀罕你这短瓶塞子。世五哥今儿手气在后手。"

大家笑了一阵，继续洗牌。

这时，门边的牌桌上的几个人突然看到灵狗带着几个牛仔来了。

他们七冲八撞地试图进入赌场，看门的老头阿七上前阻拦，被灵狗一把摞倒。

灵狗骂道："滚开，你这老头。"一旁的牛仔下手将阿七踢到边上。

灵狗和打手看到阿旺和邝世五在打麻将，灵狗手里按着枪柄，慢慢来到阿旺边上，赌场一片惊恐。刚才还在说说笑笑、声音嘈杂的人们，一下子就鸦雀无声，一双双惊恐的眼睛，盯着灵狗和他的牛仔。

翡翠见灵狗这阵势，明白了今天这灵狗来者不善，她站在后门边上，悄悄地向后门边退去。

灵狗示意一牛仔走近阿旺，将阿旺拎起，朝脸上一拳，打得阿旺鲜血直流。

翡翠转到屏风的后面，从后门出来，她没有下地道，而是直接去玛丽家，因为她知道今天玛丽没有去店里。

众人见灵狗开始打人，知道他是来寻事的，纷纷害怕地向外逃去。但另一个打手拦住他们，他们只得退回来。

邝世五明白这灵狗似乎是冲着他来的，因此他坐在那里，纹丝不动。

玛丽家离CANCAN餐馆不远，只隔了几个街区。翡翠连奔带跑，来到玛丽家。玛丽家的大门紧闭着，翡翠急促地敲门，把门敲得震天响。

玛丽听到有人敲门，赶紧起身开门，见翡翠站在门口，吃了一惊。翡翠虽然年纪不大，但是，在这个小镇上可以说是老前辈了。牛仔杀人的事简直是阅历无数，平时管理这些地方，做事井井有条，招待各方来客，她游刃有余。哪怕是最可怕的灵狗，也会买她的三分账。在上班时间，翡翠从不来家敲门，都是自己解决，最多时候和她闲聊几句作为笑料。今天见

94

她如此慌张，毫无节奏地敲门，必定有大事发生。玛丽看到翡翠脸色惊恐，语无伦次地说："老……玛丽姐，玛丽姐，不好了，玛丽姐，那边打起来了。"

玛丽见翡翠慌成这个样子，说："不是你惹的祸吧！你自己怎么逃出来了？"

翡翠说："不是，老板娘。不是我惹的，是灵狗带着人来闹赌场。我看今天他是有备而来，准是要杀人的样子，所以我就溜出来报个信。"

玛丽困惑地说："他来闹赌场干什么？这赌场一不犯法，二不惹事，也不对他们这些白人开放。为什么？"

翡翠："我也不知道。只听他们说是有矿工偷了他们的银块。他们在追查呢，会不会是冲着你来的？"

玛丽还是困惑："怎么可能呢？我和他们毫无关系，我也没有惹他们，他们凭什么到我这里来闹场，他们来搞什么乱呢！"

翡翠说："我只听说牛仔们在查什么矿工偷了银块，可是他们没说哪个矿工偷了他们的银块啊！"

玛丽说："也许他们真的是来闹场的，是对面赌场雇他们来的。"

翡翠说："不是的，这架势好像是他们知道谁偷银块的。我还听到有个牛仔在说阿三。这阿三不是已经死了吗？他们怎么和死人较上劲了呢！"

玛丽思忖了片刻，沉思着说："阿三是他们从我这里雇去的，而我是拿命给他作担保的。他这么老实的人会偷银块？就让他吃三个豹子胆他也不敢的。"

翡翠说："这可是我听得清清楚楚的。"

玛丽说："你赶快去欧普警长那里，我过去看看！"

翡翠担心地说："老板娘，阿龙老板呢？"

玛丽说："他去庙里了，也许去什么地方了。这两天他神叨叨的，他是靠不住的，我们别去管他了。你快去吧！"

翡翠转身去欧普的警察所。

赌场里，灵狗的人还在大喊大叫。灵狗抓着阿旺，大声地骂着："你这个小偷。你这个臭猪仔，你说，你把银块藏到哪里去了？"

阿旺害怕了，声音颤抖着说："灵狗先生，我没有偷你的银块啊！我是个老实人，我不会偷老板的银块的。"

灵狗照准阿旺的脸一拳，阿旺被打翻，头撞在墙上，鲜血直流，谁也不敢上前。灵狗叫道："你这猪仔，你以为你可以赖掉？你娘希匹！你们猪仔就有耍赖的本事！"灵狗走上去，又在阿旺的身上踩了一脚。

邝世五已经忍无可忍了，他一跃，跳到阿旺前面，俯身连声叫阿旺。他见阿旺没有回应，就站起来，毫无畏惧地慢慢地走向灵狗。灵狗拿着枪，邝世五也没有害怕。灵狗胆怯了，连连后退几步，手里握枪，随时可以扣响扳机。

这时，威尔逊从后面出来。"哼，原来你就藏在这里，把他给我抓起来，他是偷银贼的同伙！"威尔逊大声叫道。

欧普手扶着枪把进入赌场，眼睛盯着威尔逊。邝世五不说话，用愤怒的眼神盯着灵狗。灵狗一把将赌桌掀翻。邝世五并不害怕，反正他随时会死的，什么时候死，只不过时间问题，已经死过一次了，再死一次也没什么。他这样想着，反而坦然起来。他上前，几个牛仔监工围了过来。邝世五一拳将威尔逊打到墙角，威尔逊的脸撞到墙上，鼻子和额头全是血。

威尔逊转过身，拔出枪，听到一声枪响，威尔逊啊呀一声，枪落地。只见欧普向枪口吹了吹气，将枪插到枪套里，神态自若地观看斗殴。

这时，阿龙从庙里回来，见众人在店里斗殴，欧普警长也在，他的胆子也壮了些。

阿龙喊："欧普，把他们抓起来。你把他们抓起来啊，你是警察！"

欧普看看阿龙，没有理睬，将一颗花生往嘴里一扔，像没事似的。

威尔逊上来，将阿龙推开，对欧普说："你这娘希匹！你为什么把我打伤？"

欧普将花生壳吐出来，指了指他手中的枪，说："你用黑枪，这不公平！"

威尔逊说："那个阿三偷银块，我已经向你报了警，你们为什么不把他抓起来？这个姓邝的是他的同伙，你为什么不抓？你们贪赃枉法，你和他们是同伙！我要去法官那里告你！"

欧普平静地说："威尔逊先生，我们抓人是要讲证据的，我们现在还没有发现他们偷你的银块。你也没有提供给我足够的证据，你说我们怎么抓呢？你还是好好去学学这个国家的法律吧！"

威尔逊："哼，这个国家的法律，法律，法律就是所有的猪仔都是贼，都要被赶出去！猪仔必须滚出去！"

欧普反讥道："是贼，你要拿出证据，你不能诬告别人呢！还有，你现在还非法雇佣华工，你不是在违法吗？要抓，我要把你先抓起来！"

威尔逊无语，他眼睛看看欧普腰里别着的那一把枪，不敢吭声。

这时，灵狗已经走出了赌场，他知道欧普在，他不能用枪杀人了，要不，自己就会被欧普杀了。他示意几个牛仔将邝世五引出去围着打。果然，几个牛仔打手围住邝世五，前后夹攻钳住邝世五，邝世五见自己展不开身手，一个腾跳，跳出圈子，到了门边，这正是牛仔们所要的，他们几个也追了上去。邝世五夺门而出，这些牛仔也挤出门外。邝世五出手，一拳一肘打倒两个，另外四个牛仔并不示弱，他们和邝世五在街上扭打，邝世五不幸被一个牛仔击中，倒在地上，另一个牛仔拿出匕首，刚提手想刺死邝世五，邝世五一跃而起，又将这个牛仔打翻在地。牛仔们见欧普警长在场，一个个害怕，不敢打黑枪，只有围着邝世五搏击。

灵狗见这么多的牛仔都胜不了邝世五，口里大骂："娘希匹，你们这些都是饭桶！"他下意识地去摸枪，抬头却看到欧普的手也在枪把旁边。他丧气地放下手，眼睁睁地看着邝世五消失在街弄里。

威尔逊也来到街上马桩边，将自己的马解了下来，骑上马，气呼呼地扬长而去。

玛丽到了，见阿龙已经在这里，就问阿龙到底怎么回事。阿龙已经没有了主意，他竟然责备起玛丽来。玛丽没有理睬阿龙，径直向躺在地上的老七叔走去，老七叔已经断气了，阿旺也已经被打了个半死。玛丽立即吩咐阿华料理老七叔的后事，要阿亮去请医生来治疗阿旺的伤口。一切吩咐停当，玛丽问大伙翡翠这丫头到哪儿去了，有人看见翡翠朝邝世五逃跑的方向去了。玛丽估摸着这翡翠可能去寻找邝世五了，也就不找翡翠了。

欧普见这场惨案已经平息，唯有一个老头被杀。他将老头的死亡记录在案，将来也许能用作法庭证据。他亦想离开了。

玛丽见欧普就要离开，忙走过来。

玛丽对警长说："欧普警长，你怎么能眼看着这些歹徒杀人不管呢？"

欧普看了看玛丽，说："我怎么不管呢？这家伙用黑枪，被我给打伤了。我已经维持公平了。阿三和这个邝世五偷他的银块，他们报了警，我们正在调查。等调查出来，我就能抓人了。"玛丽听到阿三偷银块，威尔逊报警，便气不打一处来。

玛丽接着用汉语说了一句："你们花旗人总是向着花旗人。"

欧普听不懂汉语，说："要是翡翠小姐在这里就好了。你说我什么坏话，她就会告诉我了。"

玛丽翡翠心有灵犀
花车龙狮共摆擂台

每当在墓碑镇发生了杀人案件，那些杀人者都会趾高气扬地离开，而清扫现场的总是受害的一方。现在，CANCAN 餐馆门口聚集着好多看热闹的人，老七叔已经死了，玛丽吩咐阿亮去叫殡仪馆找辆运尸车拉尸体，直到现在，殡仪馆的灵车还没有来。阿旺受了伤，那个医生还没有来。玛丽要人将一块白色的被单布盖在老七叔的身上，等待运尸车的到来。玛丽要阿旺进入屋内休息片刻，等待医生来。看热闹的人们渐渐散去。

这时，阿龙走了过来，他把玛丽拉到一边，说："玛丽，那个人就是斗殴的起因，我们不能收留他，阿三已经给你惹了麻烦，你难道不怕引来更大的麻烦吗？这威尔逊会来要你的脑袋的呀！"

玛丽已经听腻了阿龙的抱怨和责备，说："阿龙，老七叔为我们家干活，难道我们就不应该为他料理后事吗？况且，他是为了阻止杀人不眨眼的灵狗进屋而被灵狗杀了的。阿旺是我的客人，他跟牛仔打架也是为了保护咱们的生意，我们可不能过河拆桥啊！我不怕惹麻烦。"

阿龙担心地说："这一切的事情都因为阿三偷银块的事。世五虽说在金山的时候是我的朋友，可是在这里他惹的事太多。我们也不能把他的麻烦事揽到我们家来啊！"

玛丽说："阿龙，世五这样做都是为了我和你，你想想，这次邝世五完全可以背着银块远走高飞。可是他没有走，他明知这里有麻烦，也要说明这银块不是阿三偷的，这不是在保护我们吗？阿龙，这阿三是从我这里雇佣去的，我是立了字据的。他偷银块，我是要负责任的。"

阿龙悻悻地说："我早就和你说过，雇人的事咱们不要做，你偏不听，现在倒好，阿三偷了银块，你看，我们家惹出这么些事来，你不怕我怕啊！"

99

阿龙急了，说话也有点生硬起来："玛丽你不要惹是生非好不好？现在倒是好了，惹了这么大的祸，你说这灵狗会就此罢休吗？怎么办吧？"

玛丽觉得阿龙自从脑子被歹徒击伤，已经在鬼门关走过一遭，当然心有余悸，现在每每碰到这样枪战厮杀的场面，都会变得胆小害怕。她要安慰他，让他安静，让他感到安全。虽然他在金山是个男子汉，可现在他已经没有这种男子汉的气魄了。玛丽没有责怪他，只是安慰他。此刻，玛丽说："阿龙，我会让翡翠跟欧普警长说，要他们去调查的，要他来阻止这些牛仔杀我们的人，你就放心吧！"

阿龙也察觉出玛丽是在安慰他，他觉得现在只要这个姓邝的离开，离得远远的，他们一家就安全了。于是他说："玛丽，那么那个姓邝的呢？快打发他走吧！"

但是玛丽可不这么想："阿龙，在金山的时候，邝世五是你的好朋友，和你一样，他也是个人物，他为华工敢和那些恶魔搏斗。我们不支持他，华人就会倒霉了。好不容易我们多了这么一个血气方刚的人，我们请还来不及，你还赶？"

阿龙听出玛丽根本没有撵走邝世五的意思，气得摔了一个碗，跑了出去。玛丽知道阿龙是害怕加上嫉妒，她自言自语道："唉，怎么变得这么小心眼了。"

医生来了，玛丽给了医生一些钱，吩咐阿亮照看一下，自己就回到餐馆去了。

玛丽回到餐馆，一直忙碌到晚上。夜深了，南四街还有不少马车从这里经过，去附近的旅店住宿，这里街上还不断有人走过。玛丽透过窗户，看到月亮的暗黄色的光照在对面的楼上，已经快到下半夜了，玛丽要大家都回去。

玛丽对阿龙说："阿龙，我看你累了，你先回家去吧，我要把这个礼拜的账都结好了，再回去。"实际上，晚上结账经常是玛丽的事，因此，阿龙也没多想什么，就离开了。有时候太晚了，第二天结账也是常事。但想今天这么晚了，玛丽要留下来结账，只有翡翠知道玛丽为什么这样做。

翡翠故意将自己的事做得慢一点，玛丽见翡翠还在，就叫住翡翠："翠，你跟我一起回去，现在就陪我在这里吧。"

果然不出翡翠所料，玛丽对自己开口，要自己陪着她。

翡翠为了证实自己的猜想，问："老板娘，这么晚了，你怎么不回去呢？还要我陪着你。"

玛丽感到翡翠察觉出什么事了，便说："你这丫头，等下你会知道的，我有直觉，今天晚上有人要来。"

翡翠故意凑到玛丽的耳边，悄悄说："不是你的相好吧！"

事实上，翡翠是墓碑镇最了解玛丽的人，说话也最随便，她这样取笑玛丽，玛丽一点儿也不生气，相反，她装作又好气又好笑。

玛丽道："没规没矩地胡说！你别懊悔来的人真是我的相好！"

翡翠一惊，玛丽说这话好像和自己有关，问："那是谁啊？"

玛丽化被动为主动："是我的相好啊！"

翡翠被玛丽这么一说，急了："老板娘，你又要作弄我了。我会后悔的。"

玛丽正色道："你等一下就知道了。"

玛丽在算盘上结账，时间一分一秒地过去，翡翠在那里擦着一个碗，显得无精打采。

时间一分一秒地过去，只听到玛丽在打算盘的嗒嗒声。

这时，门上有几下轻轻的叩门声，很轻。玛丽警觉地抬起头，翡翠感到害怕，躲到玛丽的后面。

玛丽对翡翠说："去，快去开门，悄悄地，轻点。"

翡翠说："我害怕。"

玛丽站起来，走过去，开门。门一打开，一个大汉踉跄进来。

翡翠失声喊："世五！是你！"

玛丽转过身，捂住翡翠的嘴巴："你怎么这么冒失！"

翡翠和玛丽将邝世五扶起来，坐在桌子边。只见邝世五浑身是血，脸上的伤口外翻着，露出白色的肌肉。翡翠捂住眼睛不敢看了，玛丽轻轻地关上门，走进厨房，拿出几块新的纱布和一些中药。她把中药撒在邝世五的伤口上，再用纱布把伤口包好。邝世五靠在椅子上，看上去已经筋疲力尽了。翡翠见玛丽利落地将邝世五的伤口包扎好了，便回过头来，对玛丽说："啊！姐，你竟然还有这一手啊！"

玛丽看看这个翡翠，有时真的觉得翡翠很幼稚，很可爱。

玛丽教训似的说："你学着点，我现在所做的将来说不定就是你的事了。"

翡翠点点头："姐，我一定学。"

这时，邝世五回过神来，央求着说："大姐，我没有地方去，只能回来，你能救救我吗？"

玛丽说："世五，就别说傻话了，大姐这里就是你的家。"

翡翠也接着玛丽的话说："世五哥，你就在这里安心住下，有大姐和我，你就放心养伤。"

邝世五感激地点点头："大姐，我本就不该给你带来麻烦。可是……"

玛丽听了，故作生气地说："世五兄弟，你这是什么话，大家都是一家人，你别说了。"

玛丽转向翡翠，吩咐道："翠，扶他到鸦片房去，最后的那间里面的内房，那里谁也发现不了。明天要医生再看看他的伤。"玛丽突然想到了什么，说："世五，你说的那个尸体坑，我想向欧普警长报个案，他一定会重视去侦查，拿到证据，我们便可以起诉这个威尔逊矿主。"

翡翠说："玛丽姐，这两天我发现欧普警长的心情不好，好像是因为他和太太离了婚。再加上对中国人不了解，他常常包庇白人。前两天，有几个监工和他们的朋友来吃白食。他也没有为我们说话，却为那些吃白食的白人说话。他这些天也常常来我们的春馆。"

玛丽也记起什么来："哦，还有，前些日子，他的朋友在这里就餐后，就在餐馆门口被人枪杀。他说要报仇，也抓不到什么人。"

翡翠说："那天，他的好朋友道克也差点被杀。我想现在不是和他说这些的时候。"

玛丽觉得翡翠分析得有道理，一个人在自己的情绪非常低落的时候，往往不会为任何事卖力的。况且，自己在他们的眼里还什么都不是。

邝世五开口说："大姐，看来这里不是说理的地方，这些恶霸牛仔是杀人不偿命的。警察有什么用，原来这个欧普警长是吃干饭的，护着这些杀人凶手，华人在这里连猪狗都不如，要想站直了做人，还得靠拳头。"

玛丽说："世五兄弟，我们只有拳头，不是他们的对手，你的拳头硬还是他们的子弹硬？你这么些日子没有死，已经是万幸了。阿三已经死了，难道你也去找死？我知道欧普警长是警察中的英雄，他会主持公道的，我信他。"

翡翠说："玛丽姐，那我们还是等他心情好些再和他说吧！"

翡翠和玛丽把邝世五引到那个小房间，将邝世五安顿好，就回家去了。

墓碑镇这个小镇很小，菲利普有事没事往威尔逊的办公室跑。令威尔逊很烦的是，每次菲利普来，总是给他带来很不好的运气。今天他一出现在威尔逊办公室的门口，威尔逊就想躲起来，不让他看到。可是矮胖的威尔逊动作不是那么敏捷，所以，他没有能够避开菲利普，只好硬着头皮和他打招呼。

　　威尔逊说：“你这小子这么空闲啊，有这么多时间串门啊！”

　　菲利普见威尔逊不太欢迎自己的样子，心里不悦，说：“你很忙吗？”

　　威尔逊见菲利普还没有意识到他自己很不受欢迎，说：“谁像你这样游手好闲，荡来荡去的。”

　　威尔逊见这句话没有使菲利普意识到自己招人烦，自得地一笑，拉把椅子坐下。威尔逊知道这小子一定会责备这次让姓邝的逃走一事，又先发制人说：“菲利普，和你做事老是不吉利。又让这个姓邝的小子逃跑了。”

　　菲利普没有往自己那里想，他埋怨道：“看来你这个笨蛋一辈子也抓不住他了。你真的是个没用的家伙。”

　　威尔逊听到菲利普骂他，躁脾气上来了：“你他妈骂我是笨蛋！我操你娘的！你才是笨蛋呢！你自己为什么不去杀了那个娘们，还拐弯抹角地要些小聪明，拿那个矿工来开刀！”

　　菲利普调侃他说：“你这不是在中国吧，就是在中国，那个皇帝还买我们花旗国人几分账。你是在花旗国，我们自己的国，还整不过你的一个小矿工，真是没用。不过我想你可以先走法律途径，如果不行，只能硬闯了。”

　　威尔逊哈哈笑了一下，说：“法律途径？在这里还有法律途径？这里是无法无天之地！每天死一个人就像杀只鸡。这里是鬼城。喂！法律途径怎么走啊？”

　　菲利普：“既然那个欧普可以进去，就让他去抓这个邝世五。如果他不去抓，你就到法官那里告他一个渎职罪。这家伙升官了，新官上任，他不想吃不了兜着走的。”

　　威尔逊：“耶，这倒是，上次要他抓阿三，他可以敷衍，现在他已经变成警长了，看他还怎么敷衍！我改天就去。你这个魔鬼，鬼主意还不少。”

　　菲利普见威尔逊这个家伙已经被他说动了，估计他改天真的会去，他的目的达到了，说了声再见，就吹着口哨从威尔逊的办公室里走了出来。

亚利桑那州似乎没有冬天，人们也很少看到雪，一眨眼阳历新年过了。华人虽然离祖国隔了一个太平洋，可是过年的诱惑，仅凭一个太平洋是相隔不住的。过了阳历新年，人们就期盼着过春节。日子就像飞奔的马车，不多久，春节就要来临了。和往常的过年一样，腊月十六"尾牙"代表着准备一年终结的祭祀，家家户户都准备拜神仪式上的祭品。过了腊月十六，家家户户都开始忙于贺年食品，如油角、煎堆和年糕等。腊月二十三谢灶，搞得有声有色，供奉灶君的食物甘蔗、柑、炒米饼、橘、红糖一样都不少。年二十四是开炸日，年二十五是开蒸日。家家户户都不能说不吉利的话。年二十八，家家户户就开始大扫除了。墓碑镇的华人还保留着地地道道的广东习俗，他们叫"年廿八洗邋遢"。家里大扫除，男人剪发，女人洗头，所有人都做套新衣服。

从腊月十六开始，玛丽的餐馆就忙了起来。玛丽吩咐阿华做些油角、煎堆和年糕等，让没有时间做食品的人们来买。墓碑镇的华人们大都来自广东，他们很多都在屋前房后种了"责年"食物，像葱、芹菜、大蒜之类。这里没有很多鱼，可是很奇怪，他们竟然能看到鲮鱼。年二十九的时候，玛丽还要阿亮将这些食品背上山，让那些矿工来买。

墓碑镇的华人们在谈论今年能不能举行庙会的事，大家都推举阿龙来负责这个庙会。阿龙召集大家来寺院讨论这件事，大家都聚集在观音寺内，由阿龙主持。阿龙对众乡亲说："乡亲们，我们要在街上隆重游行一下，放鞭炮，庆祝新年。大家都举手表决一下，赞成的请举手。"

乡亲们听到今年真的要举行庙会，都举起手来。大家热烈地讨论了地点、节目等。都安排好了，阿龙宣布散会，大家各自准备去了。

大年三十是最热闹的，一家人吃完团圆饭后还要守岁。街上，一些华人孩子提着小红灯笼，手里拿着茶叶蛋和茨菰在街上卖懒，口里唱着："卖懒，卖懒，买到年卅晚，人懒我唔懒……"

年初二早上，街上开始热闹起来，很多花旗人听说这里的华人要花车游行，舞龙舞狮，敲锣打鼓，都从四面八方赶来，就连灵狗的牛仔也来凑热闹，还有满身牛粪味的墨西哥人。街道两边都站满了人，这就忙坏了欧普警长，他和他的兄弟在街边维持治安。

上午十点左右，舞龙舞狮队敲锣打鼓地从街的一端舞来，旁边引来很多看热闹的人。一会儿，几辆花车从街那端出来，前面放着震耳欲聋的鞭炮。那些牛仔高兴得手舞足蹈。一会儿，高跷队过来了，一个牛仔禁不住

墓碑镇的中国玛丽

请求一个高跷队的人下来，让他试试。可是牛仔试了好几次，都从高跷上摔下来。

今天的翡翠简直成了一个仙女，她和小姑娘们在花车上面跳着扇子舞。欧普看得目不转睛。穿着五彩缤纷美丽图案旗袍的华人姑娘们，吸引了沿街看客的眼球。当花车开进四街，欧普和他的同伴们都大喊："翡翠！翡翠！翡翠！翡翠！"

然后，有几个耍杂耍、玩游戏的劳工也过来了。一些半大的孩子都恋恋不舍地跟在这些队伍的后面，街道上到处都是花花绿绿的装饰。

玛丽站在自家的门口，看到阿华、阿亮等小青年玩得很高兴，快乐极了。她吩咐厨房都做些好吃的，待游行结束，让他们多吃一点。

庙会在观音寺院前空场地，有卖春联、年画、窗花、灯笼的，有卖吹糖人、泥塑、剪纸、草编、面人、糖画、烧琉璃的，还有卖小吃的。各个小圈地还有表演民间艺术的，有秧歌、腰鼓、盘鼓、吞剑、古代变戏法、粤语讲古、杂技等。小孩子特别喜欢的是布袋偶、拉洋片和木偶。还有不停的舞龙、舞狮，令人眼花缭乱。

最吸引墨西哥牛仔的是中国传统的擂台。擂台是用粗木和木板搭起来的高台，高台上插满了各色彩旗。广东咏春拳正派弟子大庆在楼台上摆擂。旁边一座打鼓，台壁上贴着擂台的规定。

几个牛仔上擂台，他们都是习拳多年的主。他们不按规矩，都想跳上去就出拳攻击。他们来势汹汹，行为鲁莽，经过一个回合，大庆发现他们都不怕打，心想，这些家伙力大无穷，要使巧力才能把他们打下去。其中一个五大三粗的牛仔吃力地爬上擂台，台下的墨西哥牛仔大声呼叫，口哨声甚至枪声都响了起来。这个奔牛也不摆什么姿势，一拳直冲大庆的脑门。大庆稍一让身，大汉的笨拳擦头而过，大庆借着他的冲力，就势轻轻一推，这个家伙像笨猪一样落下擂台。

旁边的另外三个牛仔你看看我我看看你，谁也不敢冲上去。下面又是一阵尖叫。

邝世五换了一身打扮，也混在人群中。

在大家都玩得高兴，阿亮来报告："阿龙，你们这些领头的，艾伦街那些圆眼牛仔们要来这里捣场子。"

阿龙听了很害怕，对大家说："我们还是收了吧，和他们少点是非。"

下面的人嚷嚷起来："我们这几百号人，怕他们干什么呢？现在正好趁我们人多，要和他们讲讲理。我们这些人是他们雇来做工的。我们也是人呢！我们庆祝自己的节日，也在政府那里登记过，怕什么呢？"

阿龙说："俗话说得好，人在屋檐下，不得不低头。我们还是让人三分吧。"

邝世五听了阿龙的话，欲要站出来说话，让翡翠给拉住了。这时玛丽站了出来："乡亲们，你们说得对，我们过我们的春节，与他们井水不犯河水。他们来挑衅，我们别去理他，我们去找欧普警长，让他来维持秩序。我们也不能怕硬，如果老怕他们，他们就会更加欺负我们了。"

众人拍手，继续庆祝。

斗牛仔大庆勇受伤
保世五玛丽露侠胆

大庆已经将四个牛仔都打下擂台，台下华人都拍手称快。大庆在擂台上走了几圈，一个华人的小子走上擂台，这小子身穿短裤，腰际扎着红绸，好不威风。他一上擂台，招招手就说："来，大庆哥，我和你玩摔跤。"大庆认识这个小伙，说："你这么个个头，怎么能和我摔跤呢？"那个小伙说："我想和你过过手，试试我自己的力气。"说完，就像一头小牛，一头扎进大庆的腰里。他紧紧地抱住大庆的腰，不管大庆怎样挣脱，就是挣脱不了。这个家伙和大庆玩了一阵，感到有点累了，才放开大庆。大庆知道这个小子和他闹着玩，也就和他玩起摔跤来了。他俩你来我往，一拳一脚玩得高兴。突然下面一阵骚动，大庆从高台上看见来了一队人马。他们在擂台前一字摆开，有人认出为首的牛仔是恶魔灵狗，大家害怕地向后退去。

邝世五后面跟着翡翠，他们在台下向前挤了挤，来到擂台下面。邝世五刚想上台助大庆，他感到翡翠紧紧拉着他，不让他上前。

邝世五回头，看到翡翠拉着他，他就把翡翠的手拿掉。

邝世五对翡翠说："你这丫头，你怎么老跟着我，我和你非亲非故的，被人家看见不好吧！"

翡翠见邝世五不满，就说："你们这些男人不知好歹，我拉着你别上去是因为看这阵势，墓碑镇又要死人了，我不想死的人是你。"

邝世五不解地问："翡翠，是的，我是得罪过人，我也差点死去过。可是我现在是一个大活人，我怎么就会死了？"

翡翠见邝世五不理解她，显得很伤心的样子，说："你要出来看花车游行时，玛丽姐嘱咐我跟着你，她怕你遇到仇人，又出意外。"

邝世五偷偷地指了指从那边过来的灵狗和他的牛仔们，说："这阵势看来这个大庆会活不了的。我想上去把他拉下来。"

翡翠说："现在已经来不及了。你看，他们都围在擂台边上了。不过，我知道欧普警长就在附近，他一定也注意到这群恶魔来了。"

邝世五没有言语，再向前挤了挤，站到台的侧面。

灵狗向手下一个五大三粗的牛仔招招手，那个牛仔下马，走到灵狗的坐骑下，灵狗弯下腰，和他说了几句。这个大汉解去绑在身上的子弹匣，像一头熊，爬上擂台。大庆知道这批人来者不善，想跳下擂台，被这个大汉一把抓住，扔回台上。这头笨熊喘着气，说："你不能走，你和我较量较量好了。你自己走不下去，我会把你扔下去的。"

大庆看看这头笨熊，他并不怕他，只是这些家伙十分凶残，礼仪规则对他们来说是不存在的，因此他不想和他们较量。

大庆说："先生，我内急，我想上一下厕所。"

这头笨熊听了，哈哈大笑："拿出你的玩意儿解在台上不就得了？还要去厕所干什么？我会帮你打出来的。"

大庆听到这个笨蛋说出这样无理的话来，气不打一处来。他摆开架势，对这头笨熊说："好吧，我们斗一局，但是，你们不能用家伙，要不然，我就下去。你知道用家伙在擂台上是不公平的。"

这头笨熊蹦跳了几下，将两个拳头紧握在胸前，像是在热身。大庆并不示弱，撒开手，迎着那牛仔大汉发招。他们在台上打了一会，不分胜负，那灵狗又示意另一个大汉上台。俗话说，好汉不上梁，上梁要破相，这两人把大庆围住，像两只大熊，轮番进攻。过了一会，大庆体力不支，被两人打翻在地。台下的牛仔大声地喊着："打死他，打死他！"

这两只大熊像打了鸡血，抬起脚，拼命在大庆身上踩踏。台下的人们都傻了眼。眼看大庆被打昏了，邝世五飞身上台，两拳一挥，两个牛仔倒退几步。邝世五扶起大庆，这两个牛仔向邝世五直扑过来。邝世五身体向上一跃，同时出腿，一脚一个，重重地击在他们的脑门上，这两个牛仔顿时倒地。邝世五并不停脚，一脚一个将他们踢下台去。正在这时，大庆看到躲在旁边的一个牛仔用手枪瞄准了邝世五，他飞身过去，将邝世五推开，自己却中了一枪，倒在地上。

台下的观众大喊："杀人了，杀人了，快逃命吧！"他们四处逃散。

灵狗呼啸了一声，牛仔们都骑上马，准备离开。

不远处，来了三匹马，灵狗定睛一看，看出来是欧普、他的警察弟弟和朋友道克。灵狗和他的牛仔的马都向后缩了缩，大家都知道一场生死较量就在前面。

欧普他们慢慢地骑马逼近，灵狗他们站在那里没动，已经闻到了厮杀味。

欧普他们到了，他们没有说话，眼睛直盯着对方，这是在厮杀前的可怕的沉默。欧普盯着灵狗，灵狗盯着欧普，正是仇人相见，分外眼红。

还是灵狗先说话："欧普，又是你，我没杀过人。"

欧普回道："你这灵狗，我还没问你话呢！"

灵狗说："欧普，你的眼睛已经问我话了，我再说一遍，我没杀过人。"

欧普讥讽道："灵狗，难道今天狗改了吃屎的习惯了？是你杀的人吧！你和我走一趟吧。"

灵狗怒目横视："你这个 corp！你瞎了眼了，我没有杀人，为什么要跟你走啊？"

欧普命令道："你把你的枪交出来吧！"

灵狗将枪交给欧普，欧普闻了闻枪头，发现不是他杀的人。

"人不是你杀的，可是是你的人杀的！你也得跟我走，做个人证啊！"欧普说。

灵狗嘴角带出一丝嘲笑，说："那你这几个 corp 去抓呀！我看看你们的本事有多大！"

欧普的弟弟拔出枪来对准灵狗骂道："你这兔崽子，我一枪毙了你。"

灵狗也不示弱，他一动也不动，轻蔑地说："你敢，你就扣扳机。你他妈的，不扣扳机是狗屎！"

欧普拦住兄弟，说："你去追那个小子吧！"

欧普弟弟放下枪，骑马去追那个开枪的牛仔去了。

道克骑着马上前，身上杀气逼人。灵狗和牛仔们都深谙道克的厉害，他的一杆枪能同时打死一排人。灵狗和牛仔们倒退了几步。

道克的手搭在枪托上，阴沉地说了声："滚！"

灵狗趁机大喊："撤！"

灵狗一马当先，冲出人群，后面他的牛仔也跟着匆匆地逃走了。

这时，玛丽和翡翠一行挤了进来。看到欧普放了灵狗，玛丽大喊："欧普警长，你可不能放过这个杀人魔王啊！是他的手下开枪伤了大庆，你快去追啊！"

欧普不慌不忙地说："玛丽，不是他伤的，而是他的手下打的枪。我绑了他有什么用？他的枪根本没有射出过子弹。"

翡翠大叫："那你也不能放了他们，至少他们是嫌疑犯。"

欧普说："他们不是嫌疑犯，我们明知道他们没杀人，抓他们容易，放他们难，我不做这种蠢事。等我弟弟抓住了这个射击的杀人犯，再做道理。你们一定会得到正义的胜利。"

翡翠摇着头，带着哭腔说："什么正义，什么胜利。我们的人都已经被他们射死，被这个灵狗的手下射死，你还不抓他们，这叫什么正义呢？"

欧普没有理会翡翠的指责，他原本是来做另外一件事，但是现在看到一双双愤怒的眼睛，不好大声地说出来。他下马，把玛丽拉到一边。

欧普小声地对玛丽说："玛丽，我是为另一桩案子来的。我接到报案，说你窝藏一个偷银贼杀人犯。这个人的名字叫邝世五，这个人是被你给藏起来了。刚才有人说他还在这里，也上擂台将两个牛仔打下擂台来。你知道他现在在哪儿吗？你一定要把他交出来，现在他们要找的就是这个偷银的杀人犯啊！"

玛丽知道那威尔逊一定不肯罢休，这一定是威尔逊报的案，这真是应了一句中国老话：恶人先告状。她说："欧普警长，我没有窝藏杀人犯，杀人犯是他们，是那个威尔逊。我正要向你报案呢。"

欧普心里很明白这个威尔逊是个无赖和恶棍，他也知道威尔逊在诬陷玛丽，但是作为警察，面对报案，不得不调查。他说："你告威尔逊，你有证据吗？"

玛丽绝望地说："警长，有证据有什么用，你制服得了他们吗？你制服得了他们，你哥也不会死在他们的枪口之下啊！你来抓我们的人，我们手无寸铁，那你是欺软怕硬的主。你们花旗白人总是向着白人，难道还向着我们华人，被你们称作'猪仔'的人？"

欧普忙解释说："玛丽，不是这么回事，我们做警察的凡事都讲究一个证据，没有证据，我们就是要想保护你们，也是无能为力的。"

欧普说完，远远看到他的弟弟骑着马回来。在擂台边上等着的华人急切地想知道那个杀人的牛仔是不是被抓住了。欧普的弟弟来到了跟前，华人们围了上来。

欧普的弟弟说："哥，那个枪手逃得无影无踪了。我没有抓住他！但是我看到他的马和他的脸。我认识他，他逃不了。"

华人们都嚷嚷起来："欧普警长，你们都是些酒囊饭袋，连一个刚杀了人的犯人都抓不住。你弟弟认识这个打暗枪的，是不是故意把他给放了？"

欧普对大家说："乡亲们，我们做警察的能故意放人？那你们说得也太过分了。"他转向玛丽："玛丽，你要相信我，我是执法的警察，我就是死了也要主持正义。"

玛丽叹了口气："欧普警长，我可以理解你，可是乡亲们呢？他们有的有杀父之仇，有些被强抢过，他们都是敢怒而不敢言。"

华人们大多都离开了。

欧普对玛丽说："我知道了，灵狗和他的那些牛仔实在太过分太可恶了。我总有一天把他们送上断头台。玛丽，你刚才说威尔逊杀矿工，有证据吗？"

玛丽说："有啊。"于是拿出邝世五给她的废矿洞的地图和阿三的银块采凿矿脉地点图。

玛丽将图摊开，指着图上的记号，对欧普小声地说："你看，这个废弃的矿井里有我们十几个矿工兄弟的遗骨，这些人都是被威尔逊杀害后，扔在矿井里面的。你可以去看看，遗骨都在那里！"

欧普问："谁可以带我们去呢？"

玛丽说："邝世五，这个邝世五可以带你去！他告诉我有一次他无意中发现废弃矿井中我们的兄弟！"

道克听了，愤怒得脸色发紫。

道克："这些畜生！简直是屠夫！娘希匹！"

欧普对道克嘘了一声，转身对玛丽说："那这张图呢？这张图说明什么问题呢？"

玛丽解释说："这张图是阿三临死的时候交给这个邝世五的。你看，阿三的银子就是在那里发现的。那是一个无主的山冈，阿三在那里找到矿脉，采了一块银块。那块银块成色好，被威尔逊发现了，就说是阿三偷的。"

欧普"哦"了一声，就将两张纸收了起来。欧普说："玛丽，我一定会调查的。"

欧普招呼他的弟弟和道克离开了。

这时，在街口远远地过来一队马队，为首的马坐的是威尔逊和菲利普。有人报告说在台上他们看到了邝世五，而且这个时候邝世五还在擂台旁边，他们就直奔擂台而来。玛丽看到不远的街区，黄色的灰尘飞扬，知道来了一支马队。这些人来者不善。玛丽回头看看欧普他们，已经走远了。

阿龙听说擂台发生了伤人的事件，急忙赶了过来。

玛丽看到对面的威尔逊带着一大队人马过来，她想，这下他们肯定会把邝世五抓去。玛丽知道这个菲利普是醉翁之意不在酒，他们是冲着她而来的。她急中生智，索性死也要死得明白。她叫阿华搬来一张椅子，自己坐在路中央。

阿龙刚刚到，他见玛丽自己坐在路中央丢人现眼，禁不住对她吼道："你想要干什么？玛丽，快回来！"

玛丽也大声地对阿龙吼道："阿龙，你别管我，我要和他们同死，我身上绑着炸弹，我恨死他们了。"

眼看着威尔逊和菲利普的马队越来越近，玛丽安静地坐在那里，一动也不动，像个石雕似的。阿龙想过去把她拉回来，却被众人拉回。

阿龙大叫："玛丽，你要死也不能死在路中央，丢人现眼的！"阿龙直跺脚。

威尔逊的马队过来，嘎的在玛丽面前停住，所有的马都几乎直立了起来，后面拖着长长的黄土灰尘。

远远地，道克回头看到擂台那边扬起了黄尘，直觉告诉他，那边一定还有事发生。他便叫住欧普。

"欧普兄弟，你看擂台那边的黄尘，一定发生了什么事。"道克说。

欧普"哦"了一声，勒住马缰，仔细看时，断定那边发生了什么事，便一勒缰绳，说了声："回去！"他们都调转马头回来了。

远远地，欧普看到玛丽坐在路中央。欧普被玛丽的行动惊呆了，回过神了。他太佩服玛丽的胆量和魄力。这个玛丽果真不是一般人。欧普在马屁股上打了一鞭，他们迅速赶来。

乡亲们都为玛丽捏了一把汗。这时，威尔逊马队到了，在马上，五六支枪对准玛丽。

威尔逊对玛丽吼道："滚开！我要抓你窝藏的偷窃犯！你这样挡道，我要把你也给杀了。"

玛丽抬头，轻蔑地看了威尔逊一眼，道："你凭什么来破坏我们的庆祝活动？你凭什么来抓人，枪杀我们的人？我们华人招你惹你了？有种你就扣你的扳机吧！你不扣扳机就是狗娘养的。"

　　威尔逊将枪对准玛丽，手指按在扳机上。

　　欧普见状，向空中放了一枪，人们都回过头来。

　　欧普快速地将枪头指向威尔逊的后脑壳："你这兔崽子，放下你的枪。"

　　威尔逊见欧普将枪口对准自己，乖乖地放下了枪。

　　威尔逊高声地说："你这个白人，还是一个警察，你怎么也向着这些猪仔？你怎么能为猪仔们说话呢？你还是不是白人？"

　　欧普用枪托敲威尔逊的脑袋，说："威尔逊，我首先是个人。我是人，他们也是人！他们是人不是猪仔！说，跟我说：'他们是人不是猪仔！'"

　　威尔逊摸摸脑袋，欧普的枪托眼看又要下来，只好说："他们是人不是猪仔！"

　　欧普继续说："你说人家是杀人犯，你要拿出证据来。我怎么好随便抓人呢？"

　　威尔逊强词夺理地说："这个邝世五杀了我的牛仔，这还不够吗？他杀了我们白人，白人，这里的主人！你是聋子吗？他杀了这里的主人！"

　　欧普觉得这威尔逊说得太荒谬了："威尔逊，你给我听着，你我都不是这里的主人，这里的主人是阿帕奇人，你我都是借人家的土地活着，你明白吗？我会把这个邝世五抓住的，我会把事情弄个水落石出的。你等着吧！不要再叫灵狗到这里来捣乱了。要不然我会剥了他的皮。"

　　威尔逊害怕地说："好吧，你这警察，我给你十天时间，如果你不把这个人抓捕归案，咱们走着瞧！"说完，他们便悻悻地离去。

　　望着远去的威尔逊的马队，玛丽用手绢擦了擦眼泪。一场虚惊过去了。庆祝新年的人们慢慢地围了过来。玛丽吩咐手下的人："去将大庆安置好，叫医生来治伤。"手下应声去了。

　　欧普把马缰绳一抖就离开了，可是没走几步，又回头："玛丽，你听见了，你还是把邝世五交给我吧！我要逮捕他。"

　　玛丽听到欧普这样不合逻辑的话，质问："凭什么你要逮捕他？到底是谁在杀人，大量地杀人。难道邝世五提供给你的这个扔尸坑还不能说明问题？"

113

欧普解释说："玛丽，我也需要时间证明这些人不是病死的，而是被他们杀死的。你难道不相信我吗？"

玛丽脸上露出不信任的脸色："不相信，也不能相信。你们这些白人都是一伙的。"

欧普说："那好，玛丽，什么时候我自己去抓他，搞个水落石出。"

玛丽笑着对欧普说："不管你抓他或是不抓他，今天晚上请你来尝尝我们中国的新年宴会。你能来吗？"

欧普也打趣说："玛丽，这是你在做广告吗？要钱吗？"

玛丽乐了，说："今天晚上免费。"

欧普看看道克，说："我带我的朋友道克来好吗？"

玛丽说："他侠义，我喜欢他来。我也喜欢你弟弟一起来。"

望着远去的三个披着披风的侠士警察，玛丽心里有说不出的感动。

欧普初尝山珍海味
阿龙玛丽深夜大吵

在玛丽的盛情邀请下，当天，欧普去洗浴店洗了个澡，然后去理发店理了发，刮了胡子，像中国人过新年一样，把自己收拾得干干净净。他站在镜子前，穿上新的警服，仔细看着衣服是否合身，他看到镜子里的自己很英俊，满意地梳了梳自己的头发，像往常一样，把枪和子弹往腰上一系，就出门了。他来到马厩，牵着马出来。他一到外面，就看到道克带着女朋友从赌场出来。在不远处，他的弟弟摩根也骑着马过来。

摩根迟疑地问："老哥，我们是不是去吃白食啊？我们还是要带点钱去的。"

道克抖了一下口袋，说："钱，我刚赢，足够。"

一行四人来到 CANCAN 餐馆。他们见 CANCAN 餐馆门前挂着一排大红灯笼，里面热闹非凡，宴席摆得十分气派。

玛丽和翡翠见欧普光临，自然十分高兴，一是他们的到来意味着这里有执法人，那些牛仔就不敢轻易来捣乱；二是说明玛丽和翡翠的面子很大。餐馆里的工人的招待也都十分热情，他们十分佩服玛丽的能力，她能把这里最有威慑力的人请来，以后的生意就好做了。

站在不远处的阿龙可不是这么想，他觉得现在请欧普他们来不是好事。这些牛仔们会觉得他们胆怯了，需要寻找保护伞，那是软弱的表现，不是强者的表现。但是现在他们已经在这里了，他也就不说了。

玛丽瞟了翡翠一眼，翡翠会意，走上去，很是殷勤地引他们来到一张很显眼的桌子边坐下。翡翠喊："尊贵的客人到，大家上酒上菜！"

离他们的桌子不远的地方有一张切肉的砧板桌，上面放着一头乳猪。道克的女朋友见了，吓得大叫起来。那个厨师抡起大菜刀，一下拦腰切断，一下子就将肉切成整整齐齐的肉片，十分好看。

翡翠给他们倒酒，每人倒了满满的一小碗，翡翠拿起碗，先喝了一碗。然后碗底朝上，给他们看。欧普他们你看看我我看看你，欧普端起碗，一扬脖子，将酒喝完，也学翡翠一样，将碗反过来。接着，摩根和道克也将酒喝完。大家看着桌上的菜，你看看我我看看你。桌上有发菜炆蚝豉、生菜猪手和红烧圆蹄。道克的女朋友吓坏了，不敢下叉。

接下来的几道菜，每一道菜都让欧普和道克心惊胆战。

下面这道菜是厨师端着过来的，厨师介绍说："诸位，这是鼠肉火锅饼。Rat pot pie。"翡翠翻译完以后，连道克都吓住了。

道克惊叫着说："这……这……是人吃的吗？"

欧普没理睬道克，他朝碗里戳了一块鼠肉，放进嘴巴尝了一口，细细品味。欧普说："哎，道克，味道不错，你也尝尝。"

厨师又端出一盆汤，厨师说叫燕窝汤。刚听翡翠翻译完，道克的女朋友忍不住走了出去，她甚至连菜名都忍受不了。欧普叫翡翠过去，悄悄地对翡翠说："翡翠，你就不要报菜名了，也不要说是什么食材做的，端上来的时候都说是鸡肉就行了，反正吃起来全是鸡肉味。"接下来的菜：虎鱼翅，骨汁猴手，乳猫，还有许多山珍海味，翡翠全都不报了，要不然会吓死道克的女朋友的。

其实，欧普什么都喜欢吃，什么都吃，他知道他其实就是在吃猫肉啊，狗肉啊，这些玩意简直太好吃了。吃完了，欧普抹抹嘴巴，说："这些菜真是太不可思议了。我们这样的小镇，你们怎么能弄到这些东西的啊？道克，你是个大学生，你说说他们从哪里弄来这么些稀奇古怪的东西？"

道克说："我在做牙医的时候，我研究过他们的饮食文化。他们这个民族几乎无所不吃。但是你看他们牙齿都很好，又是那么的健康。这真是奇迹！"

欧普对大家说："你们看，他们酒席赌酒的方式更有趣，伸手指比数目，口里不知道还说些什么。"

摩根猜想着："他们在猜手指头的数目。一定是猜中了赢，猜不中的输。"

翡翠听到摩根的分析真的很准确，夸奖摩根说："摩根，你真的是个聪明人。"

这时，玛丽走了过来，问大家吃得高兴不高兴。大家都挺高兴的，玛丽叫翡翠去取些擦手用的毛巾，她是要把翡翠支走。玛丽知道现在翡翠和邝世五的感情越来越好，翡翠迷上了邝世五，倒是邝世五对翡翠的兴趣不那么浓烈。现在她和欧普警长谈的正是邝世五的事，所以，她要支走翡翠。

翡翠一走，玛丽就对欧普说："警长，你能跟我来吗？我想和你商量一件事。"

欧普说："什么事，你就在这里说吧！"

玛丽迟疑地看看道克，欧普立即明白玛丽是怕被其他人听到。

欧普说："玛丽，你说吧，这里没有外人，道克是自己人。"

于是，玛丽说："警长，我想把邝世五交给你。"

欧普不相信自己的耳朵，问："你说什么？玛丽，你说什么啊？"

玛丽严肃地重复了一遍："警长，我想把邝世五交给你，我信你。"

摩根说："玛丽，你以前不是说不交邝世五给我们吗？"

玛丽点点头，说："是的，摩根，我以前是这么说的，可是我越想越发现这个邝世五在我这里更不安全。威尔逊他们随时都会来的，他们都是冷血动物。"

摩根点点头，说："玛丽，你真是个聪明人，邝世五在我们手里比在你这里安全得多，你说得对！"

欧普说："玛丽，你相信我，我会把事情弄得水落石出的，请你放心。"

这时，翡翠进来了，玛丽赶快收住了口。欧普也明白了为什么玛丽不当着翡翠的面说这件事。欧普对玛丽说："玛丽，你的菜好吃极了。中国菜真的很好吃。"

天色已晚，欧普一行起身告辞，玛丽送他们出门，吩咐员工将饭店收拾干净，也回家去了。

自从阿龙受伤后，结账的事就由玛丽来管了。每天晚上回家，玛丽总是在小油灯下拿出算盘算账。今天回家也和往常一样，玛丽在油灯下算账，阿龙给玛丽倒了一杯茶。

阿龙自从脑部受伤以后，好像染上了恐惧症，总是害怕什么事情要发生似的。今天这种感觉又出现了，尤其是昨天擂台前的一幕，不时地在他的脑子里浮现。

阿龙见玛丽放下了算盘，以为玛丽的账已经做完了，就对玛丽说："玛丽，这两天我每天都心惊胆战，好像要发生什么似的。"

玛丽一听，便决定以后什么事情都自己出面了，包括餐馆和其他生意的打理。她唯一的希望就是阿龙不要给她添麻烦，现在阿龙已经变得胆小怕事了，而且不断地要求玛丽不要做这不要做那。有时候玛丽也变得很不耐烦，现在听到阿龙这样唠叨，玛丽感到更烦了。

　　玛丽呛白："阿龙，我嫁给你，真是嫁错人了，你怎么就这么窝囊！这里每天在死人，你看也看习惯了。你每天在怕些什么呢？如果这么怕，当初你为什么要来这个鬼地方呢？"

　　阿龙说："还不是那该死的旺发，对你爸说这里如何如何的好。你爸信了，撺我们来。要不，打死我也不来了。你倒好，我们好不容易有了这么些生意，看来你会把我们的生意毁了。"

　　玛丽说："阿龙，人生很难预测，尤其是那时，全铁路工地的华人都被赶走了，你还在那里等死啊！花旗人为了自己的好处，什么事都能干得出来。没有我爹的决定，你在那里说不定已经被装上猪猡车发配到什么旮旯里去了。"

　　阿龙慢吞吞地说："早先的话是这么说，可是眼下，我们的生意有些起色，但我们斗不过那些人，还是消停一点吧！别老是和那些杀人魔头过不去了。"

　　玛丽听到阿龙说这些话，从心底里感到难受，以前的阿龙不是这样的，也不可能说出这样窝囊的话来。玛丽只好接着说："阿龙，你想想，我们的生意从哪里来的？还不是和我们一起来的劳工们给的。我们不保护他们，谁保护他们啊？我们保护他们，也就是保护了我们的生意。前些年这里开了银矿，才有了这些华工。将来说不定什么时候，银矿没了，我们的生意也没了。国会《排华法案》公布了，他们想把我们华工全部逐出去，我们已经被逼到死角了，你还蒙在鼓里。我琢磨着只有我们华人拧成一股绳，才能生存啊。"

　　玛丽倒好热水，把鞋脱了，将自己的脚泡在热水里。一天的劳累，自己的脚又酸又麻的，只有到了热水烫脚的时候，玛丽才感到放松。玛丽泡了一会儿脚，擦干，把脚放在阿龙的大腿上。阿龙捧起玛丽的脚，为她捏脚。这是玛丽一天中最享受的时刻。

　　阿龙担心地说："可是你这样每天抛头露面的，每天都在风口浪尖上，说不准什么时候把我也给害了，今天多危险啊！"

　　玛丽知道阿龙担心她的安全，可是这些话从一个男人口中说出，不免太没有阳刚之气了，玛丽反驳道："阿龙，亏你还是个大男人。说出这样的话来。你看人家邝……"

阿龙听了，停止捏脚。本来他对玛丽将邝世五留下养伤就很反感，现在听玛丽提起他，心中燃起无名之火："玛丽，这个姓邝的是你心中的英雄是不是？他连狗熊都不如。如果他是英雄，怎么还到我们家来讨口饭吃，躲在地窖里？我看他把你的魂都摄走了。"

玛丽听了，心中怒气直冲："阿龙，你在说些什么鬼话。好啊！你是这样的小人。我真的被你骗了。"

阿龙对玛丽留邝世五这件事本来就有气，现在他就说了这么一句话，玛丽就生这么大的气，于是对玛丽的不满全涌上心头："好个玛丽，你就是这样小看我的啊！我现在明白了，你天天吃柿子蒂粉，你不肯为我生孩子，就是因为你小看我，是不是？"

玛丽急了，不管阿龙的情绪，故意把话说绝了，她说："你说得对，我怕生了一个像你这样的窝囊儿子。我只不过在尽你老婆的职责。"

阿龙悲愤填膺，一把拉过玛丽，将她按倒在床上……

卑鄙矿主煽动民众
中国玛丽挺身而出

随着花旗国反华人移民的运动越演越烈，这小小的墓碑镇也响应起来。艾伦街、第五街和第六街上，美国白人店铺老板、居民、牛仔、矿主，甚至官员，都拉起横幅，横幅上写着巨大的"约翰必须滚回去！"的标语。他们在召开反华移民的大会。他们也学华人搞新年擂台，在空地上搭起了台，上面插满花旗国的旗帜，还有花花绿绿的其他旗帜和装饰品。

领头的其中一个是矿主威尔逊，他和其他九个领头的坐在台上面。

别看这个威尔逊这样起劲地反对华人、驱逐华人，但是，在他的矿上，还用了很多华人矿工。按他的说法，他是演戏给那些当官的看的。他知道，华人的劳动是多么的廉价，况且华人矿工们一个个忍气吞声的，受到鞭打也不敢吭一声，比旧时的黑奴还容易驯服。他拖欠华工的工资，到现在还没有支付。他不能驱逐这些华工，因为驱逐他们，就意味着要把所有拖欠的工资全部付清了。那是一大笔钱呢，他得想法子赖账。但他知道在公众场合，他还是要摆出姿态来响应州和联邦的法律的。

台上还有菲利普，这个人平时言语不多，他这个花旗白人是寄生在六公司上的虫子。没有华人苦力，他就得不到中介费，得不到中介费，他拿什么来维持生活？他也和威尔逊一样，是要做表面文章的，否则，他也会有麻烦。

这会儿，台下陆陆续续来了不少人。召集人上去，宣布演讲开始。威尔逊走上讲台开讲："同胞们，自从我们的开国先驱立国以后，这花旗国就是我们白人的。可是短短的一百年左右，我们白人的工作都被那些猪仔们抢走了。州政府刚刚发布的新宪法，凡公司不许用中国人，违者处罚，不许申请公职，违规中国人必须遣返！我们的口号是：约翰必须滚回去！"

威尔逊说到这里，台下的白人们歇斯底里地大叫："约翰必须滚回去！

约翰必须滚回去！"

威尔逊摇摇手，示意大家静下来。他继续说："我们游行！我们示威！约翰必须滚回去！"

不知什么人举起"约翰必须滚回去！"的牌子，又有人拉起"约翰必须滚回去！"的横幅。这些人准备游行了。

菲利普和威尔逊站在队伍的最前面。菲利普看到这些白人参与者神情激昂，料定今天会有一场好戏看。他想着在这次混乱中自己如何能够浑水摸鱼，得到最大的利益。他上前，在威尔逊的耳朵边说："等下到了 CAN-CAN 餐馆，那个姓邝的也许会来。你得吩咐一些牛仔，做好准备，抓住他。"

威尔逊听了，点点头："这个我倒没有想到。你这家伙，不错，不愧为想歪点子的好手。"

菲利普说："你这呆子，我已经观察邝世五这个家伙一段时间了，发现他是一个没脑子的家伙，这个家伙讲义气，好打不平。这样的声势，他一定会来的。"

威尔逊说："好！这次他逃不出我的手掌心。"

菲利普奸笑了一下，说："我的老板很着急，这么长时间了，那个老女人还活着，你真的没用。再扳不倒她，你要把钱吐出来的。"

威尔逊一听，火冒三丈，说："你那死老板算什么？自己不会去一枪崩了那个老女人啊。"

菲利普软了下来，说："这好事不是有你去做吗？哪里有跟钱过不去的人呢！你已经拿了我老板不少的钱，哪有拿钱不消灾的？"

威尔逊说："你这小子，坏主意还挺多。你也一起去，你多长个心眼，也好提醒我。"

威尔逊振臂一呼，这些牛仔白人跟着他摇旗呐喊，游行开始了。

花旗人举行游行的消息很快就传到了华人社区，广东老乡们已经聚集在观音寺前面。他们本来就受到《排华法案》的迫害，现在看见社区的花旗人摇旗呐喊要驱逐所有的华人，个个义愤填膺。

唐孝羽是个有血性的男人。他越想越气，就拿起杀猪刀，跟大伙说："有胆量的跟我走，我们和他们去拼个你死我活。"

糖果店店主付其和唐孝羽完全不同，他害怕地说："我要提醒大家，那些牛仔矿主都带着他们的保镖，他们手里有枪，大家还是不要去的好。

要不，我们都会被他们射杀了。"

菜贩子林云锦说："依我看，最好还是请玛丽出面。她是我们这里有头有脸的人物，她一定能应付这样的场面。"

唐孝羽不同意，他说："云锦，你还好意思说这个话，玛丽虽然有胆有识，可是她只是一个女人，你指望女人能顶得住这样的暴力和压力吗？你怎么好意思要一个女人打头阵！"

林云锦听了，并没有否定自己，他说："孝羽，你绝对没有玛丽的威望。我来解释吧，玛丽能担当这个角色，她比我们谁都有勇有谋。"

唐孝羽还是觉得让一个女人去打头阵不像话，他坚持说："你这小子真是怕死鬼，你滚开，我一个人去！看他们被我打死不可。"

林云锦见唐孝羽这么鲁莽，就说："孝羽，你别嘴硬，这些圆眼白匪什么事都做得出来的。你去也是去送死的。"

唐孝羽听了，急了，站起来，他手里拿着一把屠刀，向艾伦街走去，有几个胆大的也跟了过去。阿亮看到这情景，急忙上前阻拦。

阿亮拦住唐孝羽，劝他说："孝羽，你别去，这不是你一个人的事，他们赶的不是你一个人，而是我们大家。让我们大家一起去！"

孝羽是一个倔脾气，是不会轻易让别人说服的主。他听到阿亮这么劝他，说："你这小子给我让开，否则我一屠刀劈下来，你就没命了。"

阿亮见他撒野，威胁自己，情况紧急，赶紧招呼大家："我们还是先到玛丽的餐馆门前集合吧！"大家听了，点点头，都往 CANCAN 餐馆走去。

众人来到 CANCAN 餐馆前，老板阿龙听到外面的嘈杂声，连忙走出去看。

阿亮见老板，问："老板，老板娘在吗，大伙都等着她。"

阿龙见这么多人来找玛丽，店里的生意又忙，顿时不禁气不打一处来，他对阿亮发脾气了："阿亮，他们这些人怎么大事小事都找玛丽呢？别的人都死绝了？"

阿亮说了实话："龙哥，玛丽是我们这里华人的主心骨，你生了大病，不能再领头了。没有玛丽，我们都少了领头的了，不知道怎么办才好呀！"

阿亮说了这话，阿龙更加生气了："去去去，你去干好你自己的事。你以为这些吊眼鬼好惹吗？我们惹不起，躲得起啊！"

阿亮说："龙哥，你躲，你从金山躲到这里，以后从这里躲到哪儿去呢？"

阿龙没有回答阿亮的问话，说："今天玛丽不在，我倒要看看你们咋个不知道怎么办才好。"

说话间，只听从艾伦街那边传来几声枪声，有人惊呼："牛仔们把孝羽给枪杀了，他们把孝羽给枪杀了！走，我们和他们拼了。"

阿龙走了出去，见这么多人围在饭店门口，说："乡亲们，我是共济会的，我们不要这样激动。俗话说，好汉不吃眼前亏。你们去一定是凶多吉少的，你们还是回家去，别去理睬眯眼鬼，杀人的事警察会来管的。"

听了阿龙的话，有人喊："阿龙，你的胆子给狗吃了，你根本不如你的媳妇，你躲到你的餐馆里去吧！"

众人感到失望，不知道怎么办才好，这时有人喊："他们的游行已经快到这里了。"

邝世五按玛丽的吩咐，在鸦片屋里养伤一直没有出来。现在他听到外面嘈杂声，他弄清了究竟怎么回事，不管一切地走了出来。

邝世五挺身而出："兄弟们！要去和这些反中国人的白人理论，有种的跟我去，没有种的回家。"

众人你看看我，我看看你。邝世五大喊："你们还愣着干什么，大家走啊！"他说着，带头向艾伦街走去。人们跟上，也竟然组成了一支不少人的队伍。

这时，玛丽一点儿也不知道吊眼花旗白人游行的事，她还惦记着邝世五的伤，她去地下赌场看望受伤的邝世五，发现邝世五不在。

赌场看门老头见玛丽找邝世五，对玛丽说："邝世五和那些人去了反中国人移民大会，很多人一起去的。吊眼白人已经把屠夫杀了。"

玛丽这才恍然大悟，原来邝世五已经和众人一起去"迎接"排华游行的吊眼白人们了。玛丽感觉可能要出大事，赶紧回到餐馆。

翡翠也听说了游行的事，她赶快穿好衣服，跑出妓院，迎头碰到玛丽。翡翠大声说："玛丽姐，这些人都去艾伦街了。听说那些牛仔已经杀了孝羽。玛丽姐，你快去啊！"

玛丽担心地问翡翠："翡翠，那个邝世五呢？我听到出事，就来这里了。邝世五可不能去，威尔逊和灵狗正在抓他呢！他这一去一定是凶多吉少啊！"

翡翠说："邝世五已经去了，本来这些人已经不想去了，是邝世五吆喝着他们去的，他领着他们去的。"

玛丽着急了："这个邝世五，他难道不知道自己是他们想杀死的对象？翡翠，我们快去。"

玛丽和翡翠刚准备出门，丈夫阿龙拦在门口。

玛丽奇怪，阿龙怎么会在这里呢？她说："阿龙，你怎么没有和大家一起去啊？今晚会出事的啊！听说他们杀了孝羽。"

阿龙对乡亲们去反对游行不感兴趣，他消极地说："玛丽，这关你我什么事啊！他们游行由他们去吧！我们惹不起，还躲不起吗？你也别多管闲事了，我们赚点钱，就回老家去。"

玛丽鄙视地看了阿龙一眼，责备地说："阿龙，我说你什么好，你拿出点儿人样来好不好。你不去，我去！你就别拦着我了。你有良心的话，就帮我去叫欧普警长。"

阿龙见玛丽这样的固执，听不进他一句忠告，暴怒道："你这个倔女人，你丈夫的话不听，你要听谁的话？你暴死街头我不管，我可不来收尸。"阿龙说着，再也不想说服玛丽，他知道再说服她也白费口舌。阿龙也没有去叫警察，却到自己家开的鸦片馆去了。

玛丽和翡翠来到艾伦街和第五街相交的十字路口，她俩看见十字路口的中央一堆巨大的篝火在燃烧。威尔逊等反移民白人们在一面大的横幅下面集会着。这些花旗人都荷枪实弹地在那里示威。

这些牛仔、农场主、矿主们高喊着："约翰必须滚出去！约翰必须滚出去！"

玛丽看到以邝世五为首的华人和这些吊眼鬼相峙，气氛已经十分紧张。华人们并不示弱，有的人口袋里放着手枪和匕首。

华人们也喊："圆眼屌毛们，你们来自英格兰，你们来自法国，你们来自挪威，你们来自荷兰。我们来自中国，那里是我们的家乡，我们很好！我们赚足了钱，我们会回去的！"

这时，洗衣店的老板冲上去，对着一个白人大叫："狗日的白魔鬼约瑟夫，你还欠我七百美元，你叫我走，你先还了我的七百美元。"

中国人一起大喊："欠债不还，不是人，是魔鬼！"

那个叫约瑟夫的被喊得面红耳赤，拔枪要射击，却看见中国人个个都怒目而视，胆怯地收了手枪。

一个菜贩子接着大喊："我有钱，你没有，我回中国，你回地狱！"

那个约瑟夫照着菜贩子的脸一拳，菜贩子被他打得顿时昏死在地上。

约瑟夫上前又狠狠地踏了几脚，玛丽见状，大喊："住手。"

众人看到玛丽出现，都跟在她的身后，胆子也就壮了起来。

约瑟夫上前说："州政府的法律颁发了，我们要你们知道，约翰滚回老家去！约翰滚出墓碑镇！你们不滚，别怪我们枪下不留情。"

玛丽说："墓碑镇不是你的，也不是我的，是大家的。在我的餐馆喝酒时，约瑟夫，你说你祖先是荷兰来的，那你为什么不回荷兰去啊？还有威尔逊先生，你矿上的人都是我这里雇去的，你已经好几个月没付工资了。我正要找你，倒是你今天来了。好，你把他们的工资带来了没有？"

约瑟夫和威尔逊被玛丽说得面红耳赤。威尔逊十分恼怒，示意手下准备好枪，要枪杀几个中国人。白魔鬼们都举起枪，中国人也取出枪和刀，眼看着要发生火拼，突然不远处响起朝天开枪声，原来是欧普赶到现场。

欧普："这里不许闹事！大家散了吧！"

约瑟夫："欧普，你这个吃里爬外的家伙，你别多管闲事好不好。我们是在执行州政府的新规定。你还是回家去吧！"

道克见约瑟夫这样对自己朋友欧普说话，走了过去。白人们都害怕地让了一条道。道克扯起约瑟夫的耳朵："你他妈的说话放规矩点。要不我把你的耳朵扯下来。"

约瑟夫痛得哇哇大叫起来。威尔逊上前："道克，你和欧普在为谁说话呢？为那些吊眼猪仔说话吗？"

道克斜了斜头，满不在乎地说："我才不管什么吊眼猪仔圆眼魔鬼，谁和欧普这样说话，我就用枪口堵住他的嘴！"

道克说着，放了约瑟夫。约瑟夫揉揉耳朵，跑到一边去了。

见欧普来了，玛丽胆子就壮了不少。她站到队伍最前面。

玛丽："威尔逊，你回去吧，你们这些老板们，为什么憎恨中国人呢？是我们修通了你们的铁路，使美国成为一个联合的美国。你们这些白人扪心自问，谁没有用过我们的苦力：矿工、厨师、侍者、洗衣工、院工、劈柴工、烧炭工？谁没有雇过我们的保姆？我们勤劳，我们热心，我们诚实，我们能吃苦！威尔逊，你一边在用我们的劳工，一边高喊要中国人滚出美国，诬告中国人抢了你们的饭碗。没有中国人，你能开采这么一大片的银矿吗？"

玛丽说着，两边都鸦雀无声。突然，一个牛仔叫起来："邝世五，老板，邝世五在那里！我看见他了。"

菲利普叫道："你们这群笨蛋，还不抓住他！"

几个牛仔跑过去，邝世五见这些人过来，拔腿就往外跑。欧普见此，朝天放了几枪，人群乱了起来，邝世五趁机溜走了。

游行的白人见人群乱了，渐渐散去。

在混乱中，玛丽对众人说："大家散了吧！"

众人回家。玛丽见阿华没走，知道阿华想问她唐孝羽的后事如何安排。玛丽对阿华说："阿华，你去把孝羽的后事安排一下。"

阿华说："已经安排好了，放心吧龙嫂。"

翡翠说："老板娘，今天多亏有欧普在，要不，不知又要死几个人。"

玛丽点点头，她现在担心的是邝世五，不知他又逃到什么地方去了。

玛丽问翡翠："翡翠，你看到世五了吗？"

翡翠回答说："没有，玛丽姐，但是他没有被抓住，他逃走了。"

玛丽不相信地问："他真的逃走了吗？这荒郊野地的，他能跑到哪儿去呢？他的伤还没好！"

翡翠知道玛丽的心思，对于邝世五，玛丽真的费了很多心思。翡翠说："老板娘，您就别担心世五了。他就像一只野狼，就是在石缝里也要抠出东西来吃。"

玛丽听翡翠这么一说，松了一口气，说："那好，我们也该回家了。你看，那个威尔逊和欧普警长还在那里。那威尔逊不知道又在搞什么鬼了。"

玛丽误会空赞阿龙
世五受训表露心迹

亚利桑那沙漠西斜的太阳照耀在褐黄的沙漠上，留有余热。墓碑镇西边的天上，红色的云越来越浓，半个太阳落在地平线以下，还有半个太阳像鸡蛋的蛋黄，软软地浮在那里，慢慢地，血红色的云开始变灰，然后变青，天色暗了下来。

欧普见事态平息，参加游行的人渐渐走散，街上变得冷清起来。那个开枪打死屠夫的牛仔也被抓了起来，于是欧普向摩根及道克招呼了一声，就要离开了。

威尔逊叫住欧普："你这个警长，就是只为那些吊眼猪仔说话。那个逃犯邝世五明明就在他们的人群里，你故意装作没有看见。"

欧普反驳说："你这威尔逊，我可不管你们的恩怨，我是不是要调查清楚了才能抓人？你口说无凭啊！你抓人家要有证据才行，是不是？"

威尔逊不服，辩解说："你这欧普，证据不是明摆着，阿三偷了我的银块，邝世五负责销赃。银块就在这女人的鸦片馆什么地方，这女人不是什么好东西。逃犯邝世五就在墓碑镇，一定隐藏在什么地方。"

欧普见这个威尔逊死乞白赖地纠缠着，只要说："好啊，威尔逊先生，你报了案，我会继续查。我答应你，如果销赃属实，我就把他给抓起来。"

威尔逊这才满意，说："那我就看你了。"

威尔逊对他的牛仔吆喝了一声，拉起马缰绳，呼啦一声，向墓碑镇外跑去，背后扬起浓浓的黄尘。

玛丽和翡翠他们回到饭店，在饭店里忙了一阵，现在已经闲下来。像平日里一样，伙计们扫地的扫地，抹桌子的抹桌子。做完事，厨房里的炒锅师傅已经把大伙吃的大锅饭菜搬了出来。玛丽走到的时候，他们刚好开饭。大家让玛丽和翡翠坐下，玛丽要自己去盛饭，阿华已经为她盛好了，放在玛丽的面前。玛丽端起碗，刚要吃饭，突然，她却放下饭碗，问："你们哪个人看到龙哥了？"

大家你看看我，我看看你，好像都把阿龙忘了似的。听到玛丽询问，炒锅师傅才记起来上午玛丽出去的时候，阿龙也出去了，到现在还没有回来过。

玛丽想着阿龙到底去了哪儿，她想到今天她去游行队伍的时候，叫阿龙去报警，欧普他们来得非常及时，她的心里热乎乎的，以为阿龙真的为今天的事做了很大的贡献。玛丽想见到阿龙，想跟阿龙说些感谢的话。玛丽估计阿龙回家了，他一定在家里。她匆匆吃完饭，吩咐炒锅师傅给阿龙炒个小炒，盛了一碗饭，放到一个篮子里，自己把饭给阿龙带上。

天一片漆黑，只有一些酒吧、饭店、赌场和戏院门口有点灯光，远处传来空旷的狗吠声。玛丽打了个寒噤，快步来到家门口。见家里的门锁着，她吃了一惊：阿龙没有回家。她打开门，将饭菜放在八仙桌上，自己坐下，想着这阿龙究竟会到什么地方去。玛丽没有着急，因为她知道阿龙不会去很远的地方，他一定会到地下的烟馆或者妓院去转转，然后回家。

玛丽在脸盆里倒了一点水，拿毛巾擦了擦脸和脖子，然后把水倒到脚盆里准备洗脚。一天的劳累过后，玛丽的习惯是打盆滚烫的水泡脚，把一天的疲劳都消除。她将脚放入水中，闭上眼睛，享受着这沁入心扉的水热。玛丽感到双脚膨胀出一种万分舒服的脉冲，她用双脚互相搓着，渐渐地，脚上的酸胀感觉消失了，她想上床休息。这个时候人能放松，就是最大的享受了。她将洗脚水倒了，听到房门一阵响，是阿龙回来了。阿龙进门，玛丽迎上去，阿龙看到玛丽的脸上浮现出很久没有看到的笑容。玛丽上前，在阿龙的脸上亲了一口，说："这下还像一个男人，你终于做了一件好事，今天要不是你叫了欧普来，不知道我们还要被枪杀多少人。"

阿龙摸了摸自己的脸："玛丽，难道你真的要我也像你一样，你才肯这样对待我吗？"

玛丽幸福地说："阿龙，你毕竟还是个男子汉。你拿出一个男人的样子来，全镇的人都看着你。你知道咱家的生意从哪里来的吗？就是全镇的华人给的。我们不保护我们的华人兄弟，等他们全走了，我们还有生意吗？我们还能赚钱吗？今天你这样做，我真高兴。"

玛丽没容阿龙分辩，亲自为阿龙打了一盆冒着热气的洗脚水。

玛丽亲切地说："来，阿龙，我为你洗洗脚。"

刚进门的阿龙，被玛丽劈头盖脸的一席话和那个热烈的吻弄得丈二和尚摸不着头脑。现在看到玛丽跪下身来为自己洗脚，阿龙有点受宠若惊。

　　阿龙小心翼翼地问玛丽："玛丽，你今天怎么了？是不是到观音寺里面去烧高香了？"

　　玛丽有点惊异地看着阿龙："阿龙，你为全镇的华人做了这么大的好事，大家感激你都还来不及呢！我回家服侍你，我也感到幸福。"

　　阿龙摸了摸头，像孩子猜不到大人的谜语一样，说："玛丽，你说我今天做什么事了，能有这么好的待遇？"

　　玛丽激动地说："阿龙，你又变回来了，你在关键时刻，请来了欧普他们，阻止了一场对我们华人的杀戮。这个镇上的华人会永远记住你的。"

　　阿龙听完，觉得自己一没有去叫警察，二对华人去和圆眼白人对峙不感兴趣，因此消受不起这样的待遇，玛丽对自己的期望值越高，她的失望一定会越大，倒不如让她失望，省得以后麻烦。于是他说："玛丽，来，我自己洗吧！我受不起这样的服侍。我没有你想象的那么高尚，我没有去叫欧普，我去鸦片馆吸鸦片了。"

　　玛丽听了，真的生气了，原来之前全是自己一厢情愿的猜测。她把毛巾扔到盆子里，转身一屁股坐在八仙桌边。

　　玛丽丧气地说："原来你连这么小的一件事都做不了啊！我真的看错了你。"说罢转身，不去理睬阿龙。

　　阿龙说："玛丽，玛丽。我早跟你说实话比晚说的好。你这样做会和多少人结仇，人家不会来报复你？你一定要把我们的餐馆给毁了，一定要把我们的鸦片馆给毁了，还有赌场！"

　　玛丽气得站起来，吼道："我们现在这样做，就是为了保护我们的生意！你阿龙自私透顶！"

　　阿龙听到玛丽骂人，也气不打一处来："你闭嘴！玛丽，我是煞费苦心地经营我们的餐馆，我真心想赚钱，将来过上好日子。可你呢，招惹灵狗他们，激怒威尔逊这个土匪。我还不知道这些白人魔鬼的德行？这墓碑镇天天死人，你还嫌不够吗？本来中国人在这里低调做人，也没少遭他们的骚扰，你倒好，给他们火上加油。你们这一闹，不知还要死上多少人，今天又死了孝羽。"

　　玛丽知道她已经不可能再花口舌去说服阿龙了。今天的事是对阿龙信任的最后一页，翻过了这一页，玛丽已经不会再看下去了。玛丽对阿龙说："好吧，你说得对，早说真相比晚说好。我真想不到你成了鸦片鬼，不做人事了。"

玛丽说完，脱了衣服上床，她的脸朝床的内侧，不管阿龙叫喊多少遍，玛丽就是不转过身。

第二天，天蒙蒙亮，玛丽就醒来，她见阿龙还睡得很死，就自己悄悄起来了。她知道这个时候，很多人已经在观音寺门口锻炼身体了。她洗了洗脸，就起身去寺院。

墓碑镇的早晨还是她刚到这里那样，透明的空气中，回响着鸟鸣，华人的公鸡还在叫早。她深深地吸了一口干燥的空气，来到寺院前的空地上。寺院已经有一些早起的乡亲们，他们聚在一起窃窃私语，害怕地讨论着那些牛仔骚扰华人的话题。大家见玛丽也来了，都围了过来。

玛丽对大伙说："乡亲们，我们不要怕，由于政府的《排华法案》，我们随时都有生命危险。因此，我的建议是我们尽量少外出。"

一个老汉说："玛丽，我们能发个电报给京城的皇上，让他派人来救救我们，可以吗？"

玛丽看到老汉恐惧的脸，说："皇上？皇上自己看见白人都吓出屎尿来了。我们还是指望自己吧，记住，少外出。"

一个大妈说："玛丽，我们逃吧！我们一起逃吧！我们逃得远远的。"

玛丽无可奈何地说："我们能逃到哪里去啊！修了铁路，阿帕奇人也到处被杀，我们华工白骨如山。我们往哪里逃啊？大家拜菩萨吧，求菩萨保佑我们，阿弥陀佛。"

玛丽看见大庆在练剑，他已经恢复得差不多了。大庆说："玛丽，我们拼了，我们跟他们拼了。"

玛丽笑着说："拼了？大庆，拼了不是我们要做的事，这不正好上他们的当。他们最希望我们能拿起刀枪来跟他们拼了，他们可以把我们全杀光了。"

乡亲们大家你看看我我看看你，都很惧怕："玛丽，这么做不行，那样做也不行，那我们该怎么办呢？"

这时邝世五也来了。大家看到邝世五，感到很高兴，都和邝世五打招呼。邝世五听到大庆说跟他们拼了，他很赞同。

邝世五直截了当地说："乡亲们，我们买枪，和他们干。"

玛丽叫起来："世五！你别乱说！"

翡翠也喊：“世五哥！我们还是听玛丽姐的好吗？”

玛丽接着说：“我说过，跟他们干不是办法。我们不是他们的对手，逃，我们也很难逃到什么地方去。我们总得想一个办法啊！”

邝世五点点头：“玛丽大姐说得对，乡亲们。我们能逃到什么地方去？全亚利桑那州都一样。我们逃不了，我们手无寸铁，像猪一样被牛仔宰杀。他们杀人像杀鸡一样。我们买枪，他们打我们，我们也可以打他们。与其空手等他们像宰牛一样把我们杀了，倒不如买枪，杀一个够本，杀两个赚一个。”

来福中餐馆的老板来福说：“世五，我藏了把枪，我也会射击。我们不怕他们。”

玛丽听到乡亲们附和邝世五的话，觉得买枪自卫也不是什么坏事，就说：“对，世五说得对，我去采购枪。”

乡亲们都激动起来：“好，就这么定了。”

乡亲们离开了。

邝世五知道自己回来又给玛丽增加压力了，他知道玛丽一定会问她回来以后的打算。果然不出邝世五所料，玛丽开口问邝世五：“世五，你回来了，你打算怎么办？”

邝世五仿佛已经准备好了答词：“玛丽姐，我知道那个威尔逊在抓我，抓我的目的是要逼死你。我也知道了这背后其实是六公司，因为你抢了他们的生意。我想把阿三和其他华工的骨头入瓮，带回家乡。然后我就离开。这样，你也安全了，他们就抓不到你的把柄。”

翡翠听邝世五要离开，就赶紧说：“世五，我想和你一起离开。”

邝世五坚决地说：“不，翡翠，你还是留下来照顾玛丽吧！玛丽和你为了我，受了不少的苦。我不能这么自私，翡翠，我没有能力让你幸福。”

玛丽觉得现在是谈翡翠和邝世五婚嫁最好的时机，翡翠已经提出来要跟邝世五走。玛丽听到邝世五这席话，心中感到很不舒服。玛丽觉得邝世五不是一个男子汉，对一个深爱他的女人竟然说出这种话来，而且他还没有感到他伤了翡翠的心。玛丽是个十分豪爽的女子，听不得这样的话。因此她说：“邝世五，你真是一个没有良心的小子。你怎么能说出这样的话呢？你没听出来翡翠深爱着你吗？翡翠现在没有要你保证给她幸福，你现在也不可能保证你以后能不能给她幸福，她现在要你说以后你想不想给她幸福？”

邝世五听了玛丽的话，难为情地说："玛丽姐，我知道翡翠喜欢我，我也知道我实在是喜欢她。我就怕以后我的能力有限，不能给翡翠她想要的幸福，我不是毁了她吗？"

玛丽又问："那邝世五，我问你，你知道翡翠现在需要什么幸福吗？"

邝世五一脸困惑："不知道。"

玛丽说："那我来告诉你，她要你这强大的身躯像座山一样能让她靠，她需要你的强壮的身躯去挡住亚利桑那沙漠的飓风，她需要你的力量和生命去保护她，让她感到安全。这就是她需要的幸福。"

邝世五语塞："这……"

玛丽继续说："这你没有想到吧！你如果觉得大姐说的话有道理，那就让我做媒，你们成亲吧！你不要辜负了翡翠的爱。"

翡翠抱住玛丽说："玛丽，我的好姐姐，谢谢你！"

邝世五说："玛丽，如果翡翠跟我走了，那你……"

玛丽说："女大当婚，我不能让翡翠永远陪着我，你就别管我了。你管好你自己，我就心满意足了。翠，你今儿把世五安顿在鸦片房，别让你龙哥知道。"

翡翠回答："嗳，知道了。"

斗恶魔华人遭屠杀
射戏台英雄现侠胆

艾伦街和第七街交角处。

菜贩子林云锦在卖蔬菜，街道的不远处来了一队马队，为首的是灵狗。

马队后面拖着搅起的浓浓的黄尘，人们十分惧怕，纷纷逃散。林云锦来不及收拾他的小摊，拔腿就逃，但是已经来不及了，一阵枪声响起，他中枪倒在血泊里，身体颤抖了几下，就死去了。马队急速跑远。

南四街的 Sam Sing 餐馆。

满脸横肉的赌徒农场主斯蒂芬·拉夫来到南四街上的餐馆。这个斯蒂芬在墓碑镇是一个有名的无赖，虽然他有一个农场，但是因为他嗜赌，常常把赚的钱输得精光，就跟着威尔逊屁股后面，充当他的打手。有时候肚子饿了，就到镇上的中餐馆吃白食。Sam Sing 餐馆就是他常吃白食的餐馆之一。餐馆老板阿欣每次看到他，心里就打怵。那天《排华法案》游行中，阿欣也看到这个斯蒂芬在游行队伍中间举小旗。今天阿欣见他来了，又恨又怕。看到斯蒂芬脸上杀气腾腾的样子，阿欣知道来者不善。斯蒂芬进门，将枪放在桌子上。

斯蒂芬一屁股坐在靠门边的桌子边，大叫："来，中国佬，给老子来咕噜肉，上好酒！"

阿欣站在柜台后，心里颤抖着。自从上次邝世五建议华人买枪，他就从老墨牛仔手里买了一把枪。那个老墨还带他到他们的练枪屋去打了几回，现在他对枪也熟悉了。阿欣看到这个斯蒂芬身上散发着杀气，他的手不由自主伸进柜台下抽屉，将子弹推上膛。

他拿着大的酒杯，给他倒上满满的一杯白兰地。

斯蒂芬从另一桌拿来两只碗，放在酒杯旁边。

斯蒂芬指着两只碗："把它们也倒满！"

阿欣知道他在挑事，但是为了息事宁人，他把两只碗也倒满。

斯蒂芬拿起大碗，咕咚咕咚地喝完，嘴里喷着酒气，拿起酒杯又喝了一口。

服务生把一碗做好的咕噜肉端了上去，放在斯蒂芬的桌子上。斯蒂芬拿起筷子，在碗里拨了两下，将一块肉拨到桌子上。

斯蒂芬大叫："你们他妈的这肉是什么肉啊？是老鼠肉还是蛇肉啊？呸呸！是阴沟里的老鼠肉给老子吃是不是？来，给我重新做！"

根据经验，阿欣知道他开始挑刺，不是想白吃就是想闹事。

服务生害怕，低声说："先生，我们是用猪肉做的，你不是要咕噜肉吗？是猪肉做的！我们的肉是很新鲜的。"

斯蒂芬恶笑："啊，原来是猪仔肉做的，比老鼠肉还难吃。快去再做一盘，这次再用猪仔肉做，老子还要你做一盆。"

这时，阿欣看到斯蒂芬要耍无赖了，便向服务生点点头，服务生将拿着菜进去，用牛肉做了一碗出来，放在他面前。斯蒂芬喝了一大口酒，往地板上吐，他一边吐一边叫道："中国佬，你这酒是猪尿吧！这么难喝。"

阿欣说："拉夫先生，你已经喝了两大碗了。你怎么没说难喝呢？这杯酒和前面的两大碗是一个瓶子倒出来的酒啊！"

斯蒂芬强词夺理："一个瓶子里的酒……难道就没有好……好……好坏了吗？"

他又喝了一口，又往地上吐。旁边的客人知道斯蒂芬是想滋事挑衅，都起身付账走了出去。

斯蒂芬起身，将放在桌子上的钱都收了，又将桌上的碗筷哗啦啦地全扫到地上，醉醺醺地向门外走去，嘴里哼着："The Chinese must go! The Chinese must go！"

阿欣一手握着口袋里的枪，追了出去。

阿欣愤怒地大声叫着："拉夫先生，你还没付钱呢！你怎么又白吃啊！你怎么能抢钱呢！"

阿欣太太追出来，死命地拉住阿欣："阿欣，你不要命了，他是来寻事的，他是来杀人的，让他白吃好了，你快回来。"

阿欣只顾往前走，似乎没有听他老婆恐惧的叫声。他的老婆追上来，拉住他，不让他去讨钱。阿欣使劲挣脱了他的老婆，来到街上，追了过去。

斯蒂芬转身，见这个猪仔胆子倒不小，还竟敢追着他要钱。斯蒂芬吼道："我抢钱？我还要你的命呢！"

两人站在街上对视，就像牛仔仇人相见，在街上决斗那样。阿欣平时也没少看到这种场景，只是一看到就吓得关上店门。今天，他没有意识到他自己竟然站在街上，拿着枪，面对着杀人魔鬼。

像平日里街道出现的决斗场面一样，街道上出来了一些围观的镇民。大家屏住呼吸，空气仿佛也凝固了。

这个时候，阿欣居然也不怕了，他的腿站得直直的，没有弯下去，手里紧握着枪柄。倒是这个斯蒂芬吃了一惊。平时唯唯诺诺的猪仔，竟然有这么大的胆子和他对阵。他来个先下手为强。说时迟那时快，斯蒂芬掏出枪，没眨一眼，一枪就击中阿欣。阿欣倒下了。阿欣太太尖叫着扑向阿欣。斯蒂芬向枪头吹了一下，把枪插进枪套，扬长而去。

但是，阿欣没有死。他掏出枪，咬住牙，向斯蒂芬开了一枪。这是在墓碑镇华人第一次开枪打圆眼花旗人，阿欣也是第一个和圆眼花旗人决斗的华人。粗壮的斯蒂芬没有死，转过身。阿欣朝他又开了一枪，斯蒂芬拔出手枪，也朝阿欣又开了一枪。两人双双倒下，都死了。

几乎是同时，付其的糖果店里也来了一群闹哄哄的牛仔。付其听到前街有枪声，就问顾客发生什么事，但是顾客们都不知道，后来一个顾客告诉他，前面的 Sam Sing 餐馆有人在决斗。付其一下子就想：今天是怎么回事啊？那些花旗人都在华人的店里闹腾。他想差人去告诉玛丽，通知华人今天要格外小心，可是这个时候已经迟了。这群牛仔们已经堵住了门。

一个牛仔后生身上横跨着沉重的子弹袋和枪套，穿一身牛仔衣，大声嚷嚷："来点米糖。老板，来点米糖。"

后面的一个同样装束的牛仔后生也嚷嚷："老板，来些蔗糖，一磅。"

付其称好了糖，递过去。"钱，付钱。"付其说。

几个牛仔后生都来抢他的糖，他们把糖一抢而光。他们索性将糖果盖子掀开，拿出糖果撒了一地。

付其见情况不妙，大声说："你们走出去好不好，我不卖糖了，今天我关门。"

这些牛仔哈哈地大笑起来。

付其指着那个买糖的家伙，说："喂，后生，你付钱，你付钱啊！你

135

们不能这样白吃啊。"

这些牛仔还是一边吃一边笑，好像全然没有听到付其要账的话。

付其说："哎，你们这些强盗，不要抢好不好。"

要米糖的那个牛仔："老板，抢你，是因为你的糖果好吃。哈哈哈。"

付其说："你们拿出钱来，你们拿出钱来。"

付其这时才知道大事不好，这些人是来胡闹的。

牛仔后生们大声喊："约翰滚回去！猪猡滚回去！"

抢糖牛仔抽出枪，顶住付其，说："滚到一边去！"

自从那天邝世五要大家买枪起，付其就在柜台里藏着一把锋利的杀猪刀。这把刀是从铁匠那里买来的，放在柜台以防万一。想不到付其今天真要用上它了。

付其从柜台里抽出刀来。

付其吼叫，他的叫声十分可怕，牛仔们都吓了一跳："妈的，强盗，你们不要命，我也不要了！"

付其来个先下手为强，拿着刀刮在这个牛仔后生的脸上，切下一块肉来。

付其身后的牛仔一刀刺透他的心脏，他倒下了……

牛仔们哈哈地笑着，扬长而去了。

CANCAN 餐馆，翡翠惊慌失措地跑进来。

翡翠讲话变得结结巴巴了："玛……玛丽姐，今天牛仔杀了我们三个华人。菜贩子林云锦在街上好端端的被流弹击中死了。邻街上的 Sam Sing 餐馆老板阿欣和那个恶霸斯蒂芬在街上决斗，两个都死了。还有你的好朋友付其叔也被牛仔的尖刀刺死了。"

阿龙听到这个悲惨的消息大叫："阿亮，我们快打烊，快，快，关门吧！那些恶魔到处在找事挑衅。"阿龙转向玛丽，责备道："你看，这不是你们惹的祸吗？我叫你们别去，你们偏要去。这下你们是自食其果吧。"

玛丽听了，没有惊慌，她早就料到会有这一天，只是这一天来得比她预期的还要早，她还没有领着乡亲们做好准备，她心里一阵自责。

玛丽自言自语地说："啊，这一天来得这么快，今天是屠杀日了。"

阿龙听到玛丽自言自语，没听清她在说什么，问："玛丽，你在说什么呢，快吩咐下去，今天打烊不做生意了。"

玛丽平静地说："阿龙，我们今天不做了，还有明天，我们明天做吗？"

阿龙不假思索："明天做啊，今天他们杀好了，明天就不会杀人了嘛！"

玛丽严肃地笑了一笑："阿龙，你太幼稚了，因为你的大脑受过伤，我不责怪你。可是今天是他们对华人的屠杀日，他们到处在挑衅，在杀人。我们要想什么办法阻止他们才行呀！"

阿龙不满地说："玛丽，就你一个人逞能。这国有国法，家有家规，他们这样滥杀无辜，难道他们的警察就不管吗？难道他们的政府就不管吗？你只是什么呢？你只是一个女人。好啦好啦，你就别操这个心了。"

阿亮在一边听着他们夫妻争论，阿亮见他们争吵平息，就问："玛丽姐，我们还关门吗？"

玛丽坚决地说："不关，我倒是要看看那些牛仔是怎样杀人的。"

阿亮对着里面大声吩咐："大伙听着，我们老板娘说了，尽管今天是屠杀日，我们也不关门，里面的肉骨汁水下锅，熬！米饭下锅，按时把菜洗出来。老墨们将肉也切出来！"

阿龙担心说："玛丽，我已经跟你说过多少遍了。我们惹不起，躲得起。既然我们知道这些人凶残，你们还要和他们对着干，会有好果子吃吗？"

玛丽生气了："阿龙，我们的人就这样被杀了，你还说风凉话，你还是不是人啊？"

阿龙见玛丽还是那么的固执，觉得今天一定会有大祸从天而降，他说："我是好好活着的人，你们是随时都在找死的人！我们在人家的土地上讨生活，还要人家平等对待我们。你做梦去吧！"

玛丽反驳说："阿龙啊阿龙，那些牛仔也是在人家土地上讨生活，他们凭什么来欺负我们，枪杀我们？斯蒂芬死了，活该。是谁把菜贩子林云锦给枪杀了？是谁把付其给刺死了？我找他去！"

在一旁没有插嘴的翡翠说："玛丽姐，是灵狗。是杀人魔王灵狗和他的手下！"

玛丽说："好，翡翠，我找他们去，他们凭什么杀我们的人？凭什么呀？"

玛丽说着往外走，翡翠挡住了她。翡翠知道玛丽性子急，只要想做的，就毫不含糊地去做！

翡翠说："老板娘，你不能去，你不能去。你去了，他们会把你给杀了的。"

玛丽缓缓地从口袋中掏出了一把手枪。翡翠和众人都没想到玛丽竟然有枪。

玛丽眼睛有些红了，大家也搞不清她是伤心，还是愤怒。

翡翠惊奇地叫道："玛丽姐，你怎么有枪啊？你从哪里搞来的枪啊？"

玛丽没有回答，眼睛盯着街上，看上去简直是疯了。

阿龙也叫起来："玛丽，你怎么有枪，你疯了！快把玛丽的枪夺下来！"

玛丽眼睛红着，突然间大吼："你们给我滚开。要不，我打死你们！"

翡翠死死抓住玛丽。翡翠连声说："老板娘，玛丽姐，你打死我吧！打死我也不松手。大老爷们都不去，就你一个妇道人家去。我们中国的男人难道都死绝了吗？大老爷们难道都死绝了吗？他们不去，让你一个女人去！这算是什么人种啊！"

玛丽疲倦地在一把椅子上坐下来，双手捂住脸，默默地哭了，哭得很伤心。

当天夜里，墓碑镇鸟笼戏院。

鸟笼戏院门口的广告牌画着佝偻的抽鸦片的中国人，上面写着"The Chinese Must Go！"这是鸟笼戏院上演的 *The Chinese Must Go*！的戏剧。戏院外面人声鼎沸，牛仔们一手拿着小小的牛仔酒壶，一手拿着票，大家都在谈论这出戏。只听到开演的铃声响过头遍，牛仔们和圆眼白人都有说有笑地进去了。

开演铃声响过两遍，戏院内静了下来。只见幕布徐徐拉开。

从台上往下看，威尔逊等观众在看戏班子演的要华人滚回去的模仿表演。那些牛仔一边看戏，一边大声嬉闹。当看到舞台上那些圆眼白人将佝偻的中国人枪杀、驱赶，他们就哈哈大笑。甚至有几个牛仔拔出枪来，往天花板上打枪。子弹打穿天花板，天花板上的白粉落了下来。

过了一会儿，一个演员牵着一头活猪上来。活猪穿着中国人的服装，活猪头上留根辫子，颈上挂着"The Chinese must go！"的牌子，观众哈哈大笑。这时，从后排座位飞来一颗子弹，正好打在猪身上，牵猪演员惊叫起来，又一颗子弹，打断了演员拉着的绳子，其他演员尖叫着离开舞台。这时，一个身影从后门飞出，落在马背上。牛仔们离座去追，飞奔的马已经离开戏院，看不见了。

CANCAN 餐馆在这个镇上不愧为经营得最好的一间中国餐馆。虽然前一天是华人的屠杀日，今天还是有不少的圆眼白人来吃饭，员工们都忙碌着。

翡翠兴奋地拿着一张报纸进来。

翡翠急切地说："老板娘，昨天晚上鸟笼戏院在演 *The Chinese Must Go*！的戏。不知是谁放了枪，打死了那头猪，戏演不下去了，活该！这枪不知哪个好汉打的？我问了好几个人，大家都说不知道。"

玛丽猜测："是你的邝世五吧！我们这里只有他还像个男子汉。"

翡翠激动地说："不，我们这里的男子汉还是很多的。昨天的林云锦、阿欣和付其，他们都是男子汉，他们都是中国的男子汉。我爱他们！"

玛丽说："是的，他们的血是热的，他们是真正的男子汉。"

翡翠说："玛丽，昨天在戏院里打枪的人肯定不是邝世五。世五昨天晚上和我在一起。再说，他没有枪。怎么会是他呢？"

玛丽这才告诉翡翠："世五有枪，是我买给他的。可是如果不是邝世五，我们中国人中有这么大胆量的人我也没有见过，敢只身去鸟笼戏院枪击舞台。翡翠，你给我在客人中打听打听，这个侠义之人到底是谁，找出来我好谢谢他。"

翡翠想了一会："老板娘，替中国人说话的，枪法又这么准的只有欧普警长。但也不会是他，昨天晚上他在这里赌啊！"

玛丽困惑了，她百思不得其解："怪了，除了他，那还会是谁啊？翡翠，明天出殡的事他们准备好了吗？阿亮，你去一下寺院里，看他们准备得怎么样了？"

阿亮应了一声："阿欣和林云锦的葬礼，家属已经准备完毕。林家要半洋半中地办，付其家要办中式的。"

玛丽吩咐道："阿亮，他们需要帮忙的我们尽量帮。我们一定要满足他们的要求。"

阿亮应道："是，老板娘。"

死者身葬靴山墓地
世五冒险孤身进矿

因为墓碑镇很小，所以从南四街到靴山墓地也没有多远。花旗国的墓地很有特色，有些墓地就在大街的边上，紧挨着住宅房子或街区。墓在地下，地上都是草坪，在地面上的，只有墓碑。墓碑有大有小，有钱人把墓碑做得大些，用花岗石做的，刻上逝者的生辰八字；再考究一点的，在墓碑上雕上圣经人物、天使，或美女等，刻上墓志铭。时间一长，那些墓碑都成了文物。墓地上很少有华人心中的那种坟式建筑。

可是墓碑镇的靴山墓地就不那么体面了，之所以称为靴山墓地是因为这一带都开采银矿，死了的矿工比较多，而且，不限于每天都有死去的矿工，还有那些来寻仇而死的、决斗而死的、黑枪打死的、枪击而死的，很多都是无名尸。而且死的人太多，都被迅速地埋了，大多数都是怎样死就怎样埋，连沾满泥土的靴子都没有脱掉。这个乱坟岗就被叫作靴山公墓。

玛丽他们已经安排好殡仪馆的日程，先在殡仪馆的大厅里摆放三位死者的遗体供华人去告别，正午，C. B. Tarbell 殡仪馆的灵车装着他们的遗体，向靴山墓地行进。三辆灵车鱼贯而出，灵车上装着棺材。玛丽吩咐阿亮叫三位逝者的遗孀跟在车子后面哭灵，几个孩子也在后面跟着哭。玛丽还嫌不悲痛，请了几个邻居女人一起来哭，哭得天翻地覆。灵车前面大锣开道，几个吹鼓手吹起了唢呐哀乐。哭声、唢呐声、锣声把这个小镇整整闹腾了一天。

灵车后面的马车装着死者的遗物。送葬的人们穿着麻衣，敲着大锣，来到葬墓地的华人角。

几个华人后生已经挖好了墓坑，在那里等着。大队人马到了，人们将棺材抬到墓坑边，玛丽早就请好了牧师，牧师为每一位死者祈祷。祈祷毕，就要下葬了，按风俗，下葬后，每个人喝一口酒，要轮流地说一些悼词。然后，亲人们将死者生前的用物：被单、衣服、首饰、纸人、纸动物、纸钱，甚至一袋荞麦和一袋小麦都在棺材边上放了下去，就像中国的葬礼。填坑的时候，家属哭成泪人似的。

在观音寺里，另一场仪式在开启。玛丽和翡翠从靴山墓地回来后，两个人就进入观音寺，她们见不少人在寺内为死者烧香祈祷。玛丽和翡翠走到佛像前，口中念念有词。

玛丽口中说着："求大慈大悲观世音菩萨保佑我们这里八百多个中国人。现在这些圆眼花旗人要把我们赶尽杀绝。我们上天无门，入地无路。求菩萨保佑我们顺顺利利、平平安安过日子。"

翡翠口里说着："上帝保佑邝世五早日康复，让邪恶的威尔逊、灵狗和那些恶牛仔受到惩罚。保佑那些死去的人升入天堂。"

玛丽和翡翠祷告毕，起立，双手合十，又祷告了一遍。

玛丽听到翡翠在为邝世五祷告，问："你怎么老是为世五祷告？世五现在怎么样了？不少日子没有去看他。"

翡翠回答说："他已经恢复得差不多了。前天晚上他对我说有一件事要和你商量，他问我什么时候合适？"

玛丽奇怪邝世五现在还有什么地方要求着她，问："他没说什么事吗？"

翡翠摇摇头，说："没有。"

于是玛丽说："他要什么时候来和我说都可以，我也要把你们两个的事给办了。"

翡翠听到玛丽说办她的婚事，脸上一红，说："玛丽姐，你真好。"

OK．卡罗尔酒吧内像往常一样，每张赌桌都坐满了人。菲利普和别人一样，都在摇骰子赌钱。门口一阵马蹄声，威尔逊和几个牛仔闯了进来。他们来到菲利普的桌子前，几个在押宝的牛仔纷纷将钱取回，到别桌再去赌了。他们留了个位置给威尔逊。

菲利普正等着威尔逊，这么长时间以来，菲利普在威尔逊身上已经花了很多的钱，可是到现在，菲利普六公司的生意还是被玛丽给抢了。威尔逊自己还雇着不少猪仔矿工。玛丽还在对外输出劳工，甚至连白人们都对这个猪仔女人越来越信任了。菲利普为此被他的上司训斥，他十分恼怒，十分憎恨威尔逊，但是没有办法不利用这家伙。他恨玛丽这么个约定，眼看这约定因为阿三偷银块，就可以除掉玛丽了。偏偏阿三死了，现在只有

141

在这个邝世五身上下功夫。只要将邝世五抓住，在他那里搜出阿三偷的银块，只要他承认销赃，玛丽这个猪仔女人一定能除掉。今天他想催催这个威尔逊，让他快些把这个邝世五给抓住。

威尔逊见能赌，眼睛又开始发绿，口里说着："兄弟，来，来，我和你赌一把。我让你赚点。"菲利普从口袋里掏出一些钱，点上烟，猛抽一口，把钱押上。牌发完，菲利普又追加了一沓钱。他已经输了很多了，想尽快回本。发完了牌，他小心翼翼地捡起牌，将牌举到自己的眼前，他用手指捻了捻自己的牌，牌很快地像个听话的孩子，一张张明白无误地呈现在他的眼前。又发了一轮牌，威尔逊把牌一推，他弃牌了，菲利普赢了，就将桌上的钱扫到自己面前。

威尔逊拔出手枪，对准菲利普："你他妈的还让不让我做人，你把我的钱赢得精光，我还他妈的拿什么发工资呢？"

菲利普平静地说："你发什么工资，你的矿已经不值几个钱了。你没有完成能赚钱的行当，这怪谁啊！"

威尔逊恨恨地说："他妈的，你倒是去抓这个邝世五！而且，就算抓住了邝世五，只要找不到这个银块，你也不能说阿三偷了银块，这偷银罪不存在，你要我拿什么去叫这个女人上断头台？这笔钱我看我死了也拿不到的。"

菲利普还是平平静静地说："老弟，这倒未必。你不必这样悲观，这玛丽的赌场、雅片馆也不是铜墙铁壁，据说，那位邝老弟还在那里养伤，这是公开的秘密。我也已经要欧普去抓这个邝世五。但是，欧普一定不会为银块去搜查邝世五的住处。"

威尔逊说："我也要欧普抓过邝世五，欧普也答应过我。但是他根本不去抓！你能强迫欧普去抓吗？"

菲利普狡黠地笑笑："这次不一样。我要市长向他施加压力。不仅要他抓人，而且要他去取缔玛丽的赌场和鸦片馆。"

威尔逊傻傻地说："那你要我们做什么？你自己不是可以去抓吗？"

菲利普吩咐说："当欧普去的时候，你趁机就带些人去，先搅乱他们的赌场和鸦片馆，然后趁乱进入这邝世五的住所，我估计这大银块一定在他住的地方，只要能拿到这个，就能治玛丽的罪了。"

威尔逊想了想，觉得这个不难，便说："好吧，过些日子我们试试。"

说完，他觉得也没有什么话和菲利普说了，便站起来要走。他突然想

142

起一件事，说："别忘了，你还得给我一些费用。"

菲利普笑着说："这次你把事情做好了，自然少不了你的那份。"

威尔逊点点头，一挥手，他的人跟着他走出了 OK. 卡罗尔酒吧。

邝世五的身体恢复得越来越好，这段时间据他自己说是一生中最美好的时刻。那是因为翡翠爱着他，处处在照顾他，他俩好得如胶似漆。邝世五生性也喜欢赌博，他常常在玛丽的赌场坐庄。这一天，邝世五像平常一样在赌场里坐庄，道克来了。道克的身世十分复杂，他本不是一个牛仔。道克出身富有家庭，年轻时学牙医，后来成为一个牙科医生。可是道克偏偏不想待在一个小小的牙医诊所里一辈子。他生性豪爽，好打抱不平，遇到欧普后，他认为这是上帝帮他找到的一个最好的朋友。就像贾宝玉决然出家，道克义无反顾地放弃了诊所，过起了颠沛流离的流浪生活。这道克骨子里有一种天不怕地不怕的胆子，而这个胆子用在和欧普的相处上，成全了他们的生死之交的友谊。男人的一生能遇到这样的知己，那是百年不遇的。后来欧普被人颂扬为美国警察之父，道克也就成了侠义之父了。道克这样讲义气重朋友的人，就是死了，也在历史上会留下英名。

其实，除了义气和侠胆，别的方面道克也跟普通人没有什么两样。道克最大的嗜好就是两样东西：酒和赌博。道克喜欢赌，而且喜欢和那些恶魔赌，钱赌完了，就赌胆量。而道克总是胜者。

道克喜欢玛丽的赌场是因为这个赌场玛丽只允许几个白人进来赌。欧普和道克就是其中的两个。道克很欣赏玛丽的侠义，这真是惺惺相惜。说也奇怪，道克在玛丽的赌场从来不耍脾气。即使喝醉了，也就是招呼女朋友架着他回去。这也许有翡翠的功劳，翡翠这个小丫头对付这些汉子游刃有余。

邝世五坐在赌场的赌桌边和道克在赌钱。翡翠坐在邝世五旁边，为邝世五加油。邝世五又输了一些钱。

道克笑着说："邝，你还是放弃吧！再坚持，你只会输得更多！连你娶老婆的钱都输光了。"

翡翠笑着说："道克，那你太小看我了，邝娶我可不是买我，有钱没钱没关系。今天他的手气背，你就别跟他赌了。"

邝世五听到翡翠这么说，哈哈一笑："翡翠，不，我跟道克再来几盘，来继续……"

道克喝了一口酒，调侃地说："再发牌，你可是没有钱赌了。"

邝世五反问："你怎么知道？我还有很多钱，我有的是银子。"

道克笑着问："你哪里来的银子？"

邝世五说："道克，你别多问，我不会欠你的。我也不会输掉娶老婆的钱。"

道克说："好，发牌！"

翡翠警告世五："世五，你别赌了，你知道道克是谁吗？他是个赌圣。"

邝世五信心满满地说："我一定会赢他的。"

这时，玛丽来了。

玛丽是因为邝世五的身体恢复得差不多了，就来和他商量他们应该做的事了。玛丽还另有打算，她想把邝世五和翡翠的事办了。玛丽进入赌场，见邝世五和道克在一起赌钱，心想，这倒是件好事，因为道克的勇武是在这个小镇上赫赫有名的，和他交朋友将来是不会吃亏的。

翡翠见老板娘进来，告状似的说："玛丽姐，你劝劝世五吧！他把钱都输光了还要赌。"

玛丽不以为然地说："翡翠，要赌就有输赢，要么就别赌，赌桌上要输得起。输不起的就别上赌桌。"

道克听不懂他们俩在说什么，一时赌兴大起，大喊："好，爽快！发牌！"

玛丽替世五放了一些钱。

邝世五摸牌，道克加码，邝世五却想翻牌，玛丽不退让，应码！

继续发牌，邝世五摸牌，道克迟疑了。

玛丽此时大叫："再加五十美元。"

道克看牌，勉强应牌。

玛丽摊牌，玛丽赢了这一局。

道克叫起来："好个玛丽，到底是个老赌客。连我都赌不过你。得啦，散场吧。"

玛丽谦虚地说："道克过奖了，只不过今天手气好些而已。"玛丽对邝世五："世五，我有话对你说。"道克站起来，走向别的桌子去玩牌了。

邝世五随玛丽来到安静处，每次和玛丽说话，邝世五都会有一种严肃感。

玛丽问："邝世五，你的伤好了吗？"

邝世五："已经好了。"

玛丽坚定地说："那我们行动吧！"

邝世五知道玛丽的行动指的是什么。他说："是运劳工的尸骨回去吧！太好了。那些劳工死在这里，他们都不甘心呢。我答应过阿三，把他送回香山。什么时候干？"

玛丽说："我有别的劳工和六公司的合同，但是没有阿三的，听阿三说他的合同在老矿工顾老头手里，你得去一趟矿上，千万别让威尔逊发现了。还有一批死在威尔逊手里的，扔在废矿井里的劳工，等过些日子我们告上法庭以后再说。"

邝世五想到那些死在废矿井的兄弟们，想到和阿三一起发现了他们，发誓要将威尔逊揪出来的情景，面前的老板娘玛丽好像不是老板娘了，她变成了一个将军，一个在战场上指挥作战的将军。

邝世五应着："老板娘，我这就去！"

翡翠见邝世五要上矿，自然是十分担心，她担心邝世五的安全。这矿山上，威尔逊戒备森严，因为他怕联邦政府来调查他继续雇着华工的问题。这些牛仔身上都有枪，邝世五随时都有生命危险，她挺起胸膛说："世五，我和你一起去！"

玛丽斩钉截铁地说："不行，你去了是个累赘。不能去！"

邝世五也不想带翡翠去，他想这是爷们的事，一个女人去了当然是个累赘，他说："翡翠，你就等着我吧！我一定会回来的，我会把他们的尸骨送回去的。"

翡翠见他们都反对，只好罢了，说："好吧，你就出发吧！"

玛丽想给邝世五一个巨大的刺激，来保证这次行动的成功，玛丽说："这次成功了，我给你俩办婚礼。"

翡翠喜欢得跳起来："真的吗，玛丽姐？"

玛丽说："当然，大女子一言九鼎，岂能反悔。"

翡翠："那就一言为定。"

老顾揭露银矿真相
玛丽预感矿工不祥

亚利桑那沙漠地带的深秋之夜，伸手不见五指，沙漠边缘的野田空旷旷的，大风刮起，夹杂着沙尘呼呼作响，像是魔鬼在哭喊的声音。远处的镇边传来声声狗吠，青草丛中的蟋蟀在鸣叫，还有一些不知名的鸟在叫。

邝世五攀上石崖，见远处矿工棚矿灯的光星星点点，矿工灯不时摇曳，微弱的光一点儿一点儿移动，靠近，邝世五才断定那是监工牛仔在巡逻。邝世五知道这是威尔逊做贼心虚，这些日子威尔逊增加了好几个巡逻的牛仔。

邝世五小心翼翼地接近工棚，工棚边上堆放着很多废旧的工具器材，杂乱无章。邝世五在矿上的时候，知道从哪条小路进去不会发出任何声音。可是他离开矿井有好几个月了，对矿井变得陌生起来了。邝世五十分小心，踮起脚在小路上走着。突然他碰翻了一个铁架子，发出很大声音。那些巡逻牛仔立刻围了过来，他们头上的矿工灯的光线越来越近。邝世五急忙往回跑，又碰翻了一个铁架子，这时，一只老猫喵的一声，从架子下边窜出来。眼看着牛仔快要到了，邝世五走到路边伏下。这两个巡逻的牛仔过来，站在他边上的灌木旁，邝世五紧张得屏住呼吸。两个牛仔在黑暗中站了一会儿，那只猫从废铁堆上下来。他们见只是一只猫，骂了两声就走了。

邝世五站起来，轻轻地掸了掸身上的泥土，蹑手蹑脚地来到工棚边上，在一个窗下轻轻地喊："老顾，老顾。"

在工棚里休息的年轻人林关胜的耳朵尖，他听到了窗外有人叫唤，他喊："有人在外面喊老顾的名字。"

老顾吃了一惊，自从他来到矿井，从来没有人来找过他。他的老伴早就过世，一个女儿也早就嫁了出去，从来不回家看他。自从老顾来到矿井，他们更是失去联系了。老顾听到有人找他，不敢相信。

老顾说："你别说傻话了，会有什么人来找我，除非鬼来找我了。"

窗下的声音还在喊："老顾，老顾。"

林关胜听得真切，一把拉过老顾。林关胜："你听，老顾，这鬼是在喊你的名字。"

老顾把耳朵凑近窗子，听出这是邝世五的声音，拍了一下林关胜的脑袋，说："什么鬼不鬼的，他是人，他是世五，邝世五！"

林关胜喊道："啊！是世五，是邝世五！"

老顾赶紧捂住关胜的嘴，低声说："你嚷嚷什么？你找恶牛仔来抓他啊！"关胜摸摸自己的脑袋："啊，我怎么这么傻呀！"

老顾赶紧对关胜说："你这傻子，还愣着干什么，还不赶快去开门！"

关胜赶过去，把门打开一道细缝，世五破门而入。

邝世五说："你这关胜，你把我关在门外，想让这群狼把我叼走啊！"

林关胜懦弱地说："没，没，世五哥。老顾说是鬼在叫门，把我吓着了，你知道我们这里有很多人都已经变鬼了。旺狗死了，梁宇辉死了，龙王死了，还有很多弟兄都死了。也不知道他们的尸骨运到什么地方去了，他们的鬼魂一定在附近什么地方游荡。"

邝世五小声地说："他们都在，我都看见他们了。"

林关胜听邝世五这么说，吓得直哆嗦："邝……世五哥……你可别吓唬我……啊！你……你在哪儿看到他们的呀！"

邝世五说："在矿洞里，在矿洞里看见他们的。"

林关胜抖得更厉害，上下牙齿都在磕碰："在在在矿矿……洞里？哪个矿洞里？我们的矿洞里吗？"

老顾过来："世五老弟，你就别吓他了。再吓他他可是要尿裤子了。"

林关胜说："顾老头，你你可别别乱说，我我我哪儿怕了。我我是问问哪哪个洞里，也许是威尔逊把他们关了，我我我能去救他们出来。"

老顾用鼻子哼了一声："你，关胜？能救他们出来？做梦吧！"

邝世五说："老顾，那些被杀害的劳工的确在东头废弃的矿井里。我下去过，几具尸体还未腐烂。"

老顾说："加上今天一个，一共死了十三个。"

邝世五说："老顾，你记着，我们总有一天会为他们报仇的。"

老顾绝望地说："报仇，就凭你和我？不可能！我们在这里无依无靠，谁会为我们报仇呢？"

邝世五说："我，还有中国玛丽，还有翡翠，还有跳跳城的所有的华人，我们都会为我们死去的兄弟姐妹报仇！"

老顾说："世五老弟，我怕是等不到了，我们的皇帝是只缩头乌龟，我们的人都是一盘散沙。我们这里的华工无家可归，任凭花旗人欺负宰杀，世五，我们华人是没有希望的。"

邝世五说："我们华人救不了自己，还有他们的警察，欧普警长，他能救我们！他会带给我们尊严、正义和人格！"

老顾："你别给我吃甜点。我们华人救不了自己，还指望花旗警察来救，那是做白日梦吧？"

邝世五说："当然我们自己要救自己。老顾，我这次来是来拿阿三的文件的。阿三说他和六公司签的合同是在你这里。"

老顾左右回顾了一下，对林关胜说："关胜，你去看看，有没有人跟踪世五。"关胜出去了。

老顾说："文件在我这里。我帮你找出来，你等一下！"

老顾在床铺下面挖起一块砖，拿出一个用红绸包着的盒子，打开盒子，拿出阿三的合同。

老顾问："这是阿三要我保管的和六公司签的合同。其他人的合同是玛丽和威尔逊签的。你什么时候将他们尸骨运回？"

邝世五说："我先要把他们的尸骨挖出来。你知道吗？那个坑里都是我们的人，不知道有多少个？"

老顾说："我知道，我有计数。"

老顾拿出一段细绳，上面打满了结。他数了数，说："一共十三个，一个不少的。每次他们拉出去一个，我都打个结，就是记不得他们的全名了。我就知道他们把工人拉出去准没有好事。"

邝世五："这十三个等下一批再运。这该死的威尔逊我们还得留点儿证据来起诉他。"

老顾悲哀地说："世五，你还说起诉他，能管什么事？人也死尽了。一年的工资也赖了。这两天有好多工人得了肺炎，咳嗽，他们胡说是霍乱，我怕他们又在想歪主意。"老顾凑近邝世五："世五，那几个都是得了麻风病的。"

邝世五说："怪不得别的地方都将华工解雇了，威尔逊还把你们留着，看来他是不安好心呢!"

老顾说："你真以为威尔逊是菩萨心肠啊!他的心比蛇蝎还狠。我们试图逃走,但是这里昼夜有人看管着,发现有逃跑的就乱枪打死。"

邝世五皱了皱眉:"他们把你们全杀了,就可以省下工资。这个家伙实在太歹毒了。我得去告诉玛丽,想办法营救你们。"

老顾说："世五,若玛丽能将我们救出去,我就去庙里给她烧七七四十九天的高香。"

邝世五安慰老顾说:"我一定告诉玛丽,我们想办法把你们救出去。"

关胜进来,说:"有人来了。"

邝世五赶紧拉条被子,蒙起头装睡。

两个持枪的牛仔往屋里看,见没有什么动静,就离开了。

邝世五和两人说声再见,便离开了。

邝世五来到外面,沿着原路回。没走多远,便碰到了两个巡逻的牛仔。

一个牛仔问:"谁?"

邝世五没有回答,在一棵大树后面躲起来。这两个牛仔将子弹推上膛,提着枪过来。邝世五见他们走进,便出其不意地从树后窜出去,一脚踢飞一个牛仔的枪,另一个牛仔举枪对准邝世五,邝世五一把扣住无枪牛仔的头颈,转过来将他当作盾牌,要另一个牛仔放下枪,否则将手里的这个牛仔掐死。那个牛仔放下枪,邝世五走过去,一脚把枪踢下山坡。他们没有了枪,邝世五觉得安全了,就将手里的这个放了。

这两个家伙看到邝世五只有一个人,胆子也大起来,就拔出刀子,向邝世五扑来。邝世五一让,其中一个家伙扑了个空,邝世五没有注意另一个家伙的匕首,被划了一刀,血从胳臂上流下来,邝世五用脚向那家伙一勾,那家伙翻了一个跟斗。邝世五并不想和他们打下去,就往山下逃去,消失在黑暗中。

玛丽和翡翠在 CANCAN 餐馆后面的赌场坐着。夜深了,赌场的赌徒都散了,还有一桌在打麻将。玛丽走过去,对他们说:"先生们,今天夜里我们打烊稍早,因为我们有别的事,请你们改日再来,对不起了。"

打麻将的人见玛丽要打烊,便给玛丽面子,站起来,留下些小费就走了。

玛丽想早点打烊是因为她放心不下邝世五。邝世五去了矿井有五六个时辰了，照理说他也应该回来了。如果他发生意外回来的话，在赌场里被很多人看见了，影响肯定不好，因此她先清退了这些赌客。玛丽和翡翠两个人在赌场等。

这次玛丽要邝世五去探一下矿工的情况，是因为玛丽想做一件答应过她爹的事，她要把爹和陆伯的遗骨送回去，顺便把那些已经知道死去的华工的遗骨也送回去家乡安葬。玛丽知道那些客死在异国他乡的华工冤魂在金山铁轨边上和亚利桑那沙漠中游荡，他们都是死不瞑目的可怜华人。在祖国没人把他们当人看，在花旗国，人人都把他们当猪仔看。她知道把他们的遗骨送回家乡对于死在异国他乡的人是多么的重要。玛丽信佛，她将父亲和其他死去劳工的遗骨送回家乡，可以安抚多少的灵魂，造多少的浮屠，就是让她豁出所有的财产她都愿意。一个人的一生能做几件大事，她做好这件事，一生也就值了。

由于一天的忙碌，玛丽有点累了，上下眼皮困得直打架。翡翠看到玛丽这样的劳累，很心疼。翡翠说："玛丽姐，你先闭上眼睛歇会，世五回来了我叫醒你。"

玛丽信任地看看翡翠，闭上眼睛。

从玛丽来到墓碑镇的第二天起，翡翠就像影子一样跟着自己。玛丽真的很喜欢这个翡翠姑娘，先别说翡翠的身世，就是她对人的善良和理解，诚恳和真挚，已经深深地吸引着玛丽。玛丽不仅仅把翡翠当成了自己的妹妹，有时还真的把她当成自己女儿看待。玛丽知道真正的知己，能在为对方两肋插刀的时候，毫不犹豫；自己如果受到生命危险，翡翠一定会用性命来保护玛丽。很多时候，翡翠护着玛丽，玛丽也护着翡翠，她俩的友情达到了深厚的地步。这些日子，玛丽一直在想方设法撮合翡翠和世五这对鸳鸯。她打算在运走遗骨以后，让翡翠和世五成亲。她想着想着，睡了过去。翡翠怕玛丽着凉，在她身上盖一条薄毯。

突然她听到外面一阵脚步声，翡翠知道是邝世五回来了，她赶紧去开门，只见邝世五跌跌撞撞地进来，翡翠急忙上前扶他，扶得满手是血。

翡翠尖叫道："啊，世五，你怎么浑身都是血！"

玛丽被翡翠的尖叫吵醒，揉揉眼睛，看到邝世五满身是血，大声地叫翡翠："翡翠，你快去叫医生！"

邝世五赶紧说："不用了，老板娘！只是被刀子划了一道口子而已，没什么。"

邝世五从口袋里拿出阿三的合同文件。

邝世五脸色严肃地说："玛丽姐，还有重要的事要和您说呢。"

玛丽见邝世五这么严肃，知道一定发生了什么严重的事，问："什么事？"

邝世五说："矿上很多华工都染上痨病。现在亚利桑那州政府下令解雇华工，但威尔逊到现在还不解雇华工，把他们封锁在劳工棚里。你说这是为什么？"

翡翠想了一想，说："那不是好事情吗？劳工们能得到好的治疗了。"

还是玛丽考虑问题全面一点："翡翠，事情不那么简单。华工现在都成了烫手的山芋，老板们把他们赶出来还来不及。哪有这么个老板还养着他们的道理，难道他不怕州政府法令吗？这里一定有蹊跷。"

邝世五见玛丽悟出一些东西，便说："老顾说了，那边有十三个劳工已经被拉出去了，那个坑里面一定是这些劳工的尸骨。"

玛丽听了毛骨悚然："威尔逊把他们都杀了？"

邝世五的眼里充满了仇恨："那是老顾说的，他害怕可能会有更恶劣的手段。杀了人威尔逊就用不着付工人的工资了。"

玛丽沉思片刻，说："我刚才也往那个方面想了，但我没想那么多。你这么一提，我想威尔逊把我们的劳工雇在那里是有他罪恶的阴谋了。"

翡翠"啊"地喊了一声，大叫："原来威尔逊这个混蛋这样坏啊！"

玛丽说："那些人没有理由对我们华工不坏，这种坏是自上而下的。他们的总统都会签署《排华法案》，这些贪婪的老板叫他们不坏也办不到的。他们的人生哲学就是人不为己，天诛地灭。"

翡翠绝望地说："那我们应该怎么办？"

玛丽说："翡翠，我也不知道怎么办，你问我，我问谁去呢？"

邝世五满怀希望地说："老板娘，在这节骨眼上，你要拿定主意啊。这里谁也靠不住，你不出面，这些劳工也就这样消失了。就像修铁路一样，有多少的广东兄弟成了孤魂野鬼，在铁路两旁游荡。老板娘，你带领我们救这些华工兄弟，你要我做什么我也在所不辞，哪怕粉身碎骨。"

玛丽听了邝世五这番话，感动极了，说："世五老弟，我们不救他们，还有谁会救他们呢？我先差人去探一下虚实，探明情况我们再做打算。你明天去将阿三的尸骨挖出来，我这里还有几坛尸骨要运回。我和你明天到六公司去，要他们出面运回广东去。还有，这些在工棚里的华工我们要尽快把他们救出来，在那里多待一天，可能就会多死一个人。"

邝世五这个硬汉听到这里，向玛丽跪下："老板娘，虽说男人膝下有黄金，可是你救出这么多人，比黄金值钱多了。请受我邝世五一拜。"

玛丽被邝世五突如其来的举动弄得不知如何是好，她慌忙说："世五，你别这样，我可消受不起。我豁出去了，我们先去把遗骨运回广东。"

邝世五同意道："好，我们一起去吧！"

翡翠也坚强起来："姐，我也去！"

玛丽对翡翠说："不，你留下，饭店的人手不够。赌场也需要你去打理。我知道你喜欢世五，这件事情做完，我给你俩办婚礼。你就好好地待在这里。我就不和老板说了，他一定不会同意我出去。他问起我的行踪，你就敷衍着他。"

翡翠点点头："谢谢姐，龙哥那边问起来，我会搪塞的。"

菲利普定计杀世五
玛丽装失踪运遗骨

菲利普今天比较烦，因为他的老板训斥了他。到现在为止，六公司的老板已经花了不少的钱要威尔逊把玛丽的职业介绍生意彻底地摧毁，但是不管威尔逊怎么凶残，不管灵狗怎么杀人，还是不能如愿。因此老板不得不骂菲利普，是他每次拿了这么多钱，向老板保证一定能干净利落地把这件事办好的，结果每次开的是空头支票，每次都落空。因此，菲利普被老板狠狠地骂了一顿。老板命令他，如果这一次再办不成，他就得滚出六公司。

菲利普走投无路，他想绕开威尔逊这个窝囊废。可是别人也真代替不了他，除了威尔逊，别人都不会答应为他卖命。

菲利普向威尔逊的办公室走来，威尔逊抬头在窗外看到菲利普来了，感到特别的厌恶。威尔逊每次热情接待菲利普的唯一理由就是他能给自己大笔的钱。威尔逊认为菲利普的事越不能完成，菲利普给的钱就越多，菲利普给的钱越多，自己就越办不成事。因为威尔逊知道只要一办成事，让玛丽放弃了人力资源这一行生意，六公司的竞争对手就没有了，他的金钱来源就没有了。

威尔逊抬头看到菲利普进来，放下手头的话，说："你又干什么来了？"

菲利普说："威尔逊，你还没有完成你答应的事呢。那玛丽还在逍遥法外地输出猪仔华工。"

威尔逊说："现在我找不到这个家伙，你说咋办呢？"

菲利普说："这个姓邝的昨天夜里就在你的矿工棚，他取走了阿三和我们的合同。你怎么还蒙在鼓里？"

威尔逊说："这件事我已经知道了，他也被我的人砍伤了，现在一定

墓碑镇的中国玛丽

快死了吧！我想我已经做得够多的了。再就是我直接到 CANCAN 餐馆，把那个妖婆玛丽给杀了才好啊！可是这不是我的专长，杀人是灵狗的专长。就是上次我把你的钱给他，他也没有把那个阿龙给除掉，现在阿龙已经麻木了，但他的老婆可是比他要厉害。你还是叫他去把那个猪婆杀了。"

菲利普不想听这个白痴胡言乱语。这个威尔逊是一只根本没有大脑的蠢猪，得吓吓他才行。于是菲利普说："好吧，也许你不是那个猪婆的对手，我要提醒你，州政府早就已经下令驱逐华工，你为什么迟迟不动手，到时候市长会要欧普找你麻烦的。你给猪婆挣利润，而猪婆会去告你！"

威尔逊不屑地看了菲利普一眼，察觉出菲利普在吓唬他，说："哼，她去告我，她去告市长有狗屁用吗？他妈的市长自己也雇了华工做小工。什么东西，鬼才怕他呢。"

菲利普见威尔逊没有被吓倒，反而奚落市长一回，只好说："好了，我知道你的心思，只不过让你动手快些。我们打听到这个邝世五的住地，他明天一定到我们那里去。你可以……"菲利普凑近威尔逊的耳边，将计划说完，威尔逊听得连连点头。

威尔逊："好，就这么办！"

玛丽和邝世五既然已经决定去完成这件大事——把死去矿工的遗骨装瓮运回广东，让这些漂泊在花旗国的孤魂野鬼回家，便会立即行动，于是他俩立刻动身去六公司。

事实上，玛丽已经请人将很多有名有姓的遗骨装瓮了。路上，邝世五一直念叨着阿三。

玛丽说："世五，既然我们已经准备将这么多的遗骨瓮运回广东去，我们也把阿三的遗骨带上吧，圆了你的一桩心愿。"

邝世五听了，十分感谢玛丽，说："玛丽姐，你能这么说，我先替阿三谢谢你了。"

玛丽说："那我们就去山上，将阿三的遗骨给挖出来。"

邝世五背着一个背袋，他俩先上山，邝世五顺着记号，到了埋阿三的地方，邝世五点了几支香，口里念着："阿三，我们来将你送回老家了。你就要回老家了……"

邝世五挖着，终于看到阿三的尸骨。玛丽打开袋子，将阿三的骨头装进袋子。

玛丽："世五，我们要去买个坛子，用酒浸着阿三的骨头。"

邝世五："这我会办妥的，你放心吧。现在我背着他的骨头，到了Pantano，我就将阿三入瓮。"

他们下山，雇了一辆马车，朝Pantano镇而去。

阿龙回家后，没有见到玛丽在家。这么些年，玛丽从没有外出，就是去一下矿上送饭，也先和阿龙打个招呼。现在玛丽失踪了，阿龙急得像热锅上的蚂蚁，到处找玛丽。但是玛丽还是没有消息。阿龙想到可能知道玛丽行踪的人只有翡翠，因此他就到妓院去找翡翠。翡翠正在接待客人。

阿龙大声问翡翠："翡翠大妹子，你知道玛丽到哪里去了？"

翡翠装作不知道，说："玛丽姐刚才还在，现在一定买什么东西去了吧！"

阿龙担心地说："我怕你的玛丽姐被别人拐走了，我去报警。"

翡翠笑着说："龙哥，玛丽姐真的没有被别人拐走，你不用去报警。"

这时，翡翠看见欧普和威尔逊的几个人在门口的马桩上拴马，他们进来了。

阿龙迎了上去："警长，你是来吃饭的吧！请进！"

欧普说："老板，今天我不是来吃饭的。我是带着公务来的。"

翡翠听了，吃了一惊，今天欧普和威尔逊一起来，这样的情景还是第一次，他们执行公务和威尔逊在一起，这公务一定和威尔逊有关，而这个威尔逊又和玛丽长期过不去。翡翠猜测这个威尔逊一定又在搞什么鬼名堂了。现在玛丽不在，翡翠心里十分担心阿龙应付不了这个局面，但也只得让阿龙接待他们。

阿龙没有意识到情况的严重性，说："让我先报个案好吗？"

欧普迟疑了一下，脸上显得很惊讶："你报什么案？餐馆又被人抢了还是怎么的？"

他们想不到阿龙竟然说："我的老婆不见了。"

欧普和众人一听，都笑出声来。

欧普说："阿龙，你连你老婆都管不住，你怎么搞的？要不要给你介绍一个私人侦探？"

翡翠一想，坏了，这阿龙真的会把玛丽失踪当回事，大张旗鼓地寻找。现在她和世五在一起，说不定还会引起天大的误会。而且，欧普警长和玛丽也是好朋友，说不定会找那个叫蒲泰的侦探去找。蒲泰可是一个有名的侦探，如果被探出玛丽和世五在一起，这墓碑镇跳跳城还不闹翻天。

那时纵然有一百张嘴也说不清了。她走出去说："警长，玛丽一定在什么地方。她对我说去买东西，一定在哪一家朋友家打麻将了。你用不着叫蒲泰去找。"她转身对阿龙说："龙哥，玛丽姐去的时候和我说过，可能要晚点回来。你也太急了一点。"

阿龙没有理会翡翠，也没有细想，说："欧普警长，你真是救命菩萨，你介绍的人是谁啊？"

果然不出翡翠所料，欧普说："你看，蒲泰先生在这里，蒲泰你过来，你可有事做了。"

蒲泰说："警长，我在。"

阿龙赶紧上前，握住蒲泰的手说："蒲泰先生，我的太太不见了。有人见她和一个男人往图松方向去。"

翡翠听到阿龙说玛丽和一个男的向图松方向去，一下子感到全身冰凉，心想，也许玛丽和邝世五在一起去运遗骨的事阿龙都知道了，不然他怎么知道玛丽和一个男的在一起呢？

翡翠对阿龙说："龙哥，你怎么知道玛丽姐和一个男的在一起呢？"

阿龙说："翡翠，这件事你就不要管了，反正不关你的事。你还是替我好好看管一下餐馆吧！"

翡翠生怕说漏了嘴，就此打住了。

蒲泰说："阿龙先生，你先交一百美元，我就把你的媳妇给找回来。"

阿龙爽快地给蒲泰一百美元。蒲泰离开后，迅速去找玛丽。

翡翠想着怎么将蒲泰去找他们的消息给玛丽送去，让玛丽知道。而且，如果蒲泰看到玛丽和邝世五在一起，把两个人一起绑来，那这个绯闻就大了。翡翠想到这里，心里急得像热锅上的蚂蚁，自己也不知道他们两个现在在哪儿了，也没有办法通知他们。现在翡翠尝到了束手无策的滋味，她更加惊奇的是欧普警长下面的一席话。

欧普警长："阿龙先生，你媳妇保护的一个男人叫邝世五吧。他被通缉，我们要带他走，我现在有搜捕令。"

阿龙说："欧普警长，我知道邝世五可能在矿上犯了错，可是他不是罪犯。没有杀人，他没有伤人，也没有偷东西，怎么说他就是罪犯了呢？"

威尔逊恶狠狠地说："他没有杀人？他没有伤人？他是偷银贼的同伙！"

欧普警长："威尔逊矿长说得对，目前，他是同伙，我们要抓他。"

阿龙说："我不知道他在哪儿。你们要抓，你们就去抓，我管不着！"

欧普警长说："我们知道他住在哪里，不过，还是请你带我们去他的住处，我们要搜查一下。"

翡翠急得满头大汗："警长，你搞错了吧！世五怎么会是你的通缉罪犯呢？他没有犯罪啊！阿龙哥，你让他们回去，不要让他们搜！"

欧普警长掏出搜捕令，说："阿龙先生，走吧！"

阿龙带着他们去鸦片房，翡翠挺身而出，拦在门口不让他们进。欧普对翡翠说："翠，你还是让我们进去搜一下好。这样对谁都好。"

翡翠见欧普有搜捕令，如果妨碍他们执法，到时候又有一个罪名。她坚信欧普是向着世五和自己的，给他们搜查一下也好，这样就正了名了。

欧普和威尔逊来到邝世五的房间，欧普和摩根开始搜查。威尔逊的人果然搜出两块大银块。

威尔逊："欧普，你看，阿三和他偷的就是这个，现在赃物就在眼前，你说该怎么处理吧！"

欧普拿起银块，仔细地看了看，脸上舒展开来，说："威尔逊先生，这样吧，你将一块小的包好，放在你那里，我保管一块大的。以后我们抓了邝世五，就拿出来做凭证，好吗？"

威尔逊将小的银块包好，藏在身上，欧普对众人说："我们回吧！"欧普他们离开了。

玛丽和邝世五与 Pantano 镇六公司的约翰逊老板谈了很长时间，约翰逊老板承诺将这些遗骨运回去。玛丽和邝世五从六公司出来，都很高兴。邝世五感到肚子饿了，于是他们走进一家美国餐馆，一人吃了一个三明治后，走到放遗骨的地方。

邝世五说："玛丽姐，我们开始装坛子吧！我已经将他们分类，都有名字了。"

玛丽答应："那好了，你去买坛子，我去买酒，然后我们一起装好坛子吧！"

在杂货店门口，邝世五将阿三的骨头用红绸包好，装进坛子。玛丽将买来的白兰地倒入坛子。邝世五将坛子的口封好，就把坛子送到图松邮局。玛丽数了数坛子，一共有三十个。

玛丽满意地说："这些就是我们三十位华人的尸骨，这下好了，他们都可以回故乡下葬了。我爸爸和陆伯都在里面了。"

邝世五也说："玛丽姐，他们的在天之灵会感谢你的。"

玛丽摇摇头，说："我也不要他们感谢。就让他们平平安安地回家，我就心满意足了，你说是不是啊？这是落叶归根啊！"

邝世五："你爹地下有知，一定会笑了。"

眼看着这些遗骨坛子可以运走了，玛丽松了一口气。玛丽心里真的想促成翡翠和邝世五成亲，然后让他们幸福地远走他乡。如果他们愿意留下来，那更好了。于是玛丽问邝世五："世五，往后你有什么打算？"

邝世五想了一想，说："我没有打算，阿三的愿望托你的福实现了。可是我不能连累你啊。威尔逊这个家伙还想诬赖阿三偷银，现在阿三死了，只有我能证明阿三不是小偷。如果我走了，玛丽你不是被陷害吗？"

玛丽说："他们没有证据，陷害不了我，你放心吧。不过，如果他们老是要和你过不去，我想你还是跑吧！走得远远的。你先在 Pantano 住几天，我要翡翠过来和你接头，你们两个人一起跑吧。盘缠和你们结婚的费用，我会交给翡翠丫头的。"

说着，他们来到 Pantano 火车站，火车站稀稀疏疏地站着几个等火车的人，他们也在那里站着等火车。这时私人侦探蒲泰正好赶到 Pantano 火车站，一眼就看到了玛丽和邝世五站在那里。蒲泰走了过去，很有礼貌地对玛丽说："我是受你丈夫的委托，来找你回去的。这位先生，你也跟我们走一趟吧！"

玛丽吃了一惊，说："先生，你找错人了吧！"

邝世五见有人来惹玛丽，他站上去，挡着玛丽，对蒲泰说："你这流氓，你想干什么啊？想抢劫还是想讹钱啊？"

蒲泰对邝世五说："你就是邝世五吧？你也赶快回去吧，欧普警长正在找你呢。"

玛丽见蒲泰不是警察，知道邝世五没有危险。但她听到蒲泰这么了解墓碑镇的事，觉得这件事是真的，便问蒲泰："这位先生，你说欧普警长在找邝世五，是为了什么事啊？"

蒲泰："夫人，我也不太清楚，他们带着搜捕令去搜邝世五的住所，就是你们的鸦片屋。"

玛丽觉得事情有点蹊跷，便进一步问："你说他们，他们指的是谁啊？"

蒲泰老实地说："他们包括威尔逊的人，威尔逊本人也在那里。"

玛丽"哦"了一声："明白了。"转身对世五说："世五，你还是逃吧，逃出墓碑镇，不要回那里了。"

邝世五坚定地说："玛丽，我自己回去，你为了我们受了太多的委屈，我不会离开墓碑镇的。我自己会回去，我不会允许他们伤害你。"

玛丽见说服不了邝世五，觉得邝世五回去也可以把事情说清楚，便点点头："好吧，那我就在墓碑镇等你。"

玛丽对蒲泰侦探说："这位先生，我们走吧。"

玛丽和蒲泰先生都上了马车，马车在路上飞奔。

玛丽坐在车的后座，想着事，她突然问："蒲泰先生，你们是怎么知道我逃跑的呀？"

蒲泰回答说："是你丈夫阿龙给钱要我们找你。他说你和别人私奔了，还说你庇护一个通缉犯。这些不关我们的事，我们只是负责把你给送回去。"

玛丽闭上眼睛，马车还在飞奔。马车行了很长时间，很快玛丽看到墓碑镇的轮廓了。马车在进入墓碑镇后放慢车速，朝CANCAN餐馆驶去。

玛丽想到自己的丈夫阿龙如此不信任自己，不信任结婚这么多年的结发妻子，竟对欧普和蒲泰讲出这样的话来，玛丽几乎气得昏了过去，玛丽把头靠在车子背上，全身都感到软绵无力。她越想越气。

马车从靴山公墓前经过，离CANCAN餐馆已经不远了。

玛丽大喊："你们停下来，我不去餐馆，也不回家，你们停下，你们把我送到警察所去！"

蒲泰不解地说："夫人，为什么？我们还是把你送到你丈夫那里去！"

玛丽："不，你们停下，你们不把我交给警察，我自己去自首。我庇护了一个罪犯，我要去自首！"

蒲泰不解："夫人，哪有像你这样，到了家居然给自己制造罪名要求去坐牢的？"

玛丽："他这样对待我，我宁愿坐牢也不愿意回家。"

洽普扔骨瓮泄愤恨
玛丽抓世五为安全

　　火车穿越在崇山峻岭之中，长长的车厢有一节写着"Express and Mail"字样。火车的车门开着，车厢内可以清楚地看到三十只装有浸泡在白兰地酒中的尸骨的瓮。邮电所的洽普所长坐在车厢里，他时而捏着鼻子，时而往车外伸伸头，做几个深呼吸。

　　说实话，这些装在瓮里的浸泡在白兰地中的遗骨，的确会发出很难闻的气味。那些瓮口的密封程度并不好，每瓮的瓮口都是用泥和干竹子叶粘上去的，有些漏气，有些渗出来。邮政车厢的监督就是 Pantano 镇邮电所的所长洽普。在旅途的整个过程中，洽普都在抱怨。

　　洽普自言自语地说："中国佬啊中国佬！你们这些人死了可以躺在瓮里，可是我呢，却一路熏着臭味受罪。你们行行好，什么时候能让我解脱一下啊？"洽普一直自言自语在抱怨。他抱怨着，觉得累了，就靠在车厢的后壁渐渐地闭上眼睛睡着了。睡了一个时辰左右，被一股恶臭熏醒了，原来有一只瓮碎了，流出黄兮兮的液体。他实在受不了了，拿过一把扫把，将液体扫下车厢。他看着这三十只瓮，心里又恶心又憎恨。这些中国人怎么这个样子，见过运牛的、运羊的、运各种肉的，就是从来没有见过托运人的遗骨的。火车渐渐慢了下来，在宽宽的卡罗拉多河的桥上缓缓而行。他灵机一动，能不能把这些瓮全部推进卡罗拉多河？如果把这些装满人骨和烈酒的瓮全部推进卡罗拉多河，就永远不会忍受这种臭味，只要他不说，天知地知，鬼也不会知道的。洽普想好了，心里就轻松多了。

　　洽普从心理上准备好了，便将这些瓮全移到车门边。火车离卡罗拉多河已经很近了，火车也慢了下来。洽普想：我把这些遗骨都扔到河里去，这些灵魂别来追命，对了，我最好为他们祈祷一下，说声对不起。

　　洽普双手合十，闭起眼睛，口中念念有词："哎，我很抱歉，中国人。

我实在是不能忍受你们的气味了。我让你们去河里，如果你们幸运的话，让河里的流水把你们送到中国去吧！"

洽普说完便用脚把一个一个的骨头瓮踢下火车，骨头瓮从火车车厢门里落下来，有的摔成了碎片，有的落到河里，久久地漂在水上。

CANCAN餐馆还是像往常一样的忙碌，玛丽不在，阿龙自己一个人忙不过来，他只好要翡翠来店里帮忙。店里缺少服务生，阿龙叫翡翠在店里做服务生。

这时欧普和道克来饭店吃饭，他们坐在酒吧台上。

翡翠叫另外一个女孩子上去接单，可是欧普指着翡翠说："我要翡翠小姐来接单。"

这位女孩委屈地走向翡翠，说："翠姐，这两个人要你去接单呢！"

自从欧普和威尔逊一起来抓世五后，翡翠一直没有好脸色给欧普和道克看，今天也是一样。只是她不想发作。

欧普对翡翠说："翡翠小姐，来两杯丹尼尔（酒）。"

翡翠点点头，没有显出特别的客气："和从前一样的菜吗？"

道克说："翡翠，你知道了还要问？"

翡翠到里屋拿丹尼尔酒，并拿了两个杯子，放在他们面前，将酒倒在他们的杯子里，浅浅的。欧普和道克端起酒杯，碰了碰，喝了一口。

道克故意问："翡翠，你店的女主人呢？怎么不见了？"

翡翠不想和他们饶舌："她有事出去了，不在。"

道克想和翡翠多说几句话，就说："你撒谎，她被抓了是吗？"

翡翠的确不知道玛丽自己去了欧普的警察所，她也不知道邝世五的下落，她只知道他们两个人在一起办理遗骨带回广东的事。所以道克说到玛丽被抓，翡翠根本摸不到头脑。

翡翠心里没好气地说："道克，你别乱说，她过一会儿会回来的。"

道克明知道玛丽还在警察所："我们赌一瓶白兰地怎么样？"

欧普看出翡翠的心情不好，就说："道克，别跟女人开玩笑。"他转向翡翠，说："你要你的老板快到警察所来保释你的老板娘。"

翡翠惊奇地问："她怎么了？"

欧普说："你问她自己吧。"

翡翠很快找到阿龙，把阿龙拉到一边，很秘密地说："龙哥，刚才欧普叫我告诉你，要你去警察所保人。"

阿龙不解："他叫我去警察所保人？我去保谁啊？"

翡翠说："保玛丽姐啊，你赶快去把她给保出来啊！"

这时，欧普和道克都吃好饭了。欧普要阿龙和他们一起去，他们来到警察局。欧普要阿龙在外面等着，自己进去叫玛丽出来。欧普将玛丽叫出来，让她坐下。

欧普对玛丽说："玛丽，你喝一口水吧。"

玛丽没有发现阿龙就在外面，说："谢谢，欧普警长。"

欧普说："玛丽，我知道你为什么不要回去。"

玛丽瞪大眼睛问："为什么？难道你欧普警长知道为什么？"

欧普说："不是因为你包庇了这个邝世五，而是因为你丈夫这样怀疑你。他吃醋了吧，是不是？"

玛丽不答。欧普继续说："我知道你为你的人民在做你力所能及的事，我也是。"

玛丽："警长，你要说什么尽管说。我的确是包庇了一个你们认为是罪犯的人。他是邝世五。"

欧普说："你的丈夫阿龙来保释你，你现在自由了。"

玛丽余气未消，赌气地问："他为什么要保释我呢？他不是最想让我走吗？"

欧普劝道："玛丽，你还有很多的事要做，你还是回去吧！"

玛丽说："我是一个妇道人家，有什么事可做？"

欧普扔给玛丽一份本地的 *Epitaph* 报纸，报纸上有两幅图片吸引了她的眼球。一幅图片正是洽普在卡罗拉多河上将中国人的骨瓮扔进河里；还有一幅是在卡罗拉多河上漂浮的骨瓮。

玛丽说："怎么？这个洽普怎么能做出这样伤天害理的事？"

欧普说："玛丽，洽普已经被解雇了。我跟你说了，你还有很多事要做。你回去吧！你就给你们的人拿个主意。"

玛丽拿过报纸，往门外走去。还没有走到门口，欧普叫住了她。

欧普看着玛丽，说："玛丽，我想请求你一件事。"

玛丽从没有听到过欧普警长用求她的口气说话，这个欧普也从来不求人的，今天怎么会求着她了？于是，玛丽就说："欧普警长，你的英名远扬，你的正义人人都知道。你还有什么事来求我？"

欧普诚挚地说："对，玛丽。你说过把邝世五给我，说等邝世五来的时候，会让我知道，让我逮捕邝世五。"

玛丽觉得很奇怪："你要逮捕人，还要求我吗？"

欧普说："是的，因为只有你知道他在哪里。而且，如果我去抓他，他一定会反抗，我们就会两败俱伤。要是你能说服他，让我们逮捕，他就不会受伤，也得到了保护。"

玛丽怀疑地说："你是拿了威尔逊的钱，是他让你来抓他的吧！"

欧普说："玛丽，如果你不相信我欧普警长主持公道的话，那就让我们两败俱伤吧！"

玛丽想了一想，说："好，你如果真的能主持公道，我就赌一把。他来了，我就把他交给你。不过，那个废矿洞里的尸骨，你调查清楚了没有？"

欧普也一直想着这件事："是病死的矿工的尸骨吗？"

玛丽斩钉截铁地说："不是病死，而是他们杀害的华工的尸体。"

欧普说："是的，我正在调查。"

玛丽说："我还有一件事。"

玛丽想起一件事必须要做，那就是她答应过翡翠和邝世五，要给他们成亲的事。玛丽觉得在把邝世五交给欧普之前，需要把他们的婚结了，了却她的一桩心事。

欧普觉得今天的玛丽有点婆婆妈妈起来了，就说："你还有什么事？我看你平时做事没有这样婆婆妈妈的，现在怎么这样了？"

玛丽说："欧普，我本来就是一个女人，女人本来就是婆婆妈妈的，我答应过翡翠和世五，给他们办婚礼。"

欧普笑道："当然，当然。那办完婚礼我可以逮捕他了吧？"

玛丽说："也许可能这样做太残酷了，但是为了他的安全，我还是把他交给你吧！"

欧普脸上现出坚毅的神色："那就这样定了。"

玛丽跟着阿龙回到餐馆，翡翠笑着迎出来，和玛丽打招呼。大家问长问短，然后很快都散了，给玛丽和阿龙留下私人的空间。阿龙没有发火，只是淡淡地说了句回来就好。玛丽想着阿龙的小心眼，就把报纸扔给阿龙。阿龙捡起报纸，仔细看，明白是什么意思了。

阿龙感叹地说："原来你是去管闲事的啊！你还要管闲事啊！"

玛丽沉下脸，说："我老实告诉你吧，不是因为这件事，我是不会回来的。因为你不值得我回来。"

阿龙担心地说："你就不怕没有地方去吗?"

玛丽说："我就是饿死冻死也不会来求你的,你要和我离婚你就离,你就是太卑鄙了。"

阿龙怕别人听到玛丽的话,嘘了一声,说："玛丽,你讲话小点声,就不怕别人笑话我们吗?"

玛丽哼了一声,说："笑话!要说笑话,你的行为早就成了笑话了。"

阿龙央求玛丽说："好了,别闹了。我要去干活了。"

翡翠见老板离开,去干活了,玛丽一个人站在那里,就走过来。

翡翠小声地说："玛丽姐,世五已经来了。"

玛丽说："你这小丫头,把他给藏起来了吧!"

翡翠说："你不在的时候,威尔逊带着欧普来搜过。不知搜去了什么东西。我没有看见。"

玛丽深情地拉着翡翠的手:"看你担心的,看来是替你们办事的时候了。"

翡翠这个小姑娘从小没爹没娘的,自从认识玛丽的那一刻起,就认玛丽为她的亲人了,玛丽也没有使她失望。真的,玛丽不仅把她当成亲妹妹,在很多时候,玛丽简直把她当成了自己的女儿。这回,翡翠听了玛丽的话,装糊涂地说:"玛丽姐,你给我们办什么事啊?"

玛丽说:"你这大姑娘能这样熬着吗?该让你进洞房了。"

翡翠的脸刷地一下红了,她低着头,害羞地说:"姐,我不嫁,我不要嫁。"

玛丽看了翡翠一眼,问:"为什么?"

翡翠说:"我嫁了人,就要离开你了。我不嫁人,我要永远和你在一起,安全、踏实。"

玛丽责备道:"傻丫头,男大当婚,女大当嫁。中国的祖训你忘了?我可还要抱抱你的孩子呢!"

翡翠突然扬起头,问:"姐,你怎么不生啊?"

玛丽亲切地说:"傻丫头,你可不要问这样的傻问题了,以后。"

翡翠像孩子般地说:"不,姐,我偏要说。我看阿龙哥对你不好,你多痛苦啊!你整天把心思花在别人和生意上,我知道你想解脱。我也说不好你该怎么办。"

玛丽叹了一口气，说："说不好就不说，小孩子家家，就听我的，噢！"

菲利普来到矿上，看他急匆匆的样子，好像发生了什么大事一般。威尔逊正在吃饭，他将嘴巴里的三明治咽下去，喝了一口水，说："你来这里做什么？"

菲利普笑嘻嘻地说："我来给你报喜来了。"

威尔逊眉头一皱，说："你在这里有什么好事，你是黄鼠狼给鸡拜年是不是，一定不安好心。"

菲利普把两张报纸往威尔逊桌上一放。

菲利普看上去有点兴高采烈："你不是想成为墓碑镇市市长的共和党候选人吗？你看看，这个玛丽太厉害了，她在民主党报纸上谴责你的竞争对手洽普把中国佬的骨瓮扔到卡罗拉多河里去了。这洽普居然承认了，还骂了中国人。"

威尔逊脸上露出了笑容："这么说来这个家伙要想成为我的对手是天方夜谭了。"

菲利普说："但是，你也不能放过这个中国玛丽啊。"

威尔逊看透了菲利普的心思，直截了当地戳穿他："就是为了你们的生意？为你报私仇？"

菲利普见威尔逊道出真相，说："是啊，就算你说的对吧。上次你报警，上法庭起诉，法庭已经要求欧普调查这起偷窃案，要欧普抓了邝世五。上次去搜他的住处，欧普已经查到了赃物。现在人赃俱全，这玛丽还有什么话说。按她的性格，她自己就会上绞刑台的。"

威尔逊感到疑惑："那么，我们现在要做什么呢？"

菲利普说："现在，你要做的事就是协助欧普，将这个姓邝的抓了。"

威尔逊见菲利普又要有求于他，知道可以讲价的时候到了，说："好啊。事成之后，你可不要赖账。"

菲利普信誓旦旦地说："不会。不过老兄，有件事我要和你说，你的矿上还留着华工，这是违反州法的，你得赶快将他们清理了，否则民主党会把你吃了的。"

威尔逊沉思了一会，说："就在最近，我会处理这件事的。"

菲利普见自己要办的事已经落实，这桩买卖已经做成："那好，我走了。"他吹着口哨，轻轻松松地离开了。

威尔逊放火烧工棚
两乞丐店铺当贼赃

晚上，赌场里有很多赌客，有些高声嚷着，有些凝神在看牌，有些在搓麻将，热热闹闹，人气好不兴旺。

赌场小房间却格外的宁静，玛丽、邝世五和翡翠在房间内商讨重要的事。

玛丽在跟邝世五和翡翠说话："世五，最近听说这威尔逊对这些矿工会有行动，但不知道什么时候，山上的矿工们还蒙在鼓里。"

玛丽所指的威尔逊想加害所有的华工是有根据的，这两天外面市长这一职位争夺很激烈，民主党和共和党互相攻击。形势使威尔逊雇着华工这一压力也越来越大。威尔逊一旦承受不了这个压力，他会加速处理这些华工，玛丽一直担心威尔逊会采取一种极端的手段来加害华工。

玛丽继续说："世五，我在想我们应该来个先下手为强，用一种既能使华工安全，又能使这个威尔逊不怀疑的办法来解救这些华工。"

邝世五说："那今晚去山上，悄悄地把他们给救出来。"

翡翠觉得这样做有些冒险，她说："世五，你这样做，动静太大，一旦惊动了威尔逊，他们就会杀害所有的矿工，那时候，赔了夫人又折兵。我们还是想个万全之计吧！"

邝世五说："什么万全之计？现在这个世道，什么都没有万全的，翡翠，你可能太幼稚了。如今做什么事都要冒险。"

玛丽叹息道："唉，要是今天付其叔还在就好了。他见多识广，一定能有好主意。"

邝世五说："玛丽姐，你不是有几支枪吗，我组织一些兄弟，去把华工救出来，如果遇到威尔逊的人，我们就不客气，打死他们。"

玛丽感到这么做不是很安全：第一，华人大多数都没有摸过枪，他们连枪也不会打，他们也没有杀人的经历，要他们拿起枪来去自卫，恐怕没有这样的胆量。即使他们想用枪，也不是威尔逊那些久经沙场的牛仔的对手。第二，跟他们死拼，以后在舆论上华人会吃亏。玛丽想来想去也想不出一个好办法来。

最后，玛丽说："我看先把你和翡翠的婚结了。你俩离开这个地方，走一个是一个，走一对是一对。你们就别管这里的事了。"

翡翠一把拉过玛丽，含着眼泪说："玛丽姐，我不离开你们，世五也不会离开你们的，我们要在墓碑镇待下去。上次我听欧普对灵狗说这墓碑镇不属于任何人，大家都从外面移民过来，凭什么就我们要逃走！"

邝世五也接过话茬说："翡翠说得对，我们偏不走，哪怕被他们赶尽杀绝我们也不走。这里不仅是属于他们的，也属于所有移民到这里来的人！"

他俩的话倒是给玛丽有了一个启发："对了，我在想我们为什么不能用这个办法呢？"

翡翠说："玛丽姐，你想出办法来了？"

玛丽思索了一下，说："我的想法是，趁着你结婚，去矿工棚，请华工们来喝喜酒，顺便将他们救出来。你们说怎么样？"

翡翠眼睛一亮，笑道："到底是玛丽姐，足智多谋。多好的一个计划，世五，我们就这么干！"

他们就这么决定了一个将华工救出来的计划。

邝世五说："玛丽姐，事不宜迟，我即刻动身去矿上，拿着大红的喜帖要劳工们来喝喜酒。"

翡翠担心说："世五，威尔逊正愁找不到你，现在你送上门去，不是自己去虎口送死吗？"

邝世五安慰她说："翡翠，你世五哥我命比猫还多。我已经大难不死过几回了，回回都回生，你就别担心了。现在把他们救出来是最好的时机了，我去。"

玛丽说："世五，明天一早你就带阿华去，不让出来就逃出来。要不然，十几口人就全死在那里了。"

邝世五答应着："明白了，玛丽姐。"

夜深了，矿山上一片漆黑。远处有一些闪烁的灯光，那是威尔逊矿的办公室，办公室里有不少人。威尔逊坐在大办公桌的前面，桌子上凌乱不堪，威尔逊前面围了他的牛仔和手下。

威尔逊说：“你们都准备好了吗？”

霍塞说：“老板，都准备好了。到现在那群猪仔还呼呼大睡呢！他们一点儿没有发现什么动静。”

威尔逊一拍大腿说：“好，今天这件事谁也不能说出去，你们就分头行动吧！不过动作要快，要利索。在门口的，你们准备好弹药枪支，逃出来一个射死一个，不能留活口。”

众人说：“是，老板。”

众人走出办公室的大门，消失在黑暗中。一场屠杀正在悄悄地进行。

邝世五和阿华上了山坡，来到矿工棚附近的山坡上。天很黑，是伸手不见五指的黑夜。邝世五和阿华小心翼翼地向上走，突然，在工棚外响起枪声，接着，他们看到工棚燃起熊熊大火。火越烧越大，照红了山坡。邝世五看时，整个工棚都起火了，邝世五和阿华听到了华工痛苦的尖叫声和木头的撞击声，偶尔还传来一两声枪声。

邝世五一看这个火势，傻了，立刻叫起来：“快，他们放火烧工棚了，他们放火烧工棚了！快，我们去救人。”

邝世五和阿华迅速奔到工棚，看到工棚门口几个被乱枪打死的华工，邝世五把他们拖出来。他俩见工棚的门已经成了一片火海，进不去了。邝世五绕到工棚后，阿华也跟着。他们见一扇窗还没有火苗，邝世五抬起脚猛踢，窗户掉了下来。邝世五进入工棚中，在烟雾中，他见顾老头已经奄奄一息。邝世五一把背起他，将他扛到窗边，让阿华到窗外，将顾老头救了出来。邝世五再想进去时，工棚已经塌了下来。

邝世五带着哭腔大叫：“阿华，他们全死了，他们全死了。他妈的，这个威尔逊，老子跟你拼了。”

邝世五蹲在地上，双手捂着脸：“这十几个人……全死了。”

邝世五和阿华架着顾老头下山来了。

夜深了，玛丽和翡翠站在饭店的关老爷神位前。翡翠从抽屉里取出几根香，划根火柴，不知什么地方吹来一阵风，火柴熄了，翡翠又划了跟火柴，这次才点上香。

翡翠和玛丽都双手合十，口里说着：“愿关老爷保佑矿工们，愿邝世五、阿华和矿工们平安归来，愿菩萨显灵惩罚威尔逊。”

翡翠安慰玛丽：“姐，你也别难过了，这墓碑镇每天都在死人。他们或者也在受罪，要是得了麻风病，还在矿上没日没夜地干活，一旦他们死了，也不用受罪了。"

玛丽听到翡翠这么说话，感到不适，对翡翠说："翡翠，话是这么说，可他们死得多惨啊。"

玛丽擦擦眼泪，手里捧着香，在菩萨面前虔诚地拜着。

这时，餐馆的门哐啷一声被撞开了，只见世五和阿华踉踉跄跄地架着老顾进屋来。翡翠上前，赶紧把大门关上。

翡翠叫道："世五，怎么了？"

世五和阿华把老顾放在长椅子上，两人蹲在地上哭出声来。

玛丽见他们流泪，知道大事不好，连忙问世五和阿华："怎么了，那边发生了什么事？

阿华泣不成声："老板娘，都死了，他们都被烧死了。"

世五擦了擦眼泪，将刚才的事一五一十地叙述了一遍。玛丽听完几乎晕倒了，翡翠急忙倒了几杯凉茶，给大家喝。

玛丽稍稍镇定了一下，说："我们怎么办呢？"

翡翠说："最好的办法就是报案，我和阿华去欧普那里报案。"

玛丽虽然十分悲痛，不断自责，但是逝者已经不复回，痛定思痛，重要的是如何报仇，不能让刽子手逍遥法外，便同意翡翠的提议。

翡翠和阿华去欧普的警察局，玛丽安排老顾和邝世五住在一起，自己感到心力交瘁，感到十分劳累了，便回家了。

玛丽回到家的时候，阿龙躺在摇椅上，玛丽见他自己已经洗了脚，洗脚水还没有倒掉，她就端起洗脚盆，将水倒了，自己往脸盆里倒了一些水洗脸、洗脚。阿龙半闭着眼睛，没有说话。这两天，家里的气氛还没有缓过来，阿龙常常半天都不和玛丽说话。玛丽洗完脸，把水倒到洗脚的盆里，脱了鞋子，把一双大脚放进洗脚盆，享受热水的浸泡。玛丽本不想打破这样的僵局，但是，有件事实在要和阿龙商量，玛丽只好说了："我想为翡翠结婚置点嫁妆，你说呢？"

阿龙沉思了许久，终于开口了："你为翡翠置办嫁妆我没有意见，可是这翡翠嫁到那个给你制造过这么多麻烦的邝世五那里，我没钱。"

玛丽鄙视地看了阿龙一眼，说："你还在记人家的气啊，我这么个老太太，人家是后生。"

阿龙说："不是我记气，而是这些事本来你就用不着去管。我们到这里谋生不容易，在人家的土地上，给人家赔个笑脸，也许生存会容易些。可是你偏要惹是生非的。"

玛丽本来不想和阿龙讨论这些事，这些事已经说过多少遍了，可是她又憋不住，说："阿龙，话虽这么说，但是这人活在这个世界上，活的是一口气，活的是一个'义'字。我们家的生意都从哪里来的？还不是众兄弟们给促成的。俗话说得好：'一个篱笆三个桩，一个好汉三个帮'。我们华人在这里总共才八百多人，你说我们谁能离了谁啊。"

阿龙说："玛丽，你总是有理。你自己去做吧！只要不惹麻烦。"

玛丽说："昨天我们的当铺里来了两个流浪汉，拿来很多值钱的东西当。我怕这些东西来路不正，开始没有收。后来被他们吵不过，只好收了！"

阿龙不解地问："你咋知道他们的东西来路不正，你问过他们了？"

玛丽若有所思地说："我没有问过他们，只是直觉。阿龙，我总觉得有人在故意算计我们。"

阿龙说："身正不怕影子歪。我们不偷不抢，怕什么啊，只要你不去自找麻烦。我一直在说，这里不是金山，在金山，我们人多，后生也多，可以拼搏一下，可是在这里，都是一些老弱病残的。我们还是不要惹他们。"

玛丽说："我们不惹他们，可是他们惹我们呀！"

阿龙要玛丽回忆一下当时的情景。玛丽回忆起来了，玛丽说当时她在当铺，两个流浪汉拿着一袋值钱的东西来当。

伙计对他们说："先生，我们不当你们的东西。"

流浪汉甲大声嚷嚷："你们是什么当铺，有生意不做，是不是看不起我们是流浪汉？流浪汉也是人呢！"

流浪汉乙说："快叫你们老板出来！"

伙计说："老板娘就在你们前面，你们有什么话跟老板娘说吧！"

流浪汉甲横蛮地说："不管娘啊爹啊，我们要当，我们要钱。"

玛丽说："好啊，当！你给他们当！"

伙计看了看里面的东西，评估说："老板娘，一共能当四百美元。"

流浪汉乙说："好啊，给钱。"

伙计说："老板娘，怎么样？"玛丽没有办法拒绝，只得答应让他们当！伙计把钱给流浪汉。这时，威尔逊带着一群牛仔来了，抓住流浪汉。

威尔逊大吼："你们这两个小偷，偷了东西竟然在这里销赃！"他转身对着玛丽："你和他们是一伙的吧？"

　　玛丽说："威尔逊先生，你别搞错，我们是当铺，我怎么知道他们是偷的啊？"

　　威尔逊嘲弄似的说："哼，那你为什么不问清楚呢？我怎么知道你是不是和他们是一伙的呢？走，去法庭！"

小法庭阿龙接玛丽
亮证据欧普杀恶魔

花旗国有一种很简易的法庭，这种法庭是一般解决案件价值400美元到1 000美元的小法庭。那个时候，就是小法庭，法律也很严格，若法官判违法，就要坐几天的牢。威尔逊告玛丽，开庭的日子定在星期三。

"星期三？星期三是我们餐馆和店面最忙的时候，玛丽啊玛丽，都是你不小心造成了这个样子，你还不听我一句劝！"阿龙像老师对小学生上课那样对玛丽说。

玛丽没有去理睬阿龙，如果跟他理论，必有一场争论。在玛丽的眼里，阿龙已经变得越来越窝囊了。

翡翠来到餐馆，不知怎么的，就算是翡翠就要成亲了，阿龙看到翡翠还是有十二分的亲切感。

阿龙见翡翠在忙，说："小丫头，你的嫁妆办得怎么样了？"

翡翠感到阿龙很关心她，感动地说："嫁妆娘家人都给我办齐了。"

阿龙困惑："娘家人？娘家人是谁啊？我怎么从来没有看到过你娘家人呢？你从来也没有告诉过我啊，你这小丫头！"

翡翠说："我有个姐姐叫玛丽，我有个姐夫叫阿龙。"

阿龙听了，哈哈大笑，说："你这丫头两片嘴唇这么薄，就是会说话。你玛丽姐和我没有白疼你。你的嫁妆还差什么？"

翡翠俏皮地说："姐夫，我不是说了吗？嫁妆齐全了。"

阿龙噢了一声，看上去心里很高兴。有客人来了，阿龙起身去招待客人去了，回头又对翡翠说了一声："翡翠，还需要什么，跟你这个姐夫说啊！"

翡翠马上说："谢谢姐夫。"

这时，法庭有个邮差来了，他给了翡翠一封法院的信。翡翠知道这封信非常重要，立刻找到玛丽，把信递给她。

玛丽对翡翠说："翠，你把它打开，给我读读，说的是什么呢？"

翡翠打开信封，抖出信纸，念道："中国玛丽必须在明天早上八点去法庭出庭，务必准时到达。"翡翠觉得上法庭是一件很大的事。

玛丽问："这里写着我犯了什么法了吗？"

翡翠说："没……没……有说。"

玛丽半自言自语地说："那我明白了，一定是威尔逊。他派他的牛仔装扮成流浪汉到我店里当那些值钱的东西。"

翡翠有点害怕："那你就别去了，去了是凶多吉少的。"

玛丽说："我要去，我倒要看看这威尔逊想要怎样陷害我？"

翡翠说："姐，那我还是陪着你去！"

玛丽说："不用，你就好好地准备你的婚礼吧！"

第二天一早，玛丽就去了法院。

说是法院，其实就是一间不是很大的房子，里面的厅只容得下十几个人。里间是法官审案的地方，玛丽坐在外间，等着开审。

不久，威尔逊和两个流浪汉也来了，他们也等在外面。小法庭的法官叫梅耶。玛丽听到法庭的一个秘书喊自己的名字，她就进入了法庭，威尔逊和流浪汉也进入了法庭，他们分两边站好。梅耶法官要他们都报上姓名，然后开审。

梅耶法官先对着两个流浪汉发问："据查，这些东西是你俩从威尔逊先生家里偷来的。证据确凿，你们这两个家伙如实说来，这玛丽是不是你们销赃的同伙？"

流浪汉甲说："是的，我们偷来的东西都在这里销赃。"

梅耶法官问玛丽："玛丽，你还有什么话说？"

玛丽说："梅耶法官，我家当铺做生意向来是遵纪守法的，我和他们素不相识。他们来当什么，我根本不知道。怎么能说我们销他们的赃呢？"

梅耶法官说："你们两个是不是认识这个玛丽啊？"

流浪汉齐声说："认识，我们认识，我们很早就认识她了。我们偷了很多东西都是在她那里销赃的。"

梅耶法官说："玛丽，你还有什么话好说？"

玛丽说："我有口难辩。跳进黄河也洗不清了。"

梅耶法官听到玛丽在说一个他不懂的词，问："什么？黄河？什么是

墓碑镇的中国玛丽

黄河？"

玛丽回答："黄河就是我们中国的一条母亲河。我说的，我怎么说你也不会相信我的。你想怎么样处理我就怎样处理吧！"

梅耶法官拍了一下桌子："监狱，你要蹲三天监狱。"

法官宣布庭审结束，玛丽看到威尔逊和这两个流浪汉又说又笑地离开了，心里十分窝火。

法官离开后，欧普进来，将玛丽押了下去，一边走一边说："玛丽，我已经通知你的丈夫阿龙了。"

玛丽说："你通知他干什么？我坐三天牢就坐三天牢。"

欧普说："我知道你是无辜的，可是我又证明不了。"

玛丽对欧普说："欧普警长，我自己都不能证明自己清白，你又怎么能呢？"

欧普说："这你就别管了，我有我的办法。玛丽，你还记得你们报案的那个烧死华工的事件吗？我们调查了。具体情况我就不说了，但这两天威尔逊这个家伙可能要杀证人了。你不是答应过等邝世五结完婚就交给我吗？这样，可以保证他的安全，也就是保证了我的证人安全，你回去后我想去抓人了。"

玛丽感激地看了看欧普："你真好，欧普警长！我们华人都谢谢你！"

欧普也很感动："玛丽，你是好样的！华人里面多几个像你这样的有血性的人就好了。"

玛丽说："会有的，现在就有，邝世五不就是这样的人吗？还有老顾等也是。华人生性老实，胆小怕事，遵纪守法，但是一旦有事，很多人也会毫不含糊地挺身而出的。"

欧普说："好，玛丽，我们就这样讲好了。邝世五结完婚我就把他接走。"

玛丽说："为了他的安全，一言为定！"

门外，阿龙来了。他对玛丽说："玛丽，我已经交了钱了。我们走吧。"

玛丽没吭声，跟着阿龙走出监狱。

第二天，CANCAN餐馆张灯结彩，布置得十分喜庆。到处都是中国红，双喜剪纸随处可见。小孩子在踢毽子玩耍。

大礼嫁妆都已经备齐，放在堂屋里，包括一些传统的器皿，双喜全红子孙桶、茶具、衣食碗、盖杯、真丝刺绣同心筷子双人套、双喜鸳鸯面盆等、床上有龙凤被，上有绿豆、莲子、红枣、桂圆和核桃等。玛丽还邀请了一些女宾和翡翠在一起，陪她出阁。

大婚结束，要逮捕邝世五的事老是搅着玛丽的心。她心神不定，脑子里乱哄哄的，以致有几次翡翠叫她她都没有听见。翡翠感觉今天玛丽好像丢了魂似的，不知道发生了什么事。翡翠从迷糊中喊醒了玛丽，问："玛丽姐，今天你怎么了，不舒服吗？"

玛丽自觉不好意思，说："翡翠，世五，我有事跟你们谈谈。"说完将翡翠和邝世五叫到一边。

玛丽又说了一遍："翡翠，世五，等到你们结完婚，我有一件事想跟你们商量。"

翡翠今天见玛丽这么说，有些奇怪："姐，你今天怎么了？"

玛丽说："世五，等到婚礼结束，我要你跟着欧普走，到他那里去住几天。你说好吗？"

邝世五是个直性子，听到这样荒谬的要求，问："到他们那里住几天？为什么啊？"

翡翠也问："姐，为什么啊？"

玛丽想要解释，但是很难解释清楚。她说："姐已经答应他了，答应欧普让你去他那里住几天。"

邝世五怀疑地说："到他那里去住几天，也就是到监狱里去住几天，也就是他要逮捕我，是吗？玛丽姐，你答应让他们把我抓去呀？"

翡翠也说："是啊，你答应他来逮捕世五了吗？"

玛丽自己也不能说服自己，可是又不得不说服世五，她说："这是为了保护世五的生命安全。这两天威尔逊已经狗急跳墙，他想杀死世五，因为他到过杀矿工的现场，是他和阿华报的案。威尔逊想杀证人！"

翡翠和邝世五不语。片刻，还是翡翠先明白过来。

翡翠说："世五，玛丽姐是为你的安全着想。我看还是这样吧！"

邝世五铁青着脸，为了翡翠，他只能这样做。他说："好吧，就这样！"

玛丽对邝世五说："世五老弟，笑一笑，大喜日子，开心些。"

邝世五勉强笑了笑，和翡翠一起离开了。

这天，跳跳城里欢天喜地，华人们一起庆祝翡翠和邝世五的大婚。玛丽亲自为翡翠梳头，她唱着："一梳梳到尾，二梳白发齐眉，三梳儿孙满地，四梳梳到四条银笋尽标齐。"

玛丽为翡翠设计象征性的迎亲队伍，新郎入房间，找红鞋，接出新娘，过木炭火盆，然后一拜天地，二拜祖先，三拜父母。最后拜父母时，邝世五傻了，还是翡翠要司仪宣布，我们都没有父母，由姐姐和姐夫代替父母。当司仪大声宣布时，玛丽的泪水都流出来了，多好的姐妹啊！

拜完姐姐和姐夫，翡翠和邝世五夫妻对拜。此后的敬茶和喝交杯酒等仪式不在话下。

仪式过后，玛丽在 CANCAN 餐馆摆下酒宴，酒席自然是十分隆重，左邻右舍的乡亲们都来了。还有鼓乐手将欢乐的乐曲奏得震天响。大家敬酒取乐，高声喧哗，尽情地享受着华人传统的婚庆典礼。

玛丽坐在正厅头桌边，看着翡翠来回敬酒，心里万分高兴。

突然，有人来报，威尔逊带着灵狗的马队气势汹汹地来了，他们的马队就在 CANCAN 餐馆外，牛仔们手按着枪将餐馆团团围住。屋里的人一听顿时纷纷往外逃，现场乱成一团。

玛丽一阵心慌，这个威尔逊来得太快了，而且还和杀人不眨眼的灵狗一起来。看来他们要血洗 CANCAN 餐馆了。欧普警长他们还没有到，邝世五也还没有被带走，她有点绝望，可是她坚持站起来，要阿亮和阿华让乡亲们从后门走地道逃走。玛丽一个人向门口走去。翡翠急忙跑上去，拉住玛丽："姐，你不能去，你不能去，他们会杀死你的。"

玛丽挣脱翡翠的手："翡翠，别拉着我，你别拉着我。我倒要看看他们能怎样杀死我！"

威尔逊站在门口喊："偷银贼，出来，出来！玛丽，你这条母狗，你也给我出来，今天你就去绞刑台被绞死吧！"

这时，从艾伦街的另一头又来了一帮人。为首的是洽普，他们高呼着："China John should go! China John should go!"

威尔逊看到洽普，心里很高兴。

威尔逊对洽普说："今天我们一起把这个女人给宰了。洽普先生，你不是把那些猪仔的臭骨头都扔到卡罗拉多河里去了吗？干得好！"

洽普狞笑着说："你不是也把那些中国的麻风病人都给烧死了吗？是的，我的确把那些该死的猪仔的骸骨扔进河里去了，我真的扔了，该死的中国人！如果下次再有机会，我还要将他们扔去喂鱼！我要将死的和活的中国猪都扔到流进亚利桑那州的卡罗拉多河里去！"

威尔逊拍手："好，说得好啊，今天我们共同把这个女人送上绞刑台吧！"

欧普并没有食言，他和摩根以及道克早就到了，他们在离CANCAN餐馆不远的OK.卡罗尔酒吧喝酒。他们一直等着结婚仪式结束，这样，他们可以带走邝世五，把他给保护起来。可是没想到这威尔逊比他们想象的要早一个时辰到达，还带着杀人魔王灵狗！连那个邮电所的混账洽普和他的一部分支持者也来闹场。看来他们是来者不善啊！

道克是个急性子人，他看到这批匪徒般的家伙在CANCAN餐馆前面狂吼乱叫，早就按捺不住了。他对欧普说："我们可以过去了吗？邝世五和玛丽随时都有危险啊！"

欧普很沉着地说："你今天怎么沉不住气呢？道克，你喝你的白兰地好了。别的事听我指挥就是了。"

道克反问道："你难道要等到玛丽被他们送到绞刑台下面，你才出去吗？"

欧普："他们是不会先把邝世五杀死的。威尔逊要杀的先是玛丽，然后，他们会把邝世五带走杀了。咱们先看看热闹吧！看看谁把谁送上绞刑台。"

他俩碰了一下杯，继续观察着。

他们看到有一个年轻人站出来了。

欧普眼尖，认出来了："这小子不是马修吗？"

道克说："是，这小子是马修。好个马修，有情有义。"

CANCAN餐馆门口，反中国移民的白人越聚越多，而且个个义愤填膺，不断地振臂高喊："China John should go! China John should go! China Mary should go to hell! China Mary should go to hell!"

马修并不害怕这群人，他站了出来，大声地说："我的朋友们，你们都被洽普的言论迷惑了。华人不是我们的敌人，他们是遵纪守法的人。我们饿了，有他们的饭店；我们头发长了，有他们的发廊；我们家里的木材没有劈，有他们的劈木工；我们的银矿难以开采，有他们的矿工。我们家的院子是他们的院工整理的；我们家的活是他们的保姆做的；我们的衣服是他们的洗衣店洗的；甚至他们为我们牛仔男人开了妓院。有了他们，才有我们便利的生活，从墓碑镇到洛杉矶的铁路也是他们造的。我们为什么要把他们赶出去呢？他们是我们中的一员，大家都回去吧。"

马修的一席话，说得大家纷纷点头。人们陆陆续续离开了。

威尔逊向马修开了一枪，打中了马修的肩膀。马修痛苦地倒在地上。

威尔逊："大家谁也不许离开，要不然我就打死他。"

CANCAN 餐馆内，穿着新郎服装的邝世五要出去，翡翠死死抓住他。

翡翠惊骇地喊："世五，你不能出去，你出去一定会被他们打死的。"

邝世五吼道："翡翠，你别死拽着我。威尔逊是冲着我来的，我一个人做事一人当。我就是死了，也不能连累你们。"

翡翠："世五，你出去才真的是连累了我们。你不出去就不会连累我们了。你不能出去！"

CANCAN 餐馆外，威尔逊在马上，他拿出那块从邝世五房间里搜出来的银块。

威尔逊大吼着："姓邝的，这就是你从阿三那里拿来的赃物。这块银块是你从阿三这个小偷手里拿来的。你敢不敢承认？这是在你的房间里搜出来的，欧普警长可以作证。你这小子是懦夫，是胆小鬼。"

CANCAN 餐馆内，玛丽见欧普警长还没出现，有些绝望。说好了的婚礼过后把邝世五带走，他现在也应该来了。玛丽的直觉告诉她，欧普和他的兄弟、朋友一定在什么地方，像以前一样，在威尔逊开枪前会先开一枪打掉威尔逊的枪，他们的眼睛比猫还亮，他们的速度比猎豹还快。她知道不到关键时刻，欧普是不会出来的。因为在关键时刻出来，才显出他的英雄本色。她决定冒险，冒个大险。她大声对邝世五命令式地吼道："世五，这块银块是谁的，是你的吗？你为什么不出去？"

玛丽从身上拔出一支枪，扔给世五，要他出去！但是她也知道世五出去，是不可能斗得过这些杀人魔头的。世五接着枪，心中十分犹豫。

翡翠紧拉着世五不放。

翡翠大叫："姐，姐，你不能叫世五出去，他出去会没命的！"

玛丽没有理会翡翠，她还是不断地喊："世五，你出去，和他们说清楚！"

翡翠感到很意外："玛丽姐，你难道还不相信世五吗？他根本没有偷啊！阿三也没有偷啊！"

玛丽还是大声地说："不是我不相信他，而是大丈夫应该敢作敢为。要是他拿的赃物，他就要说清楚。"

邝世五不明白，想起刚才玛丽要欧普在婚礼后来抓他，为什么现在面对凶狠的威尔逊和灵狗，又叫他出去送死？

他大喊："啊，玛丽老板娘，原来你一直在坑害我啊。你叫我出去，是要我去顶罪是不是？好！我去，我去。"

世五拿过枪，熟练地将枪上膛，大踏步地走出去。

世五走出 CANCAN 餐馆外，一步一步走向威尔逊和灵狗走去。大家都在盯着这个中国大汉。眼看着一场嗜血的杀戮就要开始了，有的人害怕得缩起头。

邝世五来到威尔逊面前。

对面的酒吧里，就连身经百战的道克也急了，暗地里捏了一把汗。

道克："欧普警长，现在我们要出去了吧。"

欧普没有理会道克，连连自言自语地说着："这个女人，这个女英雄！有种，真是个有种的女人！好啊，干得好！"

欧普说完，问："你的那个法官呢？"

道克说："他在，他在里面。他已经准备好了。"

欧普沉着地说："好！再等等。"

道克和摩根已经等不住了，他们的手不断地弄着手枪的枪把，随时准备射击。

街上的人们看到玛丽和翡翠也从 CANCAN 餐馆走了出来。邝世五用一种异样的眼光看着玛丽，好像在说：玛丽啊，你怎么这样肮脏，你怎么能这样出卖我呢？

玛丽走近邝世五，她喊了一声："世五，这是我们应该做的！"

邝世五哼了一声："玛丽，原来是你把我出卖的呀！你救过我，现在你出卖我，我们扯平了！"

翡翠大叫："世五，玛丽姐是绝不会出卖你的。你胡说！"

邝世五从鼻子里哼了一声："笑话，那他们是怎么拿到这块银块的？"

翡翠大声告诉他："是他们和欧普警长一起来搜的。他们搜到了，没有交给欧普警长。"

玛丽不想申诉，只是说："没有，世五，我没有把你出卖。不过我跳进黄河也洗不清了。"

威尔逊指着银块蛮横地说："姓邝的，这是你从阿三手里抢来的吗？"

邝世五摇摇头说："不是，是他给我的。"

威尔逊奸笑着说："你知道这银块是他从我这里偷的吗？"

这时，菲利普也不知从什么地方钻了出来。

菲利普大叫："邝世五，我看银块是阿三从矿上偷的吧，快说实话！"

邝世五垂着头，说："不知道。也许吧。"

菲利普眼看着他的阴谋就要实现，大叫："不是也许，是就是，对吗？快说，对！"菲利普声嘶力竭，几乎发狂了。

玛丽看看邝世五。

玛丽低声说："世五，你千万不能胡说八道啊！你说，阿三没有偷过银块。没有！"

邝世五抬起头，辛辣地看了看玛丽，说："玛丽啊玛丽，你真不该出卖我的。你知道我今天是新婚第一天，你不但毁了我，也毁了和你同甘共苦这么多年的好姐妹。我死了，她就变成寡妇了。你知道吗？你为什么这么狠心呢？你把我出卖的时候，心里是怎么想的？你太虚伪了。"

翡翠喊起来："邝世五，你怎么能这样呢？怎么能不说实话呢？"

邝世五气愤地说："哼，说实话？玛丽老板娘，我一直在想你为什么要对我这样好。原来最后你想金蝉脱壳，要把我给卷进去。"

邝世五扭过头。

邝世五大声说："这块银块是阿三偷的。阿三死了，我就占有了这块银块。"

威尔逊和菲利普转向玛丽："你这刁婆，现在你还有什么话要说？好吧，绞刑台就在那边。你自己去了断吧！"

洽普的人齐声喊："玛丽绞刑！玛丽绞刑！玛丽绞刑！"

玛丽看了邝世五一眼，显得特别的平静。

玛丽眼睛里发出铮亮的光："邝世五，就你这句话，我就得死，你知道吗？我和他们是签了生死合同的啊！但是我知道你为什么这样说话，你气我把你出卖了。可是我要你说实话呀！阿三是不会偷的。"

邝世五低下头。翡翠发疯似的跑过来。

翡翠哭叫着："邝世五，你怎么能这样说谎话呢？你怎么能这样诬陷好人呢？玛丽是为了你和我，玛丽是在保护你！你怎么不明白呢？"翡翠说完紧紧拉着玛丽，她不让玛丽走。

玛丽看了翡翠一眼："小丫头，让我去，我和他们是有合同的。我们中国的男人一言九鼎，中国的女人就不是这样吗？别哭，我不想看到你的眼泪!"

玛丽走上绞刑台,两个牛仔将绞套套在玛丽的脖子上。

这时马修上来阻拦。马修大喊:"玛丽,阿三没有偷,他没有偷。你不该死!"

两个牛仔把马修推开,套在玛丽的绞套落了下来。马修看到人群中,菲利普正举枪要向玛丽射击。马修奋不顾身冲过去,这时枪声响了,菲利普的子弹射中马修的胸膛,马修躺在玛丽的怀里。

玛丽抱着马修:"马修……马修……我的好兄弟!"

玛丽看着马修,马修微微睁开眼。

马修声音十分微弱:"玛丽,让我喊你一声姐姐吧,我现在很幸福。戏院的那一枪是我打的!"马修缓缓闭上了眼睛。

欧普用枪对准了菲利普。

道克大叫:"你不像一个美国人,你太卑鄙了。"

菲利普听到了道克的声音,还要举枪对准道克。欧普立刻开枪,一枪击毙了菲利普。

欧普走到邝世五旁边。

欧普说:"兄弟,你就是大名鼎鼎的邝世五?"

邝世五看看欧普,不敢回答。

欧普接着说:"我和玛丽商量逮捕你,是为了保护你。我答应玛丽让她把你的婚事办了。可是你……"

邝世五简直无地自容。

欧普说:"老弟,你现在还不能走,要做完笔录才能让你走。"

摩根将邝世五拉到旁边做笔录。

威尔逊见菲利普已经死了,便大声嚷嚷起来。

威尔逊大叫:"欧普,你杀人是要偿命的。"

欧普轻松地说:"威尔逊先生,我杀坏人是不要偿命的,你看到我胸前佩戴的是什么了吗?"

威尔逊还要自辩:"你难道没有听到姓邝的说,这银块是阿三偷的。我们有生死合同,难道这个该死的玛丽就不该死吗?"

欧普哈哈大笑:"威尔逊先生,该死的恐怕不是玛丽,而是你吧!"

威尔逊:"你在开玩笑吧!你这是什么意思?"

道克说:"威尔逊先生,什么意思你最清楚。"

威尔逊还想抓住最后一根救命稻草："你们能证明这块银块不是从我这里偷的？连邝世五都承认了，你们还想说什么？"

　　道克慢吞吞地说："这里有一块银块，它不是从你那里偷的，而是在南风洞里的矿脉里裁下的一块，你把你的那块银块拿出来，看是不是吻合。如果吻合，那就证明你那块银块不是从你家的矿上来的。"

　　威尔逊要人将邝世五的银块拿出来，和矿脉里裁下来的那块放在一起，正好合缝。威尔逊惊得瞠目结舌。

　　翡翠一看，激动地抱住玛丽，哭出声来。

　　玛丽走过去，平静地说："威尔逊先生，你还记得吗？如果阿三偷了东西，我拿命抵上，如果你无中生有，诬告阿三偷东西，你也拿命抵上。现在该是你上绞刑台了吧！"

　　威尔逊哑口无言。

　　欧普威严地说："威尔逊，你杀了多少华工，你自己说吧！"

　　威尔逊："我……我……"

　　欧普对围观的人们说："女士们，先生们。我们去看了玛丽和这位邝先生提供给我们的废矿井，里面有被这位威尔逊先生杀害的十多个华工的遗骨。"

　　威尔逊还强辩："你胡说，他们都是病死的。"

　　欧普目光落在人群中，大喊："那个顾先生呢？那个矿工顾先生呢？他是前两天大火唯一的幸存者。他能告诉我们这个威尔逊一共杀了多少华工。"

　　矿工老顾走出来，他拿出记着被杀害华工的绳子，他当众数着，一共有十三个结。

　　老顾："威尔逊先生每拉出一个人，我就在绳子上打了一个结，这里一共是十三个结。他在废矿井杀了我们十三个人。另外前两天的大火，他的人打死、烧死了我们十几个华工。"老顾说不下去了，大声地哭泣。

　　灵狗见威尔逊败局已定，便招呼手下悄悄地离开了。

　　围观的华人和美国人都大声地高呼："绞死威尔逊，绞死他。"

　　威尔逊红着眼睛，额上暴出青筋。

　　威尔逊咬牙切齿地说："欧普，我做鬼也要把你给咬死。我们来场决斗，你害怕吗？"

　　欧普哈哈地笑了："你死到临头了居然还想另一个死法。好，我成全你。"

欧普给他一支枪，他俩都退到十几米外。

欧普眼睛直盯着威尔逊，威尔逊眼睛也直盯着欧普。

威尔逊刚要取枪，欧普的枪早就响了，子弹呼啸着击穿了威尔逊的脑袋。

欧普和道克骑上马，他们走了。

翡翠将新娘的头饰和戒指都摘下来，往树林里一扔，扶着玛丽向CANCAN餐馆走去。

邝世五背起一个包裹，孤零零地走向远方。

尾　声

　　长长的送葬队伍从 CANCAN 餐馆一直延伸到靴山墓地。墓碑边放着一盆美丽的水仙花，镜头摇向墓碑，上面清晰地刻着"MRS. AH LUM（CHINA MARY）BORN CHINA DIED IN TOMBSTONE DEC 6, 1906"的字样。

全书完